EL BARCO DE VAPOR

Insu-Pu

La isla de los niños perdidos

Mira Lobe

Revisado por Claudia Lobe
Traducción de María Dolores Ábalos

sm

www.literaturasm.com

Primera edición: septiembre 2007
Séptima edición: junio 2012

Dirección editorial: Elsa Aguiar
Coordinación editorial: Gabriel Brandariz
Traducción: María Dolores Ábalos
Imagen de cubierta: Raúl Allen

Título original: *Insu-Pu, Die Insel der velorenen Kinder*

Impresores, 2
Urbanización Prado del Espino
28660 Boadilla del Monte (Madrid)
www.grupo-sm.com

ATENCIÓN AL CLIENTE
Tel.: 902 121 323
Fax: 902 241 222
e-mail: clientes@grupo-sm.com

ISBN: 978-84-675-2112-2
Depósito legal: M-42577-2010
Impreso en la UE / *Printed in EU*

Prólogo

Los prólogos son aburridos. Cuando yo tenía vuestra edad, siempre me los saltaba. Más tarde empecé a leerlos, pero solo para comprobar la razón que tenía de niña: ¡seguían siendo aburridos! Por eso no me enfado con nadie que quiera saltarse este prólogo, aunque es tan corto –en realidad, no es más que un prologuito–, que casi no merece la pena no leerlo.

Cuando terminé el libro *Insu-Pu,* después de leerlo dos veces (una por el contenido y otra por las comas, que no se me dan nada bien), se lo pasé a algunos amigos. Seguramente penséis que mis amigos son unas señoras mayores y unos señores con bigote. ¡Os equivocáis! Mis amigos son Hans y Walter, unos vecinos, y Liesel y Ellen, la pequeña y negra Ellen, que hace un año encontró mi monedero en la calle y que, cuando quise invitarla a una pastelería en señal de agradecimiento, me dijo que prefería que le regalara un bulbo de jacinto.

Walter y Liesel, Hans y Ellen, después de terminar la lectura, se reunieron en mi casa para tomar zumo de frambuesa y barquillos de fruta y hablar de mi libro. El corazón me latía tan aprisa como a vosotros en el colegio cuando el profesor os devuelve los exámenes.

Liesel fue la primera en dar su veredicto: «Está bastante bien. A veces hasta es emocionante». Hans se extendió un poco más: «¿Todo eso ha pasado de verdad? –preguntó–. ¿Existe esa isla... y esos niños? ¿O te lo has inventado todo?».

Me quedé desconcertada.

Tenéis que saber que Walter quiere ser de mayor profesor de universidad; es tan minucioso y sabe tantas cosas, que le tengo el mayor respeto. (Fue él quien me corrigió, por ejemplo, la palabra *Schifffahrt* –viaje en barco–. Yo la había escrito con dos *efes*, y él me explicó severamente que, según las reglas de la ortografía alemana, eso era inadmisible.) De modo que Walter ponía pegas. «El libro es muy bonito –dijo despectivamente–, pero ¿dónde está esa Terrania? ¿Y Umbría? No he podido encontrar ninguna de las dos en mi atlas grande. Tampoco existe una ciudad llamada Cetero, y eso que la he buscado en mi enciclopedia. Y esa supuesta isla en el océano... ¡venga ya! Por la vegetación que tiene, ha de tratarse de una isla de los Mares del Sur. Sin embargo, en una isla de los Mares del Sur no puede haber animales de pieles finas como liebres o conejos, ni tampoco ovejas lanudas... Y mi profesor de Física me ha dicho que es imposible que una avioneta se estrelle y se queme y que la emisora no se estropee. Eso no cuadra».

Me sentí completamente abatida.

Walter dio un trago del zumo de frambuesa, carraspeó como el profesor que algún día será, y quiso continuar: «Por ejemplo, tampoco cuadra que...».

Ellen me salvó. «¿Sabes una cosa? –lo interrumpió–. El que no cuadras eres tú».

Walter se ofendió muchísimo. Nadie se había atrevido nunca a decirle una cosa así. A todo esto, con tanta indignación se había olvidado de tragarse el barquillo, que le asomaba por la boca como si fuera un pequeño trampolín.

«No me refiero a que estés mal de la cabeza –lo tranquilizó Ellen–. Tu cabeza funciona de maravilla. Demasiado bien. Pero te falla la imaginación».

«No entiendo lo que quieres decir», contestó Walter muy serio.

«Quiere decir –se inmiscuyó Liesel– que cuando eras pequeño nunca ataste un cordón a un trozo de madera diciendo que ese era tu perro».

«No me interesan los perros», dijo Walter.

«¿Lo ves? –continuó Ellen–. Y tampoco te interesan los libros en los que no encuentras dónde se desarrolla exactamente la acción. A mí, por ejemplo, me da exactamente igual que la ciudad de Cetero esté en la Tierra o en la Luna. ¿Por qué no se va a llamar un país "Terrania"? ¿Y por qué no va a existir en todo el mundo una pequeña isla en la que haya palmeras, animales de pieles finas, serpientes y cabras, todo revuelto? Tu profesor de Física hace lo mismo que tú. Calcula: de mil aviones estrellados se estropean mil emisoras. ¿Y qué pasa con la número mil uno?».

Walter gruñó poco convencido.

«No es importante –continuó Ellen, imperturbable– que la historia haya pasado de verdad. Lo que importa es que *podría* haber pasado. No tiene por qué ser...». De repente se sintió confusa, empezó a tartamudear y se calló.

Liesel asintió con la cabeza. También Hans parecía haberlo comprendido. Walter, que por fin se había tragado el barquillo, se quedó pensativo.

«¿Me regalarás tu libro cuando esté impreso?», dijo por fin.

Le prometí que lo haría.

Escribiendo una carta

—HEMOS vuelto a tener suerte –dijeron las madres cuando las sirenas de alarma dieron la señal de que los aviones habían pasado. Por esta vez, ya no corrían peligro.

Luego cogieron a sus hijos, los subieron a casa y los metieron en la cama.

–Y ahora dormíos en seguida, que pronto amanecerá.

¡Como si fuera tan fácil dormirse en seguida! Los niños habían pasado la mitad de la noche en el sótano, sentados en el regazo de su madre, en un banco duro o incluso en el suelo. Se habían puesto jerséis gordos y abrigos encima del pijama y zapatillas de lana en los pies. Pero daba lo mismo, al cabo de un rato hacía un frío helador, y cuando los niños regresaban del sótano de madrugada solían estar ateridos. Pegaban las manos a las tazas de té hirviendo y sentían el agradable calorcito que les daba tragarlo. Cuando luego se tumbaban tan a gusto en la cama, bien arropados y con una bolsa de agua caliente a un lado, para dormir las tres horas que faltaban para empezar las clases en el colegio, se destapaban en sueños, hacían un revoltijo con el edredón y la almohada y soñaban con la guerra y los bombardeos. A veces gritaban en sueños y despertaban a la madre, que tenía que ir a calmarlos. Y nada más quedarse dormidos, sonaba el despertador: eran las siete y tenían que levantarse para llegar a tiempo al colegio.

No era extraño que los niños estuvieran pálidos y nerviosos. Apenas tenían ya ganas de corretear como antes, sino que andaban a paso lento, en silencio y con cara de enfermos. Como es natural, los adultos se preocupaban por ellos. Muchos miles de niños fueron enviados al campo, a casas de campesinos y a grandes fincas. Allí, además de poder descansar de noche, tenían tanta leche, huevos, miel y mantequilla como desearan; y cuando les apetecía, podían tumbarse en el heno y dejar que los ternerillos les lamieran la mano. Pero no todos los niños podían ir al campo; la mayoría tenía que quedarse en la ciudad.

Una noche, cuando la señora Morin llevaba ya cuatro horas con sus dos hijos Stefan y Thomas en el refugio antiaéreo y les dolía todo por estar tanto tiempo sentados en los duros bancos, le dijo a la señora Bantock:

–Señora Bantock, los mayores sabemos que esto algún día terminará. Pero a los niños les cuesta mucho entenderlo. Es una pena ver cómo se vienen abajo. El mayor de los míos ha adelgazado dos kilos. ¡Se me parte el corazón!

–Eso no está bien –dijo Thomas con decisión–. Cuando papá venga de vacaciones y vea tu corazón partido, se enfadará muchísimo y le estropearemos las vacaciones. Al fin y al cabo –añadió con tono aleccionador mirando a la señora Bantock–, mi papá es médico y lo nota todo en seguida.

–No digas tonterías –le contestó Stefan–. El «corazón partido» no es una enfermedad, es solo una expresión.

–Pero de todas formas papá lo notaría en seguida –insistió Thomas enfadado.

Quería mucho a su hermano mayor y casi siempre estaba, incluso, orgulloso de él. Pero a veces Stefan tenía tan mala idea como solo pueden tenerla los hermanos mayores con los pequeños. Entonces se hacía el mayor, y él, Thomas, que solo tenía cuatro años menos, se sentía como un estúpido bebé. Sobre todo desde que Stefan estudiaba latín, desde hacía dos años, las cosas se habían puesto muy feas para Thomas, que por cierto no aprendía demasiado en el colegio y prefería patinar antes que hacer garabatos en los cuadernos.

Cuando pienso –continuó diciéndole la señora Morin a la señora Bantock– que en otros países los niños están ahora durmiendo tranquilamente en su cama y soñando cosas agradables...

–Con mazapán –dijo Thomas.

–¿En dónde, por ejemplo? –preguntó Stefan–. Quiero decir en qué países. ¿En Terrania?

–Por ejemplo en Terrania –afirmó la señora Morin–. Allí no hay guerra.

–Entonces, ¿por qué no vamos allí inmediatamente? –se extrañó Thomas.

Nadie respondió. Los mayores sonrieron con desgana, y la señora Bantock tenía cara de querer decir: «¡Vaya un imbécil que estás hecho!».

De todos modos, Thomas no la soportaba porque siempre le prohibía bajar las escaleras deslizándose por la barandilla y porque olía a alcanfor y porque en general le parecía una vieja repugnante.

Pero entonces Stefan aprovechó el momento y se conchabó con su hermano pequeño:

–En realidad Tom tiene toda la razón –dijo–. ¿Por qué no nos marchamos a Terrania? Me refiero a nosotros, los niños. Podemos escribir una carta al presidente pidiéndole que convoque una reunión de todos los padres terranios cuyos hijos puedan dormir tranquilamente por la noche. Si les preguntara si podían añadir unas cuantas camas más, solo una por familia, para que los niños de aquí pudieran descansar al fin, ¿qué te parecería?

Miró a su madre con expectación. A Thomas se le habían puesto las orejas rojas de celos. Todos guardaron un silencio lúgubre. La señora Bantock resopló con fuerza por la nariz y dijo:

–¡Hay que ver la de tonterías que dice este niño!

Pero entonces la madre reposó suavemente la mano en el hombro de Stefan y respondió:

–Si te apetece, claro que puedes escribirle una carta al presidente de Terrania.

Entonces la señora Bantock se levantó y, pese a que aún no había sonado la señal de cese de alarma por el ataque aéreo, abandonó el refugio antiaéreo con un gesto severo de repulsa. Al marcharse, hasta su espalda parecía ofendida, como si quisiera decir: «Con una madre que consiente a su hijos semejantes tonterías, no puedo seguir sentada».

Al mediodía siguiente, Stefan salió del colegio y, después de ayudar a su madre a fregar los platos, se sentó todo ceremonioso junto a su mesa y arrancó una página doble del centro de un cuaderno.

–Es que esta no tiene renglones –le dijo a Thomas, que estaba de pie a su lado–. Al presidente de Terrania no se le puede escribir con renglones.

–¿Y por qué no? –preguntó Thomas.

–Porque es muy infantil y entonces no leería la carta –lo aleccionó Stefan.

Entonces escribió la fecha arriba a la izquierda y, en un rincón, arriba a la derecha, puso: «Asunto: *Dormire necesse est*».

–¿Qué significa eso? –quiso saber Thomas–. ¿Y qué es un asunto?

–¡No preguntes tanto, que no te soporto! Todas las cartas como Dios manda tienen un asunto. Así el que las recibe sabe en seguida de qué se trata.

–Ajá –dijo Thomas poniendo cara de entenderlo, aunque se había quedado igual que antes; pero Stefan, con toda su erudición, no tenía por qué saberlo–. ¿Y qué significa *dormire*, es latín?

–¿Creías que era chino, o qué? –respondió Stefan irritado–. Eso significa: «Dormir es necesario». Me lo he inventado. En realidad los antiguos romanos decían: «*Navigare necesse est*», o sea, «Navegar es necesario», pero eso aquí no pega.

–¿Por qué no pega? –objetó Thomas–. Si queremos ir a Terrania, tendremos que ir en barco. Cruzando el océano.

Esto último lo añadió en tono grandilocuente, afilando incluso los labios por la satisfacción que le producía haber dicho él también algo inteligente.

–Pero no se trata del océano, sino de dormir –dijo Stefan enfadado–, y si no me dejas en paz, vas a salir de aquí volando.

Entonces Thomas se quedó callado viendo lo que escribía su hermano:

Muy estimado señor Presidente:

Dado que mi padre es comandante (del Segundo Regimiento) y por eso casi nunca está en casa, mi madre me ha pedido que le escriba esta carta.

–¿Qué tiene que ver con eso que papá sea comandante? –preguntó Thomas.

–¡Deja ya de hacer preguntas estúpidas! Haz el favor de cerrar la bocaza.

–«Bocaza» no es una palabra bonita, dice mamá –comentó Thomas con una voz tan tierna que parecía un príncipe de porcelana–. Y además es mentira que mamá te haya *pedido* que escribas la carta. Ella solo...

–¡¡¡Fuera de aquí!!! –vociferó Stefan–. ¡Lárgate!

Se levantó de un salto, agarró a Thomas por el cuello del jersey y lo echó, literalmente, de la habitación. Cuando ya estaba otra vez sentado y dispuesto a utilizar de nuevo la pluma, se abrió la puerta despacito y Thomas, el perfeccionista, terminó su frase a través de la rendija:

–Ella solo ha dicho que si *te apetecía*, podías escribir esa carta. ¡Nada más!

Stefan cogió el diccionario de latín y apuntó hacia la puerta. Como era un libro bastante gordo, la puerta se cerró al instante. Desde fuera, Thomas preguntó amablemente, como si no hubiera pasado nada:

–¿Me la leerás cuando termines o vas a mandarla sin enseñármela? Me gustaría mandarle un saludo al final.

Al no recibir respuesta, se fue al cuarto de estar con su madre, que, como estaba remendando calcetines, tampoco le hizo demasiado caso. Thomas batía el récord familiar de tomates en los calcetines.

–Mamá –dijo dándose importancia–. Stefan está escribiendo la carta. Ya sabes, la de anoche. No le puede molestar nadie. Voy a jugar abajo.

–¡Pero si está lloviendo; te vas a empapar!

–¿Y bien? ¡Qué más da!

Y en un santiamén se deslizó por la barandilla y salió al patio. Se metió dos dedos en la boca y silbó. Entonces apareció la cabeza de una niña en la ventana del segundo piso y preguntó:

–¿Qué pasa?

–¡Baja y tráete la pelota! –gritó Thomas.

–¡Pero si está lloviendo! –gritó a su vez la niña.

–¡No seas dengue y melindrosa!

La pelota salió disparada por la ventana y, poco después, apareció su propietaria en el patio. A Thomas no le caía demasiado bien, pero más valía eso que nada.

–Es que no puedo entrar en nuestra habitación –dijo dándose aires de importancia–. Mi hermano está escribiendo una carta al presidente de Terrania.

–¡Me estás mintiendo! –dijo la niña.

–No, en serio, una carta de verdad, con su asunto y demás, y toda en latín.

Al fin y al cabo, no importaba mentirle un poco; tampoco tenía por qué enterarse de la verdad exacta. Lo principal era que se asombrara, ¡y vaya si se asombró!

La carta terminada decía lo siguiente:

Cetero, en Umbría, 21 de octubre de 1942

Asunto: Dormire necesse est!

Muy estimado señor Presidente:

Dado que mi padre es comandante (del Segundo Regimiento) y por eso casi nunca está en casa, mi madre me ha pedido que le escriba esta carta.

Como puede ver más arriba, se trata de los niños de aquí, de la ciudad de Cetero, en el país de Umbría, que llevamos meses sin poder dormir bien por causa de la guerra y necesitamos descansar de una vez. Con este fin queremos ir a Terrania, porque hemos oído que allí por la noche no hay alarmas aéreas y se duerme en paz.

Querido señor Presidente, la verdad es que solo tengo 13 años y a la señora Bantock, nuestra vecina, le parece descarado que le escriba. Pero yo creo que si convoca una reunión de padres, una muy grande, o si lo anuncia en el periódico, y les dice a los padres que pasamos las noches sentados en el sótano sin poder dormir, nos invitarían inmediatamente. Los padres, quiero decir. Y a nosotros nos encantaría ir.

Se lo promete atentamente su agradecido,

Stefan Morin

Post scriptum:

Quedo a la espera de una pronta respuesta.

–Es una carta estupenda –opinó Thomas, que se había colado en la habitación mientras Stefan leía en voz alta su obra a la madre–. Ahora ya solo falta que le mande un saludo, y luego ya la puedes enviar.

Stefan, no muy convencido, afirmó que la carta tendría mejor pinta sin la firma de su hermano, porque Thomas la dejaría llena de borrones. Pero cuando la madre le pidió que le dejara escribir algo, consintió en que el pequeño garabateara abajo: «Mi más afectuoso saludo, de Thomas Morin».

Y dado que, contra todo pronóstico, no echó ningún borrón, se permitió al menos una enorme rúbrica bajo su nombre. Entonces la madre les dio un sobre y Stefan escribió detrás el remitente y delante, con letras mayúsculas:

AL PRESIDENTE DE TERRANIA

BELMONT

PALACIO PRESIDENCIAL

Una vez pegado el sello, Stefan cogió el lápiz rojo y puso abajo, en el rincón de la derecha, un poco torcido: «¡URGENTE!». Luego, los dos salieron con la carta y la echaron en el buzón.

La carta llega

El presidente de Terrania era un hombre mayor que tenía todo el día reuniones y la cabeza llena de preocupaciones políticas. Aparte de eso tenía otras cosas: una villa de mármol blanco con un parque en la parte de atrás, tres fox terrier que ladraban en él y dos coches, uno antiguo y negro y otro nuevo y gris. Además, tenía un lujoso yate en el que pasaba las vacaciones. También tenía cuatro secretarios que ocupaban una habitación enorme tapizada toda ella de terciopelo rojo; desde la mañana a la noche no hacían más que leer cartas que le escribían al presidente desde todo el mundo. Este tenía además dos nietos, Susi y Michael, a los que mimaba a su antojo, pese a que se consideraba un abuelo severo.

Tenía reuma en la pierna izquierda y un masajista que todas las mañanas le daba masajes.

¿Y qué más tenía?

¡Tenía muchísimas cosas que hacer!

Eso fue lo que comprobaron Michael y Susi por enésima vez, cuando se encontraron en el pasillo del palacio presidencial con uno de los cuatro secretarios y le preguntaron que cuánto faltaba para que terminara la reunión. El abuelo había quedado con ellos a las cinco para ir a tomar un helado, y ahora ya eran más de las cinco y media y aún seguía hablando en la sala de reuniones.

–Siempre es extremadamente difícil quedar con el abuelo –dijo Susi, que se veía en la obligación de hablar como una adulta porque acababa de cumplir catorce años–. Uno no se puede nunca fiar de sus citas. ¿Para eso he salido antes de mi clase de danza?

–No tengo nada contra sus clases de baile –dijo el secretario–, pero el señor presidente tiene cosas más importantes que resolver con los embajadores de Umbría que tus pasos de baile.

–Estoy completamente de acuerdo –comentó Michael.

Tenía doce años y se consideraba mucho más sensato que su hermana. Dicho lo cual, le dio la espalda a esta, subió las escaleras y se metió en la habitación de los cuatro secretarios. Al fondo, a la izquierda, estaba el escritorio del señor Gran, un joven amable con gafas que llevaba años siendo secretario y amigo de Michael. En un cajón guardaba sellos para él.

–Hola, señor Gran –dijo Michael.

–Hola, Michael –respondió el señor Gran.

Luego guiñó un ojo, parpadeó con el otro y susurró como si se tratara de un secreto de Estado:

–Cabo de Buena Esperanza. ¡El milagro azul! Una auténtica rareza.

Y le entregó a Michael un sello triangular de color azul brillante. Michael se quedó cautivado.

–¡Es usted un ángel, señor Gran! Ya tengo la serie de SELLOS AFRICANOS RAROS casi completa.

Y se guardó el azul en el monedero. Luego, según su costumbre, se sentó debajo del escritorio con la papelera entre las piernas y empezó a revolver los papeles que había en ella. No encontró sellos que le interesaran, pero sí un sobre cuya dirección parecía escrita por él mismo. «Qué extraño –pensó–, ¿de quién será?». Y sacó la carta de Stefan. Cuando la leyó, se quedó muy impresionado.

–¡Oiga! –gritó desde abajo tirando de los cordones de los zapatos del señor Gran–. ¿Ha leído esta carta?

–¿Cuál? –preguntó el señor Gran–. Llevo leyendo cartas desde esta mañana temprano y voy ya por la número mil ciento treinta y seis. ¿Cómo quieres que sepa a cuál te refieres?

–Pues a la de Stefan Morin, de Cetero, en Umbría.

–¿Y se puede saber quién es ese tal Stefan Morin de Cetero, en Umbría?

–¿Que quién es? Pues un chico que tiene toda la razón, por si le interesa saberlo. Y le diré una cosa, señor Gran: así como lo del sello del Cabo de Buena Esperanza ha estado genial, lo de tirar a la papelera una carta así ya está *menos genial*; yo diría incluso que está rematadamente mal por su parte. Pero ya me encargaré yo de que el abuelo la lea.

Dicho lo cual, dejó plantado al perplejo señor Gran y se dirigió directamente hacia la puerta acolchada, tras la cual tenía el presidente su reunión.

–¡Michael, por Dios! –gritó el señor Gran, y fue tras él–. ¡Dentro está el embajador de Umbría! No se les puede molestar. ¡Son asuntos de Estado de suma importancia! –dijo agarrándole por el cinturón.

Los otros tres secretarios acudieron en su ayuda y se pusieron a hablar todos a la vez, hasta que se abrió la puerta y apareció el presidente despidiendo al embajador de Umbría.

–¿Qué ocurre, caballeros? –preguntó extrañado el presidente mirando cómo los cuatro secretarios rodeaban a su nieto, que estaba rojo como un tomate.

–Abuelo, no te enfades, pero tengo que comunicarte algo importantísimo.

–¿Ah, sí? –dijo el presidente–. Pero si me lo permites, antes tengo que decir adiós al señor Marée...

–No, el señor Marée también tiene que oírlo –afirmó Michael con energía–. Precisamente se trata de Umbría. De los niños de Umbría. Mira, aquí tengo una carta de Stefan Morin, de Cetero. Es un chico como yo, y ahora escuchad lo que dice.

Y leyó en voz alta la carta de Stefan. El presidente miró al señor Marée, el señor Marée miró a los secretarios y los secretarios miraron al presidente; finalmente, todos dirigieron la mirada a Michael y lo escucharon calladitos hasta que hubo terminado. A continuación, el señor Marée apoyó el brazo en el hombro de Michael y dijo:

–¡Tienes razón! Realmente se trata de Umbría –y añadió–: ¿Me permite, señor presidente, que manifieste mi opinión al respecto?

Entonces regresó a la habitación cogiendo de un brazo a Michael y del otro al presidente. Los cuatro secretarios se quedaron tan pasmados que cayeron sobre la alfombra de terciopelo.

Así se los encontró Susi, que en ese momento entró por la puerta buscando a su hermano.

–Vaya, vaya, ¿qué hacen en el suelo? –preguntó extrañada–. ¿Y dónde está Michael?

–¡Michael tiene una reunión! –dijo el señor Gran.

–¿Una reunión? –repitió Susi desconcertada–. ¿Y con quién, si se me permite la pregunta?

–Con el embajador de Umbría y con el presidente de Terrania –respondieron los cuatro secretarios a coro.

Una hora más tarde, cuando los niños se encontraban en la heladería Groenlandia tomándose un helado con su abuelo, Michael pidió al camarero que le trajera una hoja de papel de carta, y al presidente, la pluma estilográfica. A continuación, escribió:

Querido Stefan:

Mi abuelo, que es el presidente de Terrania, ha recibido tu carta. Sin mí no le hubiera llegado. Ha sido una suerte porque el señor Marée, el embajador de vuestro país, también estaba en ese momento. Entre los tres hemos hablado del asunto y nos vamos a encargar de enviaros inmediatamente un barco grande. O dos. O diez. Pronto tendrás más noticias. La convocatoria de los padres saldrá también en el periódico.

Muchos recuerdos a Thomas. Por desgracia yo solo tengo una hermana. Hasta pronto. Te recogeré en el puerto de Capitale. Ponte una bufanda verde para que te reconozca.

Tu amigo,

Michael Petry

El presidente firmó diciendo:

Saludos afectuosos del abuelo.

El viaje

No pudieron emprender el viaje inmediatamente. Antes hubo que hacer muchas gestiones para encontrar un sitio en Terrania para todos los niños de Umbría que querían ir allí. Por ejemplo, la señora Morin insistió en que sus dos chicos se alojaran juntos. Así el mayor cuidaría del pequeño; de lo contrario, dijo, soñaría todas las noches con que Thomas se caía desde un rascacielos.

Otras madres de Umbría afirmaban que si no les dejaban meter en el equipaje, como mínimo, veinte pares de calcetines de lana y varios kilos de caramelos para la tos, no dejarían marchar a sus hijos. Por otra parte, no solo daban la lata los mayores; también había un buen puñado de niños insensatos: el uno quería llevarse su loro; el otro, su tren eléctrico con las señales-linterna y la estación distribuidora; un tercero, sus peces de colores, y una cuarta, el cochecito de la muñeca.

Naturalmente, no podía ser: las mochilas no debían sobrepasar un peso determinado.

Finalmente, también hubo que encontrar al personal adecuado, como enfermeras, médicos, profesoras y empleadas de guardería..., en suma, toda la gente necesaria para acompañar en un viaje peligroso a unos cuantos miles de niños y niñas.

Porque era peligroso. Los padres lo sabían a ciencia cierta, y los niños mayorcitos lo intuían también. Stefan, por ejemplo, al darle las buenas noches a su madre, le preguntó un día:

–Mamá, no tendrás miedo, ¿verdad?

«No, ¿por qué?», quería responder la señora Morin, pero luego le pareció que Stefan ya era demasiado mayor como para andar contándole embustes.

–Sí, un poco.

–¿Quieres entonces que no vayamos, o que vaya solo Thomas y yo me quedo contigo?

–¡Ni hablar! –dijo la señora Morin desarmada–. ¡Ni se te ocurra pensarlo! Anda, duerme, Stefan –se inclinó un poco más sobre la cama de su hijo–, y no le des más vueltas. Las madres somos así de raras: siempre nos preocupamos. Unas veces por un descosido en el pantalón y otras por un viaje a Terrania.

Lo besó y salió por la puerta saltando entre las dos mochilas.

–No es rara, ¡es estupenda! –proclamó Stefan.

Pero no obtuvo ninguna respuesta porque Thomas llevaba ya mucho tiempo durmiendo profundamente bajo su edredón de plumas.

Acordaron que los padres despidieran a sus hijos en la estación. Desde allí viajarían hasta la ciudad portuaria de Port Pax. Los barcos zarpaban a las cuatro y media de la tarde. Cuando la señora Morin llegó a la estación con sus hijos a las siete en punto de la mañana, todavía de noche, un hombre los detuvo inmediatamente. Llevaba un brazalete blanco en el que ponía: «TRANSPORTE DE NIÑOS».

–¿Cómo se llaman los pasajeros? –le preguntó a la señora Morin.

–¿Esos somos nosotros? –susurró Thomas.

Le dolía la tripa de los nervios y no podía parar de hablar. Pero Stefan le dio un codazo en las costillas; inmediatamente, el dolor de tripa se convirtió en dolor de costillas.

–Stefan y Thomas Morin –le había respondido mientras tanto la madre al señor del brazalete.

–¿Qué edad tienen? –preguntó este hojeando una lista.

–Trece y nueve años –fue la respuesta.

–¿Cuáles son las señas en Terrania?

–El señor Petry, en Belmont.

–¡Oh! ¡Ah! –exclamó el hombre, y en seguida se puso muy contento por haber encontrado lo que buscaba–. Aquí está: Morin, Stefan y Thomas. Vayan, por favor, al sector número 14.

La estación estaba llena de pequeños grupos de niños que rodeaban a un adulto. En unas pizarras habían escrito grandes cifras con tiza blanca que iban del uno al treinta. Buscaron el número 14. Una chica joven les salió al encuentro y les estrechó efusivamente la mano.

–Buenos días –dijo con tono amable–, vosotros seguro que sois los chicos Morin. Dejad de momento las mochilas por aquí... Así; bueno, ahora os voy a presentar a los otros. Este es Karl Gruner, este Johann y este Georg Barmin... A mí me podéis llamar simplemente Liliane. Soy vuestra guía en este viaje.

Los niños se quedaron muy cortados unos frente a otros. ¿Quién es capaz de entablar una amistad a la fuerza? Tampoco facilitaba las cosas que las madres los miraran de reojo. «Pues sí que empezamos bien», pensaban todos. Allí estaban, tiesos como pasmarotes y sin soltar una palabra. Qué situación más violenta. Por fin, dijo Thomas:

–¿Puedo preguntarte una cosa, Liliane?

–Con mucho gusto.

–Si vamos a pasar tantos días en el barco, habrá un retrete, ¿no? ¿O cómo se hace eso?

Todos soltaron la carcajada. Stefan pasó una vergüenza espantosa. Su hermano pequeño siempre le ponía en situaciones embarazosas. Pero el hielo se había roto, y los niños se pusieron a hablar todos a la vez; primero del retrete –o de si había que hacerlo simplemente por la borda– y luego de todas las cosas que podrían hacer en el barco. Un zumbido de voces infantiles se propagó por toda la estación, mientras las madres acosaban con preguntas y ruegos a la señorita Liliane. Los revisores recorrían los andenes arriba y abajo, y las enormes manecillas luminosas del reloj de la estación avanzaban tan aprisa, que nadie se dio cuenta de que de repente eran las siete y media y había que montarse en el tren. El grupo 14 subió a un compartimento bajo la vigilancia de la señorita Liliane; después de pelearse un poco por los asientos, los niños se asomaron por la ventanilla. Por abajo los bajitos y por encima los altos. En el preciso momento en que empezaban a brotar las primeras lágrimas de despedida y cuando Lisl Santo chilló en tono lastimero: «¡Mamá, yo no quiero ir a Terrania!», la señorita Liliane entonó la alegre canción de la liebre y la zanahoria. Todos la conocían del jardín de infancia, y aunque a todos les parecía una bobada de canción, se pusieron a cantarla entusiasmados:

En la hierba se sentó
una liebre y se mojó.

El tren arrancó. Miles de manos pequeñas se agitaron por las ventanas. Miles de manos grandes dijeron adiós desde abajo.

Y la liebre así habló:
¿dónde me he sentado,
que tanto me he mojado?

El tren aceleró la marcha. Algunas madres que habían corrido tras él quedaron ahora atrás.

Y la zanahoria contestó:
qué poco espabilada.
Si estás tan mojada,
es por el rocío de la mañana.

–Mira, Tom –gruñó Stefan entre dientes–, si ahora te pones a llorar, te meto una paliza que te vas a enterar.

–Pero –sollozó Thomas– ¿qué va a hacer mamá sin nosotros?

–Eh, vosotros dos, cantad –dijo la señorita Liliane.

Y se pusieron a cantar y a decir adiós con la mano mientras el tren resoplaba en dirección a Port Pax.

Llegaron allí por la tarde. Cuatro bonitos barcos los esperaban en el puerto. El *Tierra de Fuego*, el *Poseidón*, el

Gaviota y el *Julio Verne*. El grupo 14 fue acomodado en el *Tierra de Fuego*, que salía el primero de los cuatro barcos, lo que llenó de orgullo a Thomas porque le daba la impresión de que era el principal y de que ninguno de los otros tres encontraría el camino a Terrania.

El barco era fabuloso. En cuanto Liliane los acompañó dentro, notaron lo bien que lo habían dispuesto todo. Abajo, en los dormitorios, donde dejaron las mochilas, había literas que recordaban a las colonias de las vacaciones de verano. La señorita Liliane mandó a los niños sacar los pijamas y las cosas de aseo y les enseñó los cuartos de baño: grandes espacios de azulejos blancos con unas bañeras relucientes.

Después de recorrer unos pasillos estrechos, llegaron al luminoso restaurante de arriba, donde ya estaban puestas unas enormes mesas, adornadas incluso con flores en el centro. Para comer había pescado asado con ensalada de patatas y, después, compota con crema de vainilla por encima. Los niños se sentaron muy ilusionados; tenían un hambre canina después del largo viaje en ferrocarril. Pero antes de que pudieran empezar, sonó un gong y un señor mayor y delgado se puso en mitad del comedor encima de una silla para que todos pudieran verlo. Llevaba un uniforme blanco con muchas cosas doradas y una perilla blanca. Evidentemente quería soltar un discurso, con lo que los niños sintieron la solemnidad del momento.

–Niños, bienvenidos a bordo del *Tierra de Fuego* –dijo el anciano–. Todos deseamos que el viaje a Terrania transcurra felizmente y con tranquilidad; de eso me encargo no solo yo, el capitán, sino también todos los cocineros y pinches, todos los marineros y calefactores de este barco, así como todos los profesores y guías de vuestros grupos. No tenéis ni idea de la cantidad de trabajo que da un viaje de estas características, y por eso quiero haceros prometer desde el principio una cosa: ¡obedeced! Cuando algún adulto a bordo del *Tierra de Fuego*, sea quien sea, os mande hacer una cosa, ¡hacedla! Tenéis que entender que sin vuestra colaboración no se puede mantener el orden. Hay seiscientos niños en el barco, de los cuales más de cien tienen menos de seis años. Para los niños mayores de seis años voy a leer ahora el plan de mañana:

»A las 7.00 de la mañana: Despertarse con el gong. Gimnasia y deporte en cubierta. Lavarse, vestirse y hacer las camas.

»De 8.00 a 8.30: Desayuno

»De 8.30 a 11.00: Clases de navegación, visita a la sala de máquinas, Ciencias Naturales, Geografía y Oceanografía.

El capitán se interrumpió y guiñó alegremente el ojo a los chicos, que escuchaban con atención y en silencio:

–No temáis, caballeros –dijo–. Esto no va a ser como en el colegio. No habrá notas ni exámenes ni nada parecido. Veréis cómo os gusta aprender con nosotros. Sigamos con el texto:

»De 11.00 a 11.15: Segundo desayuno

»De 11.15 a 13.00: Música, deporte, Dibujo y las manualidades que elija cada niño.

»De 13.00 a 13.30: Comida

»13.30 a 15.00. Siesta. Si hace buen tiempo, en una tumbona en cubierta; si hace malo, en los dormitorios. Hasta las 14.00 se puede hablar en voz baja; de 14.00 a 15.00 reinará un silencio absoluto.

De nuevo guiñó el capitán el ojo mirando hacia el comedor.

–Esto no os costará ningún esfuerzo –aseguró–. El aire del mar da tanto sueño, que roncaréis como unos benditos.

»De 15.00 a 16.00: Cada niño se ocupa de sí mismo escribiendo cartas a casa, leyendo o jugando. Hay una biblioteca a bordo.

»De 16.00 a 16.15: Merienda

»De 16.15 a 17.00: Los diferentes grupos se quedarán con sus guías jugando, practicando deporte, cantando o contándose cosas. A esta hora, cada dos días habrá cine aquí, en el comedor.

El capitán alzó la cabeza asustado; al oír la palabra «cine» se oyeron gritos de júbilo. Al tiempo que los niños gritaban «¡hurra!», lanzaban las servilletas al aire y hacían sonar los cuchillos y los tenedores en los platos, armando mucho barullo. Nadie, a excepción del capitán y los camareros, que esperaban al fondo con sus pescados asados a que se acabara el discurso, notó que en ese momento el barco daba más cabezadas y el *Tierra de Fuego* se deslizaba hacia el océano nocturno: tan fuerte fue el alboroto que se armó al saber que cada dos días podrían ver una película gratis. El capitán tomó de nuevo la palabra:

–De 19.30 a 20.00: Ducha caliente y a la cama.

»De 20.00 a 21.00: Dependiendo de la edad, podréis leer en la cama. A las 21.00 todo tiene que estar apagado y en completo silencio –dobló el papel y miró a sus oyentes–: ¿Os gusta?

–¡Sí! –gritaron los niños al unísono.

Un niño pequeño de mejillas coloradas levantó el dedo como en el colegio:

–¡Ya sé lo que somos! –gritó–. Somos un hogar infantil flotante.

–Muy bien –dijo el capitán–. Llamémoslo así: un hogar infantil flotante. Y ahora, ¡que aproveche!

Los camareros se abalanzaron sobre las mesas y los niños empezaron a comer. La señora Morin se habría quedado de piedra si hubiera visto a Thomas, que en su vida había comido pescado y que aseguraba que con solo olerlo se desmayaba. Aquí, en cambio, se tragó su trozo a grandes bocados y, mientras todavía lo masticaba, se sirvió otro más.

Pero es lo que pasa siempre. En casa hay cosas que no te gustan, pero fuera te saben de maravilla. De la crema de vainilla se sirvieron todos varias veces.

–Tener que ducharse ahora con agua caliente no es sano –comentó Stefan levantándose de la mesa con un suspiro–. Papá, como médico, no lo consentiría.

A las nueve, Liliane fue de litera en litera deseando buenas noches a los niños. Llevaba una bata blanca y era muy cariñosa con todos. Thomas la observó un rato.

–Usted parece... entre un ángel y una enfermera –dijo.

–¡Los ángeles no existen! –gritó una niña desde la otra punta del dormitorio.

–¿Qué? –gritó el de los mofletes rojos–. ¿Cómo que no existen los ángeles? Yo una vez vi uno y era así...

Y tomó aliento para afilar la cara. Pero la señorita Liliane lo tapó con el edredón y dijo, como quien no quiere la cosa:

–Por cierto, ¿sabéis que llevamos ya mucho tiempo navegando?

Todos los niños se incorporaron de repente y se quedaron tiesos como una vela y con ojos de incrédulos.

–¿Que estamos navegando?

–¡Anda ya!

–¿Y por qué no se nota?

–La señorita Liliane nos está mintiendo.

Tras ese barullo de voces, la señorita Liliane aseguró:

–Llevamos navegando desde hace dos horas.

Thomas quiso salir a cubierta para verlo.

–Estamos avanzando y no se nota nada –se lamentó.

Le daba pena perderse cualquier ola que no hubiera podido contemplar con sus propios ojos.

–¡Ahora, a dormir! –les mandó la señorita Liliane–. Mañana por la mañana haremos gimnasia en la cubierta y podrás verlo todo. Que durmáis bien.

Apagó la luz. Solo quedó encendida una pequeña bombilla azul encima de la puerta.

Los niños permanecieron un rato callados. El mar los balanceaba agradablemente y tenían sueño.

–Todavía no he rezado –dijo el de las mejillas coloradas.

–Que cada uno lo haga para sus adentros –opinó Stefan.

–Pues en casa mi madre reza conmigo.

–Que alguien rece en voz alta para todos nosotros –propuso una de las niñas desde el otro lado–. ¿Quién es el mayor?

El mayor era un chico de catorce años, que en seguida carraspeó y luego dijo con voz clara:

–Dios nuestro Señor, cuida de nuestras madres en casa y de nuestros padres en la guerra. Y cuídanos también a nosotros en el barco para que lleguemos sanos y salvos a Terrania. Amén.

La catástrofe

¡Qué delicia levantarse por la mañana temprano, abandonar la cama calentita y subir a cubierta, donde soplaba el fresco aire del mar! Después de hacer gimnasia y boxear hasta quedarse sin aliento, tomaron una ducha de agua hirviendo y fueron a desayunar al comedor. Ya desde la primera mañana, el capitán los llevó por el barco para darles una *clase*. El ingeniero de máquinas les explicó el misterio de las turbinas de vapor. Aunque no entendían ni una palabra, no paraban de decir «Ajá» y «Vaya, vaya»; aliviados, se fueron de allí para ver los camarotes de los marineros. El capitán permitió que cada niño sujetara durante un segundo la rueda del timón entre las manos. ¡Qué sensación más sublime! Cuando el gong dio la señal de la comida, que se oyó por todo el barco, no quedaba ningún chico que no quisiera ser marinero de mayor. Incluso Stefan, que desde hacía años tenía claro que quería ser médico como su padre, decidió entonces recorrer el mundo durante unos cuantos años como médico de un barco.

Por la tarde vieron una película: *Micki y Mucki en la Luna*, y se rieron tanto que, todavía en la cena, Thomas se atragantó con un espárrago.

Por desgracia, al cuarto día de viaje dejó de hacer buen tiempo, con lo que ya no podían subir a la cubierta, sino que tenían que permanecer abajo, en los dormitorios. Aquello no era, ni mucho menos, tan divertido como estar arriba. Al otro lado de las claraboyas redondas se encrespaban montañas de agua verde, y durante todo el día tenían la luz encendida en el barco. No se sabía bien si era de noche o de día o si se trataba solo de una pesadilla. Muchos niños se marearon y tuvieron que guardar cama; se sentían tan mal que querían irse a su casa. Otros se aburrían y recorrían los pasillos arriba y abajo. Por suerte, el capitán permitió que despejaran el comedor, con lo que por fin tenían sitio para jugar a la captura de la ballena. Con las mesas y las sillas construyeron una flota, eligieron al timonel, al práctico y a los arponeros, se apostaron en sus sitios... y dio comienzo la captura. Según lo acordado, el suelo era mar abierto; quien lo tocara tenía que ponerse a nadar en seguida para que no se lo tragaran los muchísimos tiburones y serpientes marinas que había alrededor.

Thomas festejaba sus triunfos. Aunque solo era un simple grumete, obtuvo la máxima condecoración entre los cazadores de ballenas: el arpón de oro. Se lanzaba del bote como un poseso y nadaba por el parqué entre un tropel de nerviosas y, por tanto, peligrosas ballenas que daban coletazos y levantaban espuma. Cuando iba a atacar a la ballena guía y ya la tenía sujeta por la aleta, llegó por desgracia el camarero con el fin de preparar la sala para la cena. Y cuando la señorita Liliane dio las buenas noches y Thomas le enseñó su arpón de oro (un mondadientes clavado en la pechera del jersey), todavía seguían todos muy exaltados.

–Pasado mañana a esta hora –dijo la señorita Liliane para que pensaran en otra cosa– llegaremos a Capitale.

Se durmieron tarde y soñaron con la captura de la ballena y con la llegada a Terrania.

Y luego, en plena noche, sucedió... Un fuerte golpe los despertó. Sonó como si se hubiera caído una pesada puerta de hierro. Salieron de la cama y, con los ojos medio cerrados, miraron asombrados hacia la luz azul de encima de la puerta, que por unos segundos se había ido y ahora parpadeaba con lentitud. Al ver que no pasaba nada más, casi todos volvieron a taparse con el edredón y se durmieron otra vez. Las máquinas traqueteaban como siempre.

–¿Qué habrá sido eso? –le preguntó Thomas en susurros a su hermano.

–Ni idea; probablemente nada –respondió Stefan para tranquilizarlo.

De repente se hizo un silencio absoluto. Las máquinas habían dejado de funcionar, el pesado casco del barco resolló y tembló unas cuantas veces y luego se quedó inmóvil en el agua. Las olas lo mecían suavemente. Al poco rato se oyeron pasos en la cubierta, órdenes de mando, el sonido estridente de un silbato y, por encima de esos ruidos, la sirena del barco alzaba su voz potente –*tu-tu-tuuuuu*– como un grito de lamento en plena noche. Esto se hacía para avisar a los otros tres barcos, que entonces preguntaron por la radio qué le pasaba al *Tierra de Fuego*.

Los niños se quedaron desvelados y con cara de susto en sus camas. En seguida apareció por la puerta la señorita Liliane, y la luz iluminó el oscuro dormitorio. Con un movimiento de mano rechazó todas las preguntas.

–Oíd bien, niños: el barco ha chocado contra una mina. Gracias a Dios no ha pasado nada, salvo que se ha abierto un agujero en el casco. Los marineros lo repararán mañana temprano. Hasta entonces, el capitán desea que seáis alojados en los otros tres buques. Vestíos, pues, lo más aprisa posible, ataos las mochilas y subid conmigo. Y otra cosa más: ¡no habléis ni una palabra!

Los niños se quitaron en silencio los pijamas y se vistieron apresuradamente. Nunca les había hablado tan severamente la señorita Liliane. Stefan le lanzó una mirada escudriñadora y comprobó que estaba muy pálida.

«Claro –pensó–, eso de reparar el agujero es un pretexto. Un barco no es un calcetín. Nadie puede remendar agujeros en el casco en alta mar. Nos lo dicen así porque somos niños».

Menos mal que la prohibición de hablar le impidió hacer partícipes de sus conocimientos a los otros niños. Casi todos se creyeron la ingenua historia del agujerito, y fue una suerte. Subieron a cubierta detrás de la señorita Liliane.

–¡A contar! –ordenó esta.

Estaban los veinte. La cubierta se hallaba iluminada como por la luz del día; los marineros corrían de acá para allá; con unas cadenas chirriantes bajaron los botes salvavidas al agua. El mar estaba encrespado; aunque no había tormenta, fue necesario hacer mucha fuerza para subir primero los botes y, a continuación, bajarlos hasta el fondo. La cubierta se llenó de niños y adultos. Salvo por unas pocas órdenes dadas a media voz, no se oía una mosca.

Solo delante, donde estaban los niños menores de seis años, se oían voces y algún que otro llanto. Fue allí donde empezaron a desembarcar en los botes. Bajo la vigilancia del capitán, los marineros subían y bajaban las escalas llevando a los niños en brazos hasta los botes de abajo. Cuando el primer bote salvavidas estaba cargado al completo, se dieron cuenta de que el *Tierra de Fuego* empezaba a hundirse. El barco dio un leve respingo y luego empezó a ladearse poco a poco. En honor a los niños hay que decir que todos ellos, sin excepción, se portaron sensatamente. En ese momento los adultos habrían perdido los nervios, habrían echado a correr y quizá hasta habrían saltado al agua, dificultando así el trabajo de los marineros. Los niños, en cambio, sabían que no tenía ningún sentido ponerse nerviosos, gritar ni saltar por la borda. Sabían que todo lo que podía hacerse por su salvación se estaba haciendo. Confiaban en el capitán, que les aseguraba una y otra vez que había tiempo de sobra y sitio suficiente en los botes para que todos los niños fueran puestos a salvo.

El *Julio Verne* lanzó una señal diciendo que el primer bote había llegado bien y que ya estaban subiendo a los pequeños a bordo. Entre tanto, el capitán había calculado que el método de bajar a los niños de uno en uno robaba demasiado tiempo. Así que mandó que los ataran como a un grupo de escaladores. Les anudaron una cuerda gruesa alrededor del pecho y luego los bajaron hasta los botes de rescate. Durante unos instantes, el niño quedaba flotando por encima del rugiente mar, luego lo recogía abajo un marinero en sus fornidos brazos y lanzaba de nuevo la cuerda para arriba con el fin de recoger al siguiente niño. Por desgracia, los pequeños chillaban horriblemente cuando los ataban y los dejaban colgados en la oscuridad. No entendían que todo se hacía por su bien y que no podía hacerse de otra manera.

El *Tierra de Fuego* se inclinaba cada vez más. Ya había que agarrarse a la barandilla para no resbalar. Menos mal que una vez desalojado el último grupo de los más pequeños, ahora el desembarco en los botes iba muy rápido. A los mayores no hacía falta atarlos con una cuerda, sino que bajaban solos por las escalas. Grupo 11 y 12. Otro bote lleno que salía. Grupo 13 y 14. Por una casualidad, Thomas y Stefan no encontraron sitio en el bote repleto.

–En el siguiente seréis los primeros –los consoló la señorita Liliane, que descendió la última.

–¿Lo ves? Esta es la recompensa por no habernos abierto paso a empujones –aleccionó Stefan a su hermano.

Abajo, un marinero arrimaba el bote vacío a remo. Un calefactor le lanzó desde arriba una cuerda que fue atada al bote.

–Es para que no se suelte –dijo Thomas, que todo lo observaba con el mayor interés.

Luego, el marinero les dijo a gritos:

–¡Todo en orden!

Y empezaron a bajar. El bote se balanceaba tanto que el marinero les aconsejó agarrarse bien a los bancos. Luego bajaron por la escala los primeros niños del grupo 15. Al llegar al décimo, hubo de repente una parada; el guía del grupo 15 gritó algo hacia abajo e hizo señas con la mano; el marinero contestó y subió rápidamente.

–Ya sé lo que pasa –dijo una niña delgada que se había sentado al lado de Stefan–. Es Georg. Tenemos a un chico en el grupo –les explicó a los dos Morin– que tiene una pierna paralizada. Seguramente no pueda bajar por la escala y por eso el marinero tiene que ir a buscarlo.

Tenía razón. Se trataba de Georg. Este pequeño incidente y otras cuantas casualidades tuvieron la culpa de lo que pasó en los siguientes minutos.

Más tarde, el capitán y la tripulación, los guías, los padres y los propios niños no pararían de preguntarse: ¿cómo pudo haber ocurrido?

La primera casualidad fue que el marinero, que en realidad no debería haber abandonado el bote, lo hizo para recoger a Georg. Creyó que podría cargar con el chico a hombros, pero luego se vio que con la pierna rígida no era tan sencillo. Tuvo que subir a bordo para coger bien a Georg y cargar con él a sus espaldas. Entonces le dijo al calefactor:

–Oye, Braun, tensa un poco la cuerda.

Se refería a la cuerda que unía el bote con el barco. Así que el calefactor desenganchó la cuerda del poste de anclaje para atarla más corta.

En ese momento, cuando la tenía en las manos, ocurrió la segunda casualidad: se fue la luz. De pronto el barco quedó completamente a oscuras. El agua había entrado en los dispositivos eléctricos y los había dejado inservibles. Durante dos minutos permanecieron a oscuras; nadie podía ver al de al lado y cundió el pánico. Luego, los otros barcos comprendieron lo que le había pasado al *Tierra de Fuego* e iluminaron con proyectores la cubierta del buque gemelo que se iba a pique y que, de este modo, recuperó casi la misma claridad de antes.

Pero dos minutos pueden suponer mucho, y durante ese rato ocurrió la tercera y decisiva casualidad. Cuando se había ido la luz, una atemorizada niña pequeña se había lanzado a los brazos del calefactor. Toda temblorosa, se le había abrazado diciendo:

–¡Sujétame fuerte, por favor, sujétame fuerte!

El calefactor, llevado por la compasión, había rodeado a la niña con sus brazos para protegerla y se había olvidado de la cuerda, que resbaló de sus manos sin que él se diera cuenta. Y abajo, con el mar embravecido, una fuerte ola reventó contra el bote salvavidas y lo apartó un buen trecho del *Tierra de Fuego.* Sin que nada se lo impidiera, la cuerda resbaló por la barandilla, cayó al agua y fue arrastrada por el bote que se balanceaba. A bordo nadie notó lo que había pasado porque con la oscuridad no se veía nada. Y cuando los proyectores iluminaron de nuevo la cubierta, todos los adultos estaban ocupados en tranquilizar a los niños, que se habían desparramado, y en devolverlos a sus grupos. Y el calefactor, que tenía que haber visto que la cuerda había desaparecido, solo tenía ojos para la niña pequeña, que del susto se había desmayado. La levantó con cuidado y, atravesando la cubierta ladeada, la llevó al médico del barco, que había improvisado una enfermería de urgencia al lado de la cabina de mando. Cuando apareció el calefactor y tumbó a la niña en la camilla, el médico dijo aliviado:

–Menos más que ha venido, Braun. Necesito inmediatamente un bote para los niños enfermos y desmayados. Vaya corriendo a ver al capitán y haga que le dé la orden. Creo que está en el cuarto de máquinas intentando bombear el agua con los marineros.

Rápidamente, el calefactor fue a la sala de máquinas, de ahí al oficial primero y de ahí al oficial segundo, hasta que por fin consiguió un bote vacío para los niños enfermos. Y solo cuando iba a mitad de camino hacia el *Julio Verne* en el bote lleno de la enfermería, se acordó de repente de la cuerda. ¿La había vuelto a atar o no? Confundido por los acontecimientos, le fallaba la memoria y ya no sabía lo que había pasado y lo que no. Pero se consolaba pensando que, al fin y al cabo, el marinero encargado de Georg estaría en aquel momento a su lado y se habría encargado de arreglar las cosas. El marinero, sin embargo, y esta fue la última fatalidad en este horrible cúmulo de casualidades, fue llamado precisamente en el momento en que iba a bajar con Georg por la escala. Un camarero lo sustituyó y le transmitió la orden del capitán: todo el mundo a bombear el agua en la sala de máquinas. El marinero se cuadró, puso a Georg en manos del camarero y desapareció.

Como es natural, el camarero no tenía ni idea de que hubiera un bote a la deriva. Al ver que no había ninguno, se limitó a hacer señas para que acercaran otro que acababa de llegar vacío del *Poseidón*, y continuó con el desembarco en el bote del grupo 15. Ahora el trabajo había que hacerlo a toda prisa, pues el *Tierra de Fuego* se iba ladeando a un ritmo peligroso. Ocho minutos más tarde salieron los últimos botes de rescate con la tripulación. El último en abandonar el barco fue el capitán. Antes de bajar por la escala lanzó una última mirada al barco, que estaba completamente ladeado y con las olas saltando por la borda.

Dos lágrimas se deslizaron por la perilla del anciano. Había sido capitán del *Tierra de Fuego* durante muchos años y le había cogido cariño.

Un mal comienzo con un buen final

—¡TENEMOS que gritar! –dijo Stefan de repente.

Los niños llevaban un rato sentados en el bote a la deriva sin decir una palabra. Ni siquiera ahora dijeron nada ni se movieron. Estaban paralizados de terror por lo que se les avecinaba. Las olas los llevaban a toda velocidad hacia el mar abierto; cada vez se alejaban más de los barcos iluminados, que ya les parecían una patria perdida...

–Tenemos que gritar con todas nuestras fuerzas –dijo Stefan otra vez–. Contaré hasta tres y entonces gritaremos «¡Socorro!».

En medio del rugiente y oscuro mar, el grito sonó débil y lastimero.

–¿No podemos remar? –dijo la niña que iba al lado de Stefan.

Pero luego se comprobó que no eran lo suficientemente fuertes como para manejar el pesado bote. Las olas saltaban tanto, que los niños daban con los remos en el vacío poniendo innecesariamente al bote en peligro.

–Vamos a gritar otra vez –mandó un chico.

En la oscuridad no se le veía, pero parecía el mayor de ellos porque tenía una voz grave y firme.

El segundo grito de auxilio resonó con fuerza. Los niños contuvieron la respiración llenos de esperanza.

–¡Eso han tenido que oírlo! –dijo la niña situada junto a Stefan.

Gritaron una tercera y una cuarta vez:

–¡Socoooorro!

La niña tenía razón: deberían haberlos oído desde los barcos si los hubieran echado de menos. Si hubieran aguzado el oído por si les llegaba un grito de auxilio desde el mar... Si hubieran...

Pero lo cierto es que nadie los oyó...

A la mañana siguiente, cuando ya llevaban mucho tiempo echando de menos a los niños, la señorita Liliane, completamente destrozada, estaba sentada con el capitán en la cabina de mando del *Julio Verne*. De repente dejó de sollozar y lo miró con los ojos abiertos de par en par.

–¡Oh, Dios mío! –dijo–. Ahora me acuerdo de una cosa. Cuando el último bote llegó a remo al *Julio Verne*, me asomé mucho por la barandilla para ayudar a atracar. Y entonces me pareció como si oyera un grito de socorro muy débil, procedente de muy lejos. ¡Eran ellos! Dios mío, y yo pensé que me había vuelto loca por los nervios y que oía voces fantasmales.

Y de nuevo rompió a llorar imaginándose lo desesperados que se sentirían los niños en medio del mar oscuro y tempestuoso, gritando «¡Socorro!».

Sus suposiciones eran muy ciertas, pero por desgracia ya habían pasado dos horas y poco se podía hacer por los niños.

–Una, dos y tres –ordenó el mayor.

Y entonces gritaron todos a coro:

–¡Socoooorrooo!

–No tiene ningún sentido –dijo la niña delgadita que iba al lado de Stefan–. No pienso seguir voceando. No nos oyen.

–Pero ¿qué va a ser de nosotros? –preguntó Thomas cogiendo del brazo a Stefan, aunque no obtuvo ninguna respuesta–. ¿Vamos a morirnos? –continuó con un hilo de voz.

–¡Seguro! –dijo un chico–. ¡Nos ahogaremos!

–O nos moriremos de hambre y de sed –sugirió otro.

–O vendrán los tiburones –opinó una niña.

–Los tiburones no son peligrosos –dijo un chico–, pero una mina como la de antes en este bote...

De pronto se vieron asaltados por un miedo cerval que les atenazó la garganta. También en casa, en Cetero, habían corrido con frecuencia peligro de muerte. Habían estallado bombas a su alrededor y habían visto caer pisos enteros, pero qué seguro e incluso acogedor les parecía ahora el refugio antiaéreo en comparación con el bote, que iba a la deriva en plena noche oscura, azotado una y otra vez por olas invisibles. Había arreciado el viento y tenían la impresión de que el bote giraba sobre sí mismo como una peonza. De repente, una ola gigantesca saltó por el borde y los empapó. Aunque las cosas iban de mal en peor, todos confiaban para sus adentros en que los barcos lanzaran la luz de los focos para buscarlos. Entonces llegarían los marineros, o incluso el capitán, y los llevarían junto a los demás.

Pero luego ocurrió algo terrible que los niños no olvidarían en toda su vida: de los barcos les llegó el breve sonido del *tu-tu-tuuuu*; entonces, lentamente, los buques dieron la espalda al desvalido bote y continuaron la marcha. En ese momento lanzaron un último grito desgarrador, como animales que braman por salvar la vida, y a continuación se quedaron como si hubieran perdido el habla. Mudos e impasibles, intentaron imaginarse que iban a morir.

«¿Qué será eso de morirse? –pensó Thomas–. ¿De repente lo ves todo negro y luego ya no pasa nada más? ¿O duele antes? ¿Se notará que uno se muere? Papá dijo una vez que la mayor parte de los enfermos no saben que van a morir. Pero nosotros estamos sanos...». De repente, a Thomas todo aquello le pareció muy interesante. Como si estuviera sentado en una butaca del cine, vio cómo en la pantalla se ahogaba en el mar un chico llamado Thomas. Claro que era una pena que tuvieran que morir. Pero por otra parte era fabuloso salir en los periódicos, probablemente bajo el titular: «Héroes caídos». Porque al fin y al cabo eran tan víctimas de la guerra como los adultos. O quizá los sacaran en grandes titulares en primera plana: «AHOGADOS EN MEDIO DEL OCÉANO», y luego vendría un artículo muy largo describiendo conmovedoramente cómo habían luchado contra el viento y las olas, contra los leones marinos y los icebergs, cómo los niños mayores habían ayudado una y otra vez a subir a los más pequeños al bote, por encima de cuyo borde saltaban continuamente olas del tamaño de una casa... «Murieron por la patria –terminaría el artículo–. Entre ellos estaban los hermanos Stefan y Thomas Morin».

Llegado a ese punto de su gloriosa ilación de pensamientos, Thomas empezó de repente a hablar. En medio del angustioso silencio hizo el siguiente alegre comentario:

–Ya verás, Steff, la de cosas buenas que dicen de nosotros en el periódico. Que solo hemos dado alegrías a nuestros padres, que naturalmente éramos los mejores en el colegio...

Stefan acababa de estar pensando en su madre con una profunda congoja; ahora, en cambio, asintió a las palabras de su hermano e incluso soltó una risita.

–Sí, eso es verdad. Cuando uno se muere, de repente se convierte en el tío más estupendo del mundo. Que si himnos de alabanza en la tumba, que si coronas... Sin faltar la dedicatoria: «A nuestros adorados y por todos respetados...».

–Yo siempre he deseado tener una bonita tumba –dijo la chica junto a Stefan–. Hace dos años me puse enferma, y el médico y todos creían que me iba a morir. Entonces hice prometer a mi madre que me haría un entierro de primera, con un ataúd blanco, una orquesta y cuatro caballos blancos y muchas lilas y nomeolvides. Y ahora...

–Y ahora –la interrumpió con rudeza el chico de la voz grave dando un puñetazo en el banco–, ahora ya basta de historias de tumbas y ataúdes. De tanto decir tonterías no os dais cuenta de lo que está pasando.

–¿Y qué está pasando, señor profesor? –preguntó con voz de repipi la compañera de Stefan–. ¿Tendría la bondad de comunicárnoslo?

–¿Es que no veis nada? –dijo el mayor, irritado–. Al fondo hay claridad; pronto amanecerá.

Los niños miraron el mar sin dar crédito a sus ojos.

–Ahora el mar se ha calmado –continuó el mayor–. Quizá hasta podríamos remar. ¿Qué os parece? Creo que hemos tenido suerte y que saldremos de esta.

Se quedaron pensando en silencio. Por fin preguntó Stefan:

–¿Y qué más se te ocurre? De acuerdo: se está haciendo de día y podemos remar. ¿Y luego?

–Luego estaremos en las mismas –le secundó la chica delgada–. Solo que en lugar de hallarnos a oscuras, habrá luz. ¿Y qué?

–Con luz mejoran siempre las cosas –proclamó una tierna vocecita desde el otro extremo del bote.

–Pero con una simple mejora no nos vamos a salvar. Oye –dijo Stefan volviéndose hacia donde calculaba en la penumbra que estaría el mayor–, ¿crees que nos puede ayudar que sea de día?

–¡Mucho! –dijo el mayor con convicción–. Con luz podremos ver algo y, sobre todo, ¡nos pueden ver a nosotros! Probablemente lleven ya mucho tiempo buscándonos. A estas alturas habrán caído en la cuenta de que no estamos en el cuarto de baño, sino que hemos desaparecido.

Los niños esbozaron una sonrisita.

–Pero ¿cómo van a encontrarnos? –objetó la niña–. Seguro que estamos lejísimos de donde pasó todo.

Thomas se inmiscuyó:

–Quizá el viento nos lleve directamente a Terrania. A lo mejor llegamos a Capitale antes que ellos.

A este disparate, naturalmente, no contestó nadie. Solo Stefan dio a tientas una patada que no alcanzó a nadie.

–Mirad –dijo la dulce voz de antes–. Está saliendo el sol.

Al fondo, en el horizonte, la luz y la oscuridad sostenían un combate. La noche no quería abandonar al mar, y el mar a la noche tampoco. Pero el sol pugnaba por salir entre las nubes y la bruma, dando lugar a una mezcla increíble de colores lila, rojo, naranja y amarillo. Era como si alguien hubiera untado un pincel gordo en media caja de acuarelas y se hubiera puesto a pintar descaradamente, sin método alguno, con las pinturas emborronadas. Sin embargo, en el centro, la incandescente bola del sol era la más fuerte y vencía a los otros colores. Parecía un globo que emergía poco a poco del mar y se alzaba majestuosamente hacia las alturas.

Los niños del bote se miraron por primera vez. Eran once. Siete chicos y cuatro chicas. Todos tenían la cara pálida y unos ojos de haber trasnochado en los que todavía quedaba un resto del miedo que habían pasado. Y todos estaban muy hambrientos.

–¡Mirad! –gritó de nuevo la voz dulce, que procedía de una niña pequeña pelirroja que señalaba ansiosamente hacia el agua–. Allí hay algo. ¿No lo veis?

Los niños miraron en la dirección de la mano extendida.

–¡Sí, sí! –gritó Thomas haciendo casi zozobrar el bote porque pegó un salto como los que daba en clase cuando sabía algo–. Yo también lo veo.

A lo lejos todos vieron ahora una franja oscura, no muy larga, pero que era claramente un trozo de tierra firme en medio del enorme desierto de agua.

–¡Estupendo! –dijo el chico mayor frotándose satisfecho las manos–. ¡Pues manos a la obra! Ahora toca trabajar.

Se levantó e inspeccionó el bote y a sus pasajeros.

–Tú, morenito –le dijo a un chico de pelo oscuro y rizado que estaba sentado en un extremo del bote con la mirada ensimismada y sujetando una caja negra contra el pecho–. Tú seguro que no sabes remar, ¿verdad?

El chico de los rizos oscuros negó con la cabeza.

–Me lo imaginaba –continuó el mayor–. Pues entonces nos darás las órdenes; ya sabes: uno, dos, uno, dos... ¿Lo has visto alguna vez en las regatas?

El chico asintió con la cabeza.

–Bien –dijo el mayor–. Los demás remaremos. Hay tres pares de remos, seis en total. Tú y yo cogeremos uno cada uno –señaló a Stefan– porque somos los más fuertes. Los demás cogerán un remo entre dos.

Agrupó con cuidado en los bancos a los niños, que estaban un tanto torpes porque tenían las piernas heladas y entumecidas. El bote se balanceaba peligrosamente. Por fin se sentaron todos y cogieron valientemente los pesados remos con sus agarrotadas manos.

–¡Vamos allá! –gritó el mayor–. Procurad no saliros del compás. Dentro de una hora estaremos allí. ¡Uno, dos, uno, dos!

Y remaron aplicadamente hacia la franja oscura.

La llegada y los primeros sucesos

AL acercarse vieron que la isla hacia la que se dirigían no parecía muy grande. Tras una playa lisa y blanca, se alzaba una pendiente escarpada hacia la cima, poblada de palmeras y matorrales.

–Eh, chicos. ¡Hemos tenido mucha suerte! –exclamó el mayor.

–Esperad –dijo la compañera de Stefan.

Era la niña mayor del bote y parecía ser de la opinión de que una respuesta impertinente nunca estaba de más. El mayor no hizo caso de su interrupción.

–Mirad –indicó este–. La isla es verde. O sea, que hay árboles. Y donde crecen árboles hay agua, y donde hay agua viven animales, y donde hay animales hay algo para comer.

–¿Y qué pasa si los animales son salvajes? –preguntó la niña respondona–. Tigres, leones y cosas así.

–¡O caníbales! –dijo Thomas entusiasmado–. Esos te atan a un potro de tortura y te asan vivo.

–¡Callaos! –gimió la niña pelirroja, y soltó aterrada el remo.

El mayor frunció el ceño y gruñó:

–¡Vaya una pandilla de miedicas! Antes teníais miedo de ahogaros y ser devorados por los tiburones, y en cuanto veis un trocito de tierra os ponéis a temblar pensando que hay leones y caníbales.

Los niños se callaron avergonzados y siguieron remando como buenamente podían. La isla se iba acercando poco a poco, y cada vez veían con mayor claridad la playa y los árboles verdes de arriba. A Stefan le daba rabia que el mayor lo tuviera por cobarde.

–¿Tú nunca tienes miedo? –le preguntó al cabo de un rato.

–Aunque lo tenga no lo digo –fue su tajante respuesta y, tras una pausa, añadió dubitativo–: No debo decirlo.

–¿Por qué no? –preguntó la niña con curiosidad.

–Lo he jurado –respondió el mayor. Todos dejaron de remar y se quedaron mirándolo boquiabiertos–. No me miréis así –les advirtió–. Soy *boy-scout*, así de simple. Tenemos nuestras leyes, y una de ellas dice: un *boy-scout* no es cobarde.

Sacó unos prismáticos del bolsillo derecho del pantalón y una brújula del izquierdo y miró hacia la isla dándose aires de importancia.

–Sur-sudeste –murmuró; luego lanzó una mirada aleccionadora a los niños y añadió–: Nos hemos desviado un poco.

–¡Oh, no! ¿De verdad? –dijo la niña delgada, y soltó una sonora carcajada–. ¡Hay que ver la de cosas que sabes!

Los niños sonrieron satisfechos. Era gratificante que la niña se burlara del mayor y de su misteriosa afectación. Según todas las apariencias, era un engreído de primera categoría, y venía bien pararle los pies antes de que tuviera la impresión de que podía hacer con ellos lo que quisiera por no ser *boy-scouts* ni tener brújula.

La niña se dio cuenta de la tácita aprobación y continuó en tono burlón:

–¿Que nos hemos desviado? Eres realmente chistoso. ¿Sois todos así de listos en la asociación?

«Eso ha sido demasiado –pensó Stefan–. Se está poniendo impertinente». Guiñó un ojo al mayor, que parecía pensar lo mismo, pues se volvió despacio hacia la niña y le lanzó una mirada larga y demoledora. Entre tanto, había amanecido por completo y todos pudieron comprobar que efectivamente era el mayor de ellos; tendría unos quince o incluso dieciséis años, era alto y fuerte y tenía el pelo rubio oscuro, ojos azules y una firme barbilla. Al verle de pie en el bote y tan alto, les pareció muy mayor.

–Escucha –dijo con voz grave–, a lo mejor eres demasiado tonta como para saber en qué situación nos encontramos. Yo lo sé, ¡y este también! –señaló a Stefan, que de pura alegría se puso rojo–. No estamos en el colegio, donde la clase se ríe desde sus asientos diciendo: «¡Vaya corte que le ha pegado! A ver qué hace él ahora». No, estamos en mitad del océano y quizás...

De repente se interrumpió y volvió a mirar a Stefan, que le entendía perfectamente. «Quizás –terminó Stefan la frase para sus adentros– esta noche estemos todos muertos».

–En cualquier caso –continuó el mayor–, no tiene ningún sentido que nos peleemos y nos ridiculicemos el uno al otro; en suma, que nos comportemos como bebés. Hasta ahora, milagrosamente, hemos afrontado la situación, y ya veremos cómo sigue la cosa. Por mí podéis considerarme un engreído, pero es una suerte para vosotros contar con un *boy-scout* que en cierto modo sabe cómo se debe comportar uno en un caso como el nuestro.

–¿Por qué lo sabes? –preguntó la niña.

–Porque lo hemos practicado todo –respondió el mayor–. Uno de nuestros ejercicios de *boy-scouts* dice por ejemplo: «¿Qué harías si una noche te encontraras a una anciana que se ha roto una pierna y se ha caído en la calle?». Etcétera. Un *boy-scout* no conoce las sorpresas; nunca puede pasarle nada.

Qué grandilocuentes parecían sus palabras. Tras una pausa de respeto, Stefan intervino:

–Entonces te haré una pregunta: ¿qué harías si tu bote se hubiera perdido y se dirigiera a una isla?

–¡Exactamente lo que estamos haciendo! –afirmó el mayor asintiendo dignamente con la cabeza.

Thomas se inclinó de repente sobre él y lo miró fijamente.

–Tú ya tienes barba –constató–. Así que entonces...

–Entonces ¿qué?

–Entonces no tiene mérito –dijo Thomas encogiéndose de hombros.

Nadie, salvo Stefan, entendió lo que quería decir con eso. Sabía que su hermano pequeño era de la opinión irrefutable de que con los primeros pelos de la barba, de la noche a la mañana, le crecía a uno la inteligencia de un adulto. De ahí que no se tomara en serio a los de veinte años sin barba, mientras que estaba dispuesto a tratar de usted a uno de trece años con una sombra en el labio superior. Stefan no había conseguido convencerlo de que eso era una tontería.

–Dejadlo –indicó a los otros–. Tiene sus puntos débiles.

Y para mayor claridad, se llevó un dedo a la sien. Inmediatamente quedó empapado de arriba abajo, porque Thomas se había vengado de su hermano echándole a traición una palada de agua con el remo. Pero para entonces se habían acercado tanto a la playa, que el chico mayor dio la señal de recoger los remos y nadie hizo caso de la pelea.

–Ya hemos llegado. Menos mal que no hay rocas en el agua ni tampoco resaca. Podemos limitarnos a bajar e ir andando hasta la orilla. En el peor de los casos, espero que sepáis nadar todos.

Los niños asintieron. La niña más pequeña puso cara de asustada, y el pequeño de los rizos negros, que iba sentado en un extremo del bote, dejó de cantar para sus adentros.

–Yo sé nadar –dijo la niña–, pero solo tres brazadas.

–Con eso basta –decidió el mayor; dio un último y fuerte golpe de remo, y el bote alcanzó la arena con un crujido–. Bueno –dijo mirando a Stefan–, tú y yo, y vosotros dos –añadió señalando a los chicos de mayor edad después de ellos–, nos quitamos los zapatos y los calcetines y vadeamos por el agua. Acercamos el bote lo máximo posible a la orilla y llevamos a los más pequeños a tierra.

Antes de que hubiera terminado de hablar, los chicos ya se habían descalzado.

–A mí también me gustaría ir –declaró la niña delgada–. Por lo de antes –añadió en voz baja y se ruborizó.

El mayor entendió que quería reparar la ofensa y demostrar que ahora se fiaba de su dirección.

–Vas a pasar frío –dijo.

–¡Qué va! –aseguró la niña meneando la cabeza tan violentamente que las dos coletas le golpearon las orejas–. Mira qué patas más largas tengo –se levantó la falda y enseñó sus dos largas y morenas piernas de niña–. Hasta la rodilla, aguanto perfectamente.

Se encaramaron con cuidado al borde del bote y, como a todos les daba vergüenza decir a los demás que el agua estaba fría, se aseguraron unos a otros que estaba caliente o incluso hirviendo. Bajo la dirección del mayor acercaron el bote a tierra hasta que quedó sujeto a la arena de la orilla. Después, cada uno llevó a espaldas a uno de los pasajeros: Stefan a Thomas; la chica, a la pequeña pelirroja, y el mayor, a dos pequeños a la vez. Así llegaron todos a la playa al mismo tiempo. Aturdidos, palparon el suelo firme sintiéndose como si acabaran de aprender a andar.

–Me tambaleo –comentó Thomas, expresando así lo que sentían todos.

–¿Y ahora qué? –preguntó la niña delgada.

–Ahora –dijo el mayor poniendo cara de pícaro–, ahora quiero saber quién de vosotros tiene un diez en Gimnasia.

–¡Yo! –gritó una niña albina dando un paso al frente.

–Bien. Date con estos otros una carrera de fondo y, a continuación, haced gimnasia matutina. Mientras tanto, nosotros iremos sacando las cosas –indicó el mayor.

Volvió al bote con Stefan y entre los dos cargaron con las mochilas, los zapatos, los calcetines y, finalmente, también con los remos. Lo colocaron todo bien alineado sobre la arena. El sol calentaba y empezaron a sentirse a gusto. «Lo peor ya ha pasado. Estamos en tierra firme», pensaron

Por otra parte, la gimnasia matutina dejaba mucho que desear. Cuando Stefan y el mayor se acercaron a los otros después de concluir su trabajo, estaban todos los niños en corro dando palmas alrededor de la rubia albina, que en ese momento ofrecía un pequeño espectáculo de ejercicios acrobáticos. Hizo el puente hacia atrás y hacia delante diez veces seguidas y ni siquiera se quedó sin aliento. Luego metió la cabeza entre las piernas hasta tan atrás, que parecía que la cabeza arrancaba de las corvas de las rodillas. Daba grima verla. De repente, echó a correr –muchos metros– a toda velocidad sobre las manos, se sentó, colocó los dos pies sobre el cuello y regresó rodando como una bola, tan aprisa que no se sabía cuál era la parte de delante y cuál la de detrás.

–¡Bravo! ¡Fabuloso! –gritaron los niños llenos de entusiasmo.

La albina meneó la cabeza para apartarse el pelo de la frente y dijo que eso no era nada. Que tenían que verla algún día en el trapecio. O a lomos de un caballo a galope...

–En otra ocasión –la interrumpió el mayor cogiéndola del brazo–. Ahora vamos a desayunar.

La frase surtió efecto. Dejaron plantada a la acróbata y rodearon al mayor con gran expectación. Todos ellos asociaron la palabra «desayuno» con la mesa puesta del *Tierra de Fuego*, con sus enormes jarras de cacao y panecillos con mantequilla y mermelada.

–Si me hace el favor, no deseo cacao –dijo la niña más pequeña levantando el dedo con muy buenos modales–. No me sienta bien. Preferiría tomar un café con leche, mitad y mitad.

–Como desee, señora –respondió el mayor inclinándose como un camarero–. ¿Y qué desea *vuesa* merced?

Se volvió con gesto sumiso hacia Stefan, mientras sacaba un bloc del bolsillo y empezaba a garabatear los pedidos.

–Chocolate con nata batida –contestó Stefan con una sonrisita–, tarta de almendras con sardinas en lata y tortilla con zumo de frambuesa.

–Una de choco y una de torti –anotó el mayor, imitando a los camareros.

A todos les dio la risa, sobre todo por lo gamberro que se había puesto por primera vez el mayor. Ahora parecía un niño como ellos; ya no era el profesor entronizado en un pedestal invisible. Se relajaron por completo y lo rodearon pidiéndole los deseos más disparatados, como arroz con fresas y manjares similares.

–Bueno, ahora deshaced las mochilas –dijo el mayor– y sacad todo lo que hayáis traído de comer.

Los niños sacaron sus tesoros con presteza y los colocaron ante ellos. El mayor empezó inmediatamente a ordenar las distintas secciones. Primero agrupó el embutido; a su lado puso el pan y el bizcocho y, a continuación, colocó el «rincón goloso», como él lo llamaba, es decir, las galletas, los caramelos y el chocolate. Lo que más le apeteció fue una bolsita de frutas pasas.

También encontró unas cuantas latas de conserva de sardinas, de leche condensada e incluso de cecina.

–Es una suerte que seáis todos tan comilones –afirmó el mayor–. Y que vuestras madres no hayan hecho caso de las normas, porque en realidad solo estaba permitido traer alguna golosina. Y ahora os voy a enseñar lo que se lleva un *boy-scout* como «equipo de supervivencia» a un viaje largo.

Sacó una bolsa de lona de la mochila y la vació: un paquete de pan, otro de bizcocho, una lata de leche en polvo, un salchichón ahumado, un paquete de nueces, pasas, higos y manzanas secas, dos tabletas de chocolate, un tubito de pastillas edulcorantes, una caja de cerillas y, además, vasos, platos y cubiertos metálicos.

–Bueno –dijo el mayor–, y aquí hay agua para beber.

Pescó una cantimplora de la mochila y la colocó en el centro. Luego empezó a repartir las frutas pasas, mientras la niña delgada desempaquetaba el pan. Stefan se zampó once trozos de salchichón. La niña rubia albina mezcló en los tres vasos que tenían en total la leche en polvo, el cacao y el agua y, por último, echó una pastilla de edulcorante. A Thomas le encargaron que partiera el chocolate en trozos y se dedicó a su tarea con tal devoción, que el chocolate se convirtió en una pasta marrón y sus manos en un par de garras oscuras. Al final, cada niño tenía delante un buen montoncito de cosas para desayunar.

–Que aproveche –les deseó el mayor.

Y como si fueran animales de rapiña, le hincaron el diente a las ciruelas pasas, tal y como él les había aconsejado, para abrir boca. Luego se fueron pasando los vasos, y el cacao les supo a gloria.

–Ahora son las nueve –dijo el *boy-scout* cuando terminaron–. Pongámonos manos a la obra. Propongo que los mayores subamos a ver qué hay arriba –señaló hacia las palmeras, cuyo verde resplandor contrastaba con el cielo de la mañana–. Tenemos que comprobar si la isla está poblada, y qué animales y frutos hay. Venid.

Eligió a Stefan y a los dos chicos que le seguían en edad.

–¡Yo también quiero ir! –gritó Thomas furioso–. ¡No quiero quedarme con las chicas!

–¡Tú te quedas! –ordenó el mayor con un seriedad que casi daba miedo.

–¡Pues entonces os seguiré! –Thomas estaba fuera de sí–. Yo valgo igual que Stefan, incluso mucho más; él solo aprendía vocabulario latín mientras yo jugaba a los indios. Él nunca ha cazado un león y no sabe arrastrarse por el suelo ni nada. ¡Ni siquiera espiar a un indio!

El mayor siguió imperturbable.

–Tú te quedas –repitió.

A Thomas le entraron ganas de tirarse al suelo y echarse a llorar. No lo hizo porque la pequeña pelirroja le tiró de la manga y le preguntó en tono de reproche:

–¿Y quién nos va a proteger a las mujeres cuando los hombres se hayan ido al bosque?

–¿De verdad crees que aquí abajo va a pasar algo? –preguntó Thomas esperanzado.

–¡Seguro que sí! –le prometió ella.

Entre tanto, el mayor le había dicho a la chica delgada que, en su ausencia, vaciara todas las mochilas e hiciera un inventario de todo lo que sacara.

–Apúntalo aquí, en el bloc –dijo–. Hay que mantener el orden.

–Ya lo sé –asintió con presteza la niña delgada–; haré como cuando ayudo a mi madre a contar la ropa de la lavadora: seis fundas de almohada, diez toallas... –se arrodilló junto a la primera mochila y empezó a vaciarla–. ¡Eh, los demás! ¡Venid a ayudarme!

La acróbata y la pelirroja se acercaron obedientemente, seguidas muy despacio por una niña pequeña rubia y muy delgadita que todavía no había abierto la boca. Thomas, el morenito de pelo rizado y un chico pálido con gafas también se acercaron al trote.

–A esta también me la quiero llevar –explicó el mayor señalando a la acróbata–. Seguro que sabes trepar bien, ¿verdad?

–De maravilla.

–Por si acaso alguien tiene que subirse a todo correr a un árbol, viene bien llevarse a una dama serpiente como tú.

–¡Yo también sé trepar de maravilla! –soltó Thomas intentando granjearse la simpatía del mayor, que sin embargo no le hizo ni caso.

–Vámonos –dijo este colgándose del hombro la mochila vacía–. Mientras tanto, los demás ayudad a... ¿cómo te llamas, por cierto? –preguntó a la chica delgada.

–Lina.

–Encantado. Oliver –dijo el mayor haciendo una reverencia. Era francamente bochornoso que alguien hiciera de repente una reverencia en una isla desierta y que se acordara de los buenos modales–. Ayudad, pues, a Lina. No tardaremos.

Partió con su grupo de exploradores, que empezaron a subir en zigzag la empinada pared de la orilla. Las chicas y Thomas se quedaron mirándolos con envidia.

De repente, se oyó un grito desgarrador. Inmediatamente después, el moreno de los rizos se arrojó sollozando a la arena y comportándose como un loco. Oliver retrocedió a todo correr y dijo:

–¿Qué pasa, por Dios?

Lina se arrodilló junto al pequeño lloroso y trató de persuadirlo:

–¿Qué tienes? ¿Te duele algo? ¡Di algo...!

El moreno de pelo rizado sollozaba y tragaba saliva sin decir ni una palabra. Con los dedos temblorosos señaló a la caja negra y alargada, y cuando Lina la abrió todos vieron el estropicio: envuelto en un paño de seda había un violín, el cual se había mojado esa noche durante la travesía por mar y se había desencolado. Cuando Lina fue a sacarlo con cuidado, el violín se deshizo en sus distintas partes.

–¡Pues vaya! –exclamó un chico–. ¿Por ese viejo violín se pone a llorar como si lo estuvieran matando?

–A lo mejor se puede pegar –lo consoló Oliver–. Creo que he traído un rollo de esparadrapo.

El morenito no contestó. Bañado en lágrimas, permaneció sentado en el suelo, mudo de dolor.

–Deja de llorar –dijo Lina intentando limpiarle la cara con su pañuelo–. No es para tanto un violín roto. Alégrate de que ya no tienes que ensayar.

El pequeño la miró un rato sin comprender y le dio la espalda llorando. Acercó la funda y envolvió con sumo cuidado los restos de su instrumento en el paño de seda. Mientras lo abrazaba como a un niño enfermo, los demás lo miraban perplejos. La congoja del morenito de pelo rizado les causó impresión, aunque no entendieran por qué un violín desencolado podía partirle a alguien el corazón. Se miraron entre sí sin saber qué hacer. El pequeño levantó por fin la cabeza. Aunque bañados en lágrimas, tenía unos ojos negros muy bonitos.

–Se acabó –susurró–. Está muerto.

Eso a los niños les pareció una exageración.

–Escucha, sauce llorón –dijo Oliver dándole un puntapié a aquel cúmulo de desdichas–, ya está bien. No te des tanta importancia con tu estúpido violín.

–Está mal de la cabeza –constató Thomas.

De repente, intervino la rubia dama serpiente:

–Vosotros no lo entendéis –dijo–. Probablemente hubiera preferido ahogarse antes que ver su violín estropeado –el pequeño asintió con la cabeza–. ¿Eres acaso un artista?

–Quería serlo de mayor –sollozó el chico–, pero ahora...

–Los artistas son extraños –los aleccionó la mujer serpiente–. Yo conozco a muchos. Mi padre es uno de ellos.

Oliver se encogió de hombros y dio media vuelta para marcharse.

–Usted perdone –dijo levemente ofendido–. Yo no entiendo nada de artistas. Bueno, vámonos.

Sin embargo, se giró de nuevo y sacó una latita del bolsillo.

–Aquí tienes el esparadrapo –indicó, pasándole rápidamente la mano al pequeño por los oscuros rizos.

La dama serpiente le dio un codazo en las costillas y comentó:

–¡A quién se le ocurre pegar un violín con eso! ¡Hace falta estar chiflado!

–Bueno, adiós –dijo Oliver en voz alta.

Así quedó por de pronto zanjado el asunto, y el grupo emprendió al fin su viaje de exploración.

Descubriendo la isla

Los niños no habían visto nunca tal variedad de colores verdes como en el borde superior de la escarpada pared de la orilla, desde donde intentaban ver el interior del bosque, aparentemente impenetrable. Antes de llegar a los árboles, el suelo era afelpado, como una alfombra de musgo en la que se hundían los pies como en un edredón de plumas. Para internarse en el bosque, se abrieron paso con dificultad a través de una cortina de enredaderas. Pequeños matorrales de color verde jugoso cubrían la alfombra, salpicada de bayas redondas y rojas muy bonitas, pero con pinta de venenosas. Bajo los altos helechos se agolpaban familias enteras de setas de color pardo y amarillo. Oliver arrancó una y la examinó.

–Cuidado con las setas –le advirtió Stefan, el hijo del médico.

Oliver le enseñó su carne blanca e inmaculada.

–Pues parece comestible –opinó. Cogió dos de cada clase y las metió en la mochila.

–¿Qué vas a hacer con ellas? –preguntó un chico.

–Cocinarlas y probarlas. Un *boy scout* tiene que probarlo todo.

De repente oyeron el zumbido de una nube de colores y se asustaron bastante.

–¿Eran pájaros? –preguntó Stefan.

–No, mariposas. Qué cantidad de colores; parecía un libro de colorear –dijo un chico que tenía la nariz respingona y pecosa.

Una mariposa de color verde intenso se había posado en una rama de helecho y abría y cerraba las alas para que los niños pudieran observarla en todo su esplendor.

–Mírala qué fresca –dijo Stefan–. Nuestro profesor de Ciencias Naturales se relamería de gusto si pudiera clavarla en su caja de cristal.

Otra mariposa grande de color morado oscuro se acercó y se posó junto a la primera. Tenía medias lunas amarillas en sus aterciopeladas alas.

–Esta tampoco es fea –reconoció Oliver.

Los dos lepidópteros alzaron el vuelo y se marcharon lanzando destellos hacia el interior del oscuro bosque. Inmediatamente después oyeron chillidos y graznidos por encima de sus cabezas. Un grupo de monos daba volteretas por las copas de los árboles chillando y sin dignarse siquiera a mirar a los niños.

–¡Monos! ¡Qué gozada! –gritó la acróbata entusiasmada, y con la velocidad del rayo se puso a trepar por una palmera–. Conozco a muchos; tengo que bajar sin falta con uno.

Pero para entonces ya estaba tan arriba, que apenas se entendía lo que decía.

–Qué chica más rara –comentó el de la nariz respingona–. ¡La de cosas que conoce! Antes, artistas... y ahora monos.

Torcieron el cuello para ver lo que pasaba en las copas de los árboles. La fronda era demasiado espesa como para permitir que la atravesaran los rayos del sol, pero brillaba como una esmeralda por la luz que incidía sobre ella, y respondió a la mirada de los niños con un suave resplandor verde. Para entonces, la dama serpiente ya había llegado a la copa de la palmera, donde se acomodó. A su alrededor, en los árboles de al lado, los monos seguían dando chillidos y miraban desconcertados al extraño animal de piel clara. Al ver que la acróbata no se movía, los monos se le acercaron con precaución. Pero entonces ella cometió un error: chilló de repente creyendo que sabía hacerlo como un mono. Con un grito estridente de terror, los monos emprendieron la huida. Los niños oyeron el crujido de las ramas y el gorjeo de los pájaros asustados.

–¡Eh, dama serpiente! –gritó Oliver hacia arriba poniéndose las manos como un embudo delante de la boca–. ¡Baja! ¡Un diez en gimnasia y un cero en imitar las voces de los animales!

La niña se enfadó. Abatida, se deslizó por el tronco y en el camino cogió un coco para no llegar abajo con las manos vacías del todo. Oliver se alegró mucho al verlo. Elogió a la mujer serpiente y le preguntó si había más cocos arriba.

–No lo sé; probablemente sí –dijo la niña con indiferencia, pues aún seguía afectada por su fracaso–. Si al menos hubiera podido acercarme a uno... –se lamentó–. A los monos hay que acariciarlos; entonces puedes hacer con ellos lo que quieras.

–Deja ya los monos –dijo Oliver alzando el coco en la mano–. Esto sí que nos va a venir bien.

Y luego les explicó a los niños lo magnífico que era un coco: se podía beber el líquido que se obtenía al agitarlo, la denominada «leche de coco», que era sana y exquisita y aplacaba la sed; además, se podía comer la carne del coco, igualmente nutritiva, saciante y muy recomendable; por último, les dijo que con las fibras del coco se podían fabricar esteras y toda clase de tejidos resistentes.

–¡Ni que te pagaran por hacer propaganda! –respondió el de la nariz respingona, una vez que Oliver hubo concluido su discurso solemne en honor al coco–. ¿Acaso tu padre es charlatán de feria?

–No, es profesor de boxeo –explicó mientras apuntaba furioso a la barbilla del chico con el puño.

Siguieron andando y lo siguiente que encontraron no era menos raro que lo anterior: una tortuga gigante, como las que habían visto en el zoológico, apareció por entre el follaje y fue a parar a sus pies. Debía de tener por lo menos cien años; los niños la miraron casi con veneración mientras avanzaba pesadamente. Y luego de repente se oyó un parloteo y un graznido: dos loros con más colores que los vestidos de una muñeca se balanceaban sobre una rama baja cercana a las cabezas de los niños.

–Lorito, lorito –dijo la chica acróbata–, ¿quieres chocolate?

Los loros graznaron y ladearon la cabeza distinguidamente. Después de mirar con descaro a los cinco niños, hasta parecía que se habían formado su propia opinión de ellos.

Stefan se acordó de repente de Thomas, al que en ese momento añoraba profundamente. Los Morin estaban acostumbrados a vivir las aventuras juntos, y ahora le parecía que toda esa fantástica expedición no le hacía tanta gracia sin tener a Thomas a su lado. Porque el pequeño se habría vuelto loco de alegría con tantas sorpresas como les salían al paso. A diferencia de los mayores, Thomas no se habría avergonzado de encontrarlo todo fabuloso y extraordinario; habría admirado con toda naturalidad las mariposas, los monos y los loros, y sobre las orquídeas que asomaban por la maraña de enredaderas lanzando destellos de color rojo sangre y amarillo incandescente, habría dicho: «Oye, Steff, si mamá pudiera ponerlas encima del piano en ese jarrón tan bonito, cómo se alegraría...». Los mayores, en cambio, hacían como si todos los días, de camino al colegio, encontraran orquídeas y tortugas gigantes, como si fuera una cuestión de dignidad varonil no asombrarse de ver un grupo de monos y opinar que las mariposas del tamaño de un pájaro eran bonitas, pero nada del otro mundo.

De pronto se detuvo la marcha. Iban en fila india, con Oliver a la cabeza, quien de repente se paró y se puso en cuclillas.

–¡Mirad esto! –dijo exaltado–. Son rastros de animales. Huellas de conejos o liebres. ¿No veis las marcas de las patas?

Las vieron, pero a ellos solos les habrían pasado completamente desapercibidas. Este Oliver era un tío listísimo.

–Y ahora veremos también huellas de tigres y leones, ¿no? –preguntó el de la nariz respingona.

–No, de eso se trata precisamente –respondió Oliver con presteza–. No parece que haya animales salvajes. Llevo todo el tiempo buscando huellas como un lince, y estas son las primeras. Yo mismo estoy extrañado. Cuanto más avanzamos, más me gusta esto. Es como si esta isla hubiera sido expresamente creada para once niños náufragos. Está llena de frutos y animales, y no tiene ni un solo peligro. ¡Un auténtico paraíso!

Siguieron andando. Poco a poco se iban abriendo claros en el bosque, hasta que llegaron a una plataforma rocosa en cuesta que estaba entre los troncos de los árboles y que parecía ser el punto más alto de la isla. La subieron sin esfuerzo, porque las placas de roca eran como escalones naturales que conducían hasta arriba. Una vez llegados a lo alto, miraron a su alrededor. La plataforma ocupaba exactamente el centro de la isla; el bosque se extendía a sus pies formando una especie de cinturón verde en torno a la plataforma. Desde allí no se veía la playa, sino que el infinito mar azul parecía lindar directamente con el bosque. Daba miedo y, al mismo tiempo, era algo grandioso. Desde allí arriba se apoderó de los niños una sensación desconocida y, por tanto, indescriptible. Sintieron la grandeza del mundo y la insignificancia del hombre. Tenían la impresión de estar perdidos en medio de la inmensidad. Sin embargo, esa sensación no tenía nada que ver con el miedo que habían pasado la noche anterior perdidos en el bote. No era algo desesperante, sino que en cierto modo proporcionaba consuelo, como si aquel puñado de criaturas hubieran encontrado al fin un hueco seguro en el inmenso regazo de la tierra, un rincón en el que poder esconderse y hallar protección y tranquilidad.

Oliver alzó la barbilla y trazó un amplio círculo con el brazo:

–Declaro esta isla de nuestra propiedad –dijo con voz ronca, pues se trataba de un gran momento y no podía remediar darse aires de importancia.

El de la nariz respingona dijo inmediatamente:

–¡Alejandro Magno!

–Viviremos aquí arriba –continuó Oliver–. Acamparemos aquí y desde aquí emprenderemos nuestras cacerías.

Por uno de los lados la colina no era rocosa, sino que estaba cubierta de tierra seca y descendía suavemente hacia el bosque. Pero la pendiente era como un huerto lleno de árboles cargados de fruta: altos arbustos con plátanos todavía verdes, algarrobos con frutos aplastados similares a vainas e higueras de hojas anchas de cuyas ramas colgaban restallantes higos de color pardo y morado, algunos de los cuales, de puro maduros, habían reventado y mostraban su carne rojiza por las grietas.

De repente, Oliver desapareció. Había bajado por la plataforma en tres zancadas, y ahora los niños vieron con asombro cómo se tumbaba en la tierra entre los troncos de los árboles y pegaba la oreja al suelo del bosque. La niña acróbata le dio un codazo a Stefan:

–¿Qué hace ese? ¿Estará mal de la cabeza?

–Supongo –dijo con ironía el de la nariz respingona– que estará escuchando a una manada de elefantes que se acerca. Alejandro Magno no puede vivir sin elefantes.

–Te estás confundiendo con Aníbal –corrigió Stefan– cuando atravesó los Alpes.

La dama serpiente meneó extrañada su rubia cabeza.

–¡Caramba! ¡Mira que sois cultos! Aunque me matarais, no sabría quién es Aníbal.

–¿Es que no vas al instituto? –le preguntó despectivamente el de la nariz respingona.

–Tampoco pasa nada si no va –respondió Stefan, enfadándose por la chica–. ¡No es ninguna vergüenza!

–Casi nunca voy al colegio –reveló la mujer serpiente con orgullo–, y alguna vez he repetido curso.

–¿Qué? –exclamaron los chicos horrorizados.

No podían creérselo porque la chica daba la impresión de ser muy lista. Pero ahora no había tiempo de aclarar el enigma. Oliver se levantó del suelo tan aprisa como se había tumbado y fue trotando de árbol en árbol con la cabeza agachada como un perro policía.

–Voy a seguirlo –dijo Stefan–. Si le pasa algo no sabemos dónde...

Sin terminar la frase, bajó corriendo por la plataforma en busca de Oliver. Los demás fueron tras él, pisándole los talones. Por esa parte el bosque estaba más densamente enmarañado que por el camino de ida. Gigantescos árboles caídos y cubiertos de enredaderas cerraban el paso. El musgo también crecía aquí más apretado, y por doquier, entre el oscuro y húmedo verdor, destacaban las flores más insospechadas. Cuando por fin alcanzaron a Oliver, lo vieron arrodillado en el suelo y ofreciéndoles dos puñados de agua de manantial.

–Mirad –dijo muy contento–, venid y mirad el arroyo. Era lo único que nos faltaba. ¡Ya estamos completos!

Se pusieron en cuclillas a su lado y se lavaron la cara y las manos. ¡Qué agua más deliciosa y refrescante! Por último, bebieron incluso unos tragos y a todos les supo a bosque y a tierra. Estaba mucho más rica que la del grifo.

Oliver se levantó.

–Ahora regresemos –ordenó–. Propongo ir a recoger a los otros y regresar a la plataforma hoy mismo. Entonces pasaremos la primera noche durmiendo en nuestra isla como en casa... por decirlo de alguna manera...

Al oír la expresión «en casa», los niños torcieron un poco el gesto. El mayor podría haber elegido una expresión más afortunada, una que no les recordara la congoja que se tragaban en silencio. Pero al fin y al cabo, Oliver no era un profesor de Lengua y también él podía equivocarse de vez en cuando. En general, hasta ahora lo había hecho todo de maravilla. Así que lo perdonaron y emprendieron el camino de vuelta en buena armonía.

Sepp y Claudia

ENTRE tanto, los niños que se habían quedado en la playa habían hecho también un montón de cosas. Lina y la niña pelirroja, las dos arremangadas, sacaron las cosas de las mochilas. Lina se había anudado incluso las dos coletas para que no le molestaran al agacharse. Se la veía de lo más atareada llevando de un lado a otro camisas y calcetines y dictándole a la pelirroja:

–Tres boinas, una gorra de deporte, una capucha para la lluvia...

–No tan aprisa –se quejaba la otra–. ¡Cualquiera te sigue!

La niña pequeña de cara delicada las miraba tímidamente mientras se retorcía uno de sus rizos de color castaño dorado.

–¿Qué haces ahí parada? –la riñó Lina, mirándola de arriba abajo.

La niña agachó la cabeza, porque se le agolparon las lágrimas al oír que la trataban en un tono tan severo. El chico de las gafas se le acercó y la rozó suavemente en el hombro.

–No te dejes intimidar –le dijo de buen modo–. No lo decía a mala idea, ¿verdad? –añadió mirando a Lina con gesto inquisitivo y también un poco despectivo.

–¡Mira que eres sensible! –replicó Lina ofendida–. ¿Siempre lloras con tanta facilidad?

La pequeña delicada negó enérgicamente con la cabeza.

–Déjala ya –rogó el chico–. Es la más pequeña de todos.

Por fin, la niña levantó la cabeza.

–Si me dais algo que hacer que yo sepa hacer, lo haré con mucho gusto.

Tenía una voz igual de frágil y tierna que la cara y todo el cuerpo.

–Así está mejor –dijo el chico–. ¿Qué tal si, por ejemplo, te encargas de nuestra manta para dormir esta noche?

–No entiendo una palabra –lo interrumpió Lina enfadada–. Además, soy yo la que reparto el trabajo.

El chico se tocó un poco las gafas y respondió tranquilamente:

–Perdona, no quisiera inmiscuirme en tus asuntos. Me llamo Sepp Müller y solo quería ayudarte.

–¿A qué te refieres con lo de la manta para dormir? –preguntó Lina.

–Creo que esta noche tendremos frío si hemos de dormir al raso. Lo mejor será que nos tumbemos todos juntos y que cosamos todos los abrigos para formar una manta grande.

A Lina le convenció la sugerencia.

–Pues venga –le dijo a la pequeña, y sacó los avíos de costura de su propia mochila–. Aquí tienes aguja e hilo. Sé ahorradora; quién sabe el tiempo que nos tiene que durar.

La pequeña miró desconcertada el carrete de hilo y quiso responder algo, pero Sepp la apartó un poco.

–No sabes coser, ¿verdad? –le preguntó en voz baja.

–No.

–¿Tienes una niñera que lo hace por ti?

La pequeña lo miró atemorizada.

–Tengo una doncella.

–¿Una doncella? –preguntó Sepp mirando la boca de la que acababa de salir esa increíble palabra.

–Y una institutriz –continuó la niña con voz triste– y un montón de criadas y una profesora de piano...

–¿Qué más? –dijo Sepp inflexible.

La pequeña tragó saliva y otra vez se echó a llorar.

–Y el mayordomo y el cocinero y los dos jardineros y todos los demás lacayos...

–¡Los lacayos no existen! –afirmó Sepp con decisión.

–Sí existen –aseguró la pequeña, contenta de poder aleccionarlo–. Son gente común y corriente, como tú y yo.

–Tienes cada cosa... –observó Sepp furioso, y la miró encolerizado–. ¿No tendrás también un castillo?

–Pues sí –dijo ella, y volvió a agachar la cabeza con complejo de culpabilidad.

–¿Acaso eres una princesa?

–No, solo la hija de un barón.

Sepp guardó silencio después de esta revelación y se quedó mirándola un rato, pensativo.

–Ajá, y claro, la hija de un barón no sabe coser –dijo después–. Hay que enseñarle.

Se sentaron los dos juntos en la arena y empezaron a coser los abrigos. La pequeña miraba cómo los dedos de Sepp tiraban hábilmente del hilo atravesando la tela gruesa. La aguja parecía que volaba; ella en cambio iba muy lenta.

–Qué bien se te da –comentó la niña con timidez.

Luego se pinchó con la aguja, pero en lugar de decir algo se quedó pasmada mirando la gotita de sangre roja.

–Tienes que chuparte el dedo –dijo Sepp meneando la cabeza.

Ni siquiera sabía eso. ¡Qué cantidad de cosas había que enseñarle a esa hija de un barón!

–¿Sabes también remendar calcetines? –le preguntó la niña al cabo de un rato.

–Por supuesto. Sé hacer de todo: cocinar, lavar la ropa, poner los pañales a un bebé y cortar leña. Porque mi madre lleva dos años en la cama y mi padre solo tiene un brazo.

–¡Oh! –dijo la niña mirándolo asustada.

«Tiene cara de corza», pensó Sepp, y apartó la vista avergonzado. Nunca había visto unos ojos castaños tan tiernos ni, en general, una criatura tan dulce como esa hija de un barón. Siguieron cosiendo los abrigos sin hablar. Reinaba un profundo silencio. El mar brillaba y arrojaba olas pequeñas a la orilla. Una suave brisa jugaba con la arena y traía del agua el olor a mar salada. De vez en cuando se oía el murmullo de Lina:

–Dos pares de guantes de lana, una corbata...

Thomas corría de acá para allá sin hacer nada, mientras el de los rizos negros seguía sentado en el suelo, sumido en una tristeza inconsolable.

–Oye –le dijo Sepp a la pequeña–, si eres tan rica, ¿por qué tu padre no ha fletado para ti un avión que te llevara a Terrania? Alguien como tú no necesita esperar al transporte infantil.

–Todo ocurrió muy de repente. Hace diez días no sabía si iba a emprender el viaje. Fue entonces cuando pasó lo de Karl y Jakob...

–¿Quiénes son Karl y Jakob?

–Los hijos de nuestro chófer. Por la tarde bajaron al pueblo para avisar al veterinario. *Allegro* estaba enfermo y...

–¿Se puede saber quién es ese tal *Allegro*? –preguntó Sepp confuso.

–*Allegro* es el caballo favorito de mi papá. Corre mucho; por eso se llama así, como pone en las notas de solfeo cuando el ritmo se acelera. ¿Es que tú no sabes tocar el piano? –dijo extrañada, pues por la cara de Sepp notó que no tenía ni idea de lo que eran las notas y el *allegro*.

–No –contestó él con mirada ausente.

–¡Pues yo sí! –exclamó la pequeña, y el orgullo hizo que se le ruborizasen un poco las mejillas–. Al final me sabía casi de memoria un *minué* de Mozart.

A Sepp seguía sin impresionarle lo más mínimo.

–Más te valdría saber coser –afirmó fríamente.

La pequeña enmudeció del susto y siguió dándole a la aguja.

–Bueno –dijo Sepp volviendo al asunto–, ¿cómo sigue lo de los chicos del chófer?

–Pues que bajaron al pueblo y, en mitad del camino, los pillaron los aviones. En realidad se dirigían a Cetero, pero al ver a los dos niños, uno se les acercó mucho y disparó hacia ellos.

–Qué canalla. ¿Consiguió darles?

–No. Pero cuando lo contaron, Karl y Jakob estaban blancos como la tiza y les temblaba todo el cuerpo. Y entonces dijo mi padre que eso le podría haber pasado también a Claudia, porque de vez en cuando voy también al pueblo, y por eso decidió mandarme lo antes posible a Terrania, a casa de mi tía Dorothea.

–¿Claudia eres tú?

–Sí. Y luego estuvo toda la noche peleándose con mi madre, que no quería que yo viajara con los demás niños. Decía que cogería piojos y que aprendería malos modales y palabrotas. Pero mi padre dijo que no me vendría nada mal estar alguna vez sin doncella y con niños de verdad...

–Tu padre es muy sensato –opinó Sepp.

–Mi padre... –dijo la pequeña entusiasmada–, no tienes ni idea: mi padre es maravilloso.

–¿A qué se dedica? –preguntó Sepp, pero la hija del barón no entendió lo que quería decir y lo miró con gesto interrogativo–. Quiero decir que en qué trabaja. No creo que se pase el día montado en ese tal *Allegro*. Tendrá alguna profesión, ¿no?

–No lo sé –dijo la niña con un hilo de voz–, de verdad, nunca se lo he preguntado. Creo que no tiene ninguna profesión... solo que a veces va a las sesiones del Parlamento.

–¿Qué? –se extrañó Sepp–. ¡Mira que eres tonta! Entonces claro que tiene una profesión: es político.

–¿Ah, sí? –preguntó la niña toda contenta–. Pues eso será.

–Yo también quiero ir al Parlamento. Cuando sea mayor. Pero quizá me dedique a la construcción aeronáutica.

En ese momento llegó a todo correr Thomas. Llevaba debajo del brazo una caja de construcciones que había pescado de alguna mochila, y preguntó de mal humor:

–Lina dice que podría ayudaros a coser.

–Tiene razón –dijo Sepp; pero como estaba tan a gusto charlando con Claudia, añadió–: Seguro que no sabes coser.

–Ni idea –confirmó Thomas, y se puso de mejor humor–. Al contrario: lo que se me da bien es hacer agujeros.

Se marchó zigzagueando y se instaló con su caja de construcciones al lado del de los rizos negros, que seguía abrazado a su accidentado violín sin decir una palabra.

Guiñando los ojos, Sepp miró hacia la arena.

–¡Pero bueno! –gritó de repente dando un salto–. ¡Qué calamidad! ¡Se va a echar todo a perder! –se refería a la comida, que estaba a pleno sol sin protección alguna, a punto de convertirse todo en legumbres secas; se dirigió a Lina–: Si no tienes nada en contra, voy a fabricar un pequeño frigorífico.

–¡Adelante! –consintió magnánima, y le picó la curiosidad de cómo lo haría.

No lejos de la orilla, Sepp hizo un agujero tan hondo en la arena que abajo se veía ya el agua. Luego amplió el agujero y lo convirtió en un foso. Por último, introdujo un remo atravesado en el fondo del foso y fue metiendo las cosas de comer junto al frío y la humedad. Cuando ya llevaba un rato cavando, se le acercó Claudia y le preguntó modestamente si podía ayudarlo. Sepp se limpió el sudor.

–Si quieres puedes alisar las paredes para que no se desmoronen.

La pequeña se puso a trabajar con diligencia. Al cabo de un rato se detuvo, lo miró dubitativa y por fin dijo:

–¿Puedo preguntarte una cosa, Sepp?

–Pues claro.

–¿Siempre has sabido tantas cosas... prácticas?

–No. Lo he aprendido. Uno sabe lo que necesita saber.

–¿Tú crees? –preguntó ella con gesto de duda, y Sepp se dio cuenta de que la pequeña pensaba en coser.

–Si vivieras en mi casa, si fueras por ejemplo mi hermana...

Dejó de cavar y miró pensativo hacia el mar. ¿Cómo podía explicarle a esa criatura mimada la diferencia abismal que había entre una hija de un barón y el hijo de un obrero, entre un castillo y un piso de un solo dormitorio? Probablemente, hasta ese día no habría tenido ni idea de que existían chicos como Sepp Müller, que tenían que lavar, cocinar, barrer y cuidar de los hermanos pequeños. Tampoco él había conocido nunca a una hija de un barón, salvo por las revistas: «El príncipe Fulanito con su hijita en su finca». Y cuando por la mañana le envolvía a su padre el almuerzo y su madre le preguntaba desde la cama: «¿Le has metido a papá un trozo de salchichón?», y él contestaba: «Sí, mamá», aunque no era verdad porque ya estaban a fin de mes y hacía tiempo que no quedaba dinero en casa, entonces miraba las fotos de las revistas y se juraba a sí mismo odiar a Claudia y a sus semejantes. Pues bien, ahora que se le había presentado la oportunidad de estar sentado a su lado, no podía remediar que le gustara. No era arrogante ni engreída como él había imaginado, sino simpática, silenciosa y servicial, y además lo admiraba por la de cosas que sabía hacer, a diferencia de ella. ¿Y si le contaba cómo era la casa de los Müller? Entonces se daría cuenta de lo mal repartido que estaba el mundo, donde uno tenía *Allegros* para montar y doncellas y castillos, y otro una cama plegable en la cocina porque el dormitorio lo ocupaban los padres y los hermanos pequeños. Si todos los niños pobres pudieran enseñar a los ricos cómo viven, entonces los ricos se avergonzarían de vivir tan bien. «No queremos un palacio –dirían–, si vosotros vivís cinco en un piso de un dormitorio, ni tener dos coches si vosotros vais a pie para ahorraros el dinero del autobús. Lo ideal sería que nosotros tuviéramos algo menos y vosotros algo más».

Sepp suspiró. En realidad, todo era muy sencillo. Claudia le daría inmediatamente la razón cuando se lo contara. Los niños a veces comprenden mucho más fácilmente las cosas que los mayores. Habría que mandar un mes a casa de los Müller a todos los pequeños condes e hijos de barón, a todos los niños ricos procedentes de las escuelas campestres y de los internados de lujo. Y a los niños pobres, a los castillos y a las villas. Entonces él, Sepp, vería cómo el mundo mejoraba y se volvía más justo.

–Llevas un rato pensativo –dijo Claudia respetuosamente.

–Sí –respondió Sepp, y siguió cavando–. Por desgracia, ahora no tenemos tiempo; tengo que terminar la nevera. Pero más tarde hablaremos de todo largo y tendido.

Una mochila con sorpresa

A mediodía ya habían terminado todo el trabajo: vaciar las mochilas, coser la manta con los abrigos, enfriar la comida..., y los exploradores seguían sin volver.

–¿Dónde estarán? –dijo Lina nerviosa–. Se me va a quemar el asado a la parrilla.

La pelirroja no entendió la broma a la primera.

–¿En serio que hay asado? –preguntó asombrada.

–Claro –contestó Sepp–, con chucrut –y cogiendo un puñado de escurridizas algas marinas, se lo puso a la niña debajo de la nariz–. Pruébalo.

Thomas ya había guardado la caja de construcciones y se acercó con aire melancólico. Se aburría mortalmente.

–Me has prometido que iba a pasar algo –le dijo a la pelirroja–. Que te tenía que proteger. ¿De qué? No hay ni un pirata a la vista.

–Lo siento –dijo la niña–. De todos modos, yo prefiero que no haya piratas.

Thomas meneó la cabeza. ¿Cómo podía gustarle a alguien una aburrida mañana en la playa más que una batalla encarnizada con piratas o con cualquier otro monstruo marino? Había contado con algo parecido; para sus adentros había confiado en librar allí abajo un heroico combate para que los mayores, cuando regresaran de explorar la isla, se arrepintieran de no haberse llevado consigo a un hombre tan valiente como él.

–¡Ahí están! –gritó Lina de repente.

Arriba, en el borde de la montaña, aparecieron los otros cinco saludando y dando voces. Corrieron hacia ellos y se saludaron como si fueran una entrañable familia cuyos miembros se vuelven a ver después de años de separación. Se pusieron a contar cosas todos a la vez. Todo eran preguntas y respuestas, el uno superaba al otro en descripciones extrañas y fabulosas, hasta que a los que se habían quedado abajo les zumbaba la cabeza y nadie entendía ya lo que había pasado de verdad. Thomas se tapó los oídos y gritó:

–¡No entiendo nada! ¿Cómo es que las tortugas pueden trepar a los árboles y los loros comerse las orquídeas?

Por fin, Oliver mandó guardar silencio y les comunicó a los niños el plan que tenía para ese día. Había que preparar rápidamente una comida para que a continuación todos pudieran marcharse juntos y llegar así por la tarde a la plataforma de arriba. Llena de orgullo, Lina le llevó al *frigorífico*, y Oliver se quedó sinceramente entusiasmado con la instalación. Miró sorprendido a Sepp, pues no le había creído capaz de tanta inventiva a ese chico pálido de gafas y piernas combadas. Pero Sepp se mantuvo modestamente en un segundo plano; no le gustaba que hicieran tantos aspavientos por su invento. Por otro lado, durante la comida comprobaron que las provisiones les daban como mucho para la cena. A partir del día siguiente tendrían que confiar en los frutos de la isla y en su suerte en la caza.

Antes de marcharse, Oliver comparó la lista de Lina con las cosas tan bien ordenadas del suelo. El chico de las pecas y la nariz respingona le siguió haciendo comentarios mordaces sobre las distintas cosas que iban descubriendo en los diferentes montones.

–¡Unos calzoncillos largos, ji ji! –dijo, por ejemplo–. Para que el nene no se enfríe la tripita.

El pequeño de pelo rizado negro agachó la cabeza y se ruborizó de vergüenza porque eran sus calzoncillos: pese a sus protestas, su madre se los había metido en la mochila.

Luego, el de las pecas pescó una muñeca muy bonita con pelo de verdad, ojos somnolientos y un vestido de seda. Ahora le tocó a Claudia ponerse roja. La muñeca era suya y se llamaba Elisabeth. Para Claudia, que se había criado sin hermanos, Elisabeth significaba mucho más que una simple muñeca. Era su hermana pequeña. Por las noches dormía con ella en la cama, y no dudó en llevársela consigo a Terrania. En el *Tierra de Fuego,* Claudia la había tenido cuidadosamente escondida; solo por la noche, a oscuras, la había sacado disimuladamente de la mochila y se la había metido debajo del edredón. Y ahora el chico de la nariz respingona había desvelado su secreto. El niño cogió por el pelo a la muñeca Elisabeth y la zarandeó sin piedad de acá para allá. Cuando Claudia oyó el ruido que hacían los ojos al abrirse y cerrarse, se echó a temblar de pensar que pudiera caerse y romperse.

–¡Mi muñeca! –gritó angustiada.

–Mi muñeca, mi muñeca –la imitó el chico–. ¿No te habrás traído también un chupete y un osito de peluche?

Despectivamente, dio una patada a un pequeño avión esmaltado en rojo. Thomas no había querido separarse de él, pues el avión, que se lo había traído su padre en las últimas vacaciones, era capaz de volar en círculo tres veces.

–¿Quieres dejar en paz mi cazarreactor? –gritó Thomas.

De repente, el pecoso se agachó y observó con ojos de asombro un objeto grande y reluciente que acababa de descubrir. Lo levantó para que todos lo admiraran: era una cazuela de aluminio nuevísima.

–¡Habrase visto cosa igual! –dijo soltando una carcajada burlona–. ¡Ir a Terrania con una cazuela! No solo nos hemos traído una guardería, sino también una olla para la sopa. ¿De quién es?

Oliver se dio la vuelta y dijo brevemente:

–Mía.

–Vaya, vaya –se rió el de la nariz respingona–, como una viejecita que viaja con la cazuela y la labor de punto. ¡Solo te falta un perrito faldero en el regazo!

Oliver empalideció con estas ofensas y se volvió hacia el chico. Se le puso delante con las piernas esparrancadas y las manos en los bolsillos del pantalón. Los niños se miraron asustados.

–No os peleéis –rogó la pelirroja.

–Lo que lleve yo en la mochila a ti ni te va ni te viene –le dijo Oliver al de la nariz respingona con una calma peligrosa–. Aunque fuera un orinal, a ti no te importa.

–¡Ajá! –gritó el otro súbitamente furioso–. Conque a mí no me importa, ¿eh? En cambio, a ti sí te importa lo que llevemos nosotros en la mochila, ¿no? Tú te permites cualquier cosa, te comportas como el jefe y das órdenes solo porque tienes unos meses más que yo o porque has aprendido a hacerte el engreído en tu estúpida asociación de *boy-scouts.*

Estaba furioso; parecía poseído por el odio y la ira. Se abalanzó sobre Oliver con los puños cerrados.

–Yo no me dejo mangonear por nadie, ¿lo oyes? ¡No obedezco a nadie, nadie, NADIE!

Se le quebró la voz, y su nariz parecía más respingona de lo normal. Temblaba y tenía la cara gris de indignación.

A los niños, su conducta les pareció incomprensible y vergonzante. Solo faltaba que se atreviera a rozar a Oliver. Stefan dijo amenazante:

–¡No te consiento que ofendas a Oliver! ¡A saber dónde estaríamos sin él!

Pero el mayor no parecía necesitar la ayuda de los otros.

–Déjalo –indicó–. Me las arreglaré yo solo.

Avanzó un paso y observó a su rival. Luego dijo muy despacio y pausadamente:

–Has de saber una cosa: aquí no manda ni obedece nadie. Cada cual es libre de hacer lo que quiera. Los niños que vienen conmigo saben que no los *mangoneo*, como tú lo llamas. Yo propongo lo que me parece acertado, y quien sea de otra opinión puede decirlo.

–¡Eso no es verdad! –chilló estridentemente el de la nariz respingona–. Te has limitado a dar la orden de vaciar las mochilas. ¡Y cualquiera te llevaba la contraria! Y arriba, en la plataforma, has dicho: «Aquí vamos a vivir». Punto. Su majestad, el señor Oliver, ha tomado una decisión. Me he dado cuenta en seguida de que tú lo que quieres es mandar, quieres que seamos tus esclavos y trabajemos para ti...

–¡Ya está bien! –gritó Oliver, rojo de ira–. ¡Se acabó!

En un santiamén, se quitó el anorak para abalanzarse sobre el otro. Los demás niños retrocedieron asustados. El de la nariz respingona agachó la cabeza como un toro y se quedó esperando el primer golpe. Stefan se mordió el labio inferior mientras pensaba febrilmente en cómo podría intervenir para evitar la pelea. Y una vez más, fue Thomas el que pronunció la frase que les sacó del apuro:

–¡Y todo por culpa de la dichosa cazuela!

Entonces cogió la reluciente causante de la pelea y se la metió por la cabeza como si fuera un casco. Parecía un submarinista de los Mares del Sur, porque la cazuela le resbaló por las orejas y quedó apoyada en los hombros, y no habría sido Thomas si no se hubiera puesto inmediatamente a vocear con su sombrero de aluminio y a tambalearse como un borracho, con los brazos estirados y las rodillas dobladas, para gran regocijo de los niños. Ni siquiera Oliver y el de la nariz respingona pudieron permanecer serios ante esa exhibición. Stefan, en cambio, una vez más, se avergonzó muchísimo de su hermano. Le quitó bruscamente la olla de la cabeza y le espetó con bastante dureza:

–¡Estás loco, o qué! ¡A quién se le ocurre ponerse una cazuela en la cabeza! ¡Es repugnante!

–¿Por qué? –preguntó Thomas, y se pasó la mano por el pelo para ver si se le había puesto grasiento, porque no cayó en la cuenta de que pudiera ser repugnante *para la cazuela*–. Parece muy nueva –se defendió–; como si estuviera sin estrenar.

–Es que es muy nueva –afirmó Oliver–. La vieja tenía un agujero. Y ahora os voy a explicar por qué llevo eso en la mochila –dio la espalda al de la nariz respingona y continuó–: Un *boy-scout* no emprende un viaje largo sin un utensilio para cocinar. Un *boy-scout* piensa siempre con antelación en todas las eventualidades...

–¿Qué harías si...? –dijo Stefan, a quien eso le había causado impresión.

–¡Exactamente! ¿Qué harías si, por ejemplo, hubiera descarrilado el tren que nos llevó de Cetero a Port Pax?

–Hubiera sido horrible –comentó Lina.

–Habría habido heridos –siguió hablando Oliver sin inmutarse–. Los heridos necesitan agua. Pero ¿cómo se lleva agua de un río, un arroyo o un manantial próximos hasta el lugar del accidente?

Como un profesor, miró inquisitivamente hacia el corro de alumnos.

–En una cazuela –respondió obedientemente la pelirroja.

–Exacto –asintió Oliver satisfecho–. O ¿qué harías si de repente nuestro bote de salvamento hubiera hecho agua y hubiéramos tenido que achicarla para no hundirnos? ¿Con qué se saca del bote agua del mar de más de 30 centímetros de altura? ¿Con las manos? ¿Con los vasos de lavarse los dientes?

De nuevo lanzó una mirada inquisitiva a su alrededor.

–Con una cazuela –repitió la pelirroja, impresionada por tanta prevención y sabiduría del *boy-scout*.

–O bien... –quiso continuar infatigablemente Oliver, pero la mujer serpiente se le acercó de un salto y dijo:

–O bien... Déjame continuar a mí, Oliver. Digamos que es como un juego de sociedad, y ahora le toca hablar a otro. O bien... Somos once niños hambrientos. Quizá podamos asar a la parrilla una cebra y tomar fruta cruda. Pero ¿qué haríamos si quisiéramos tomar té o café o cacao? –la dama serpiente levantó el dedo aleccionadoramente y les preguntó–: ¿Dónde se hace el té o el café o el cacao para once sedientos niños?

–En una cazuela –rieron todos a coro.

También Oliver participó de la risa, pese a que se había dado perfectamente cuenta de que la niña acróbata se burlaba un poco de él.

«Reíd, reíd, ya me daréis las gracias por la olla», pensó, y luego dijo en voz alta que había que darse prisa para llegar al campamento del bosque antes de que anocheciera.

Rápidamente recogieron las mochilas y se las repartieron según el peso: Oliver, el más fuerte, cogió la mochila de los libros y los juguetes; Stefan se encargó de llevar la pesada manta hecha con abrigos... y la pequeña Claudia únicamente tuvo que llevar la ligera cazuela de aluminio. Cuando por fin se disponían a partir, vieron que quedaba una mochila vacía en el suelo; luego contaron y resultó que en lugar de once eran diez.

–¿Quién falta? –preguntó Oliver enfadado.

–Falta Sepp –dijo Claudia con su delicada vocecita–. ¡Está ahí fuera!

Señaló hacia el mar, donde vieron a Sepp arrodillado dentro del bote salvavidas; parecía estar muy atareado. En ese momento se incorporó y gritó hacia la orilla:

–¡Eh, chicos! ¡He descubierto una cosa! ¡Venid aprisa!

Oliver y Stefan se lanzaron al agua y vadearon hasta el bote.

–Mirad esto –les explicó Sepp, cuando los dos se encaramaron al bote chorreando–. Se me ha ocurrido pensar que en un bote de salvamento tenía que haber herramientas. Mirad.

Señaló el banco del timón en el que había ido sentado el morenito de pelo rizado. La tabla del centro estaba suelta. Sepp la levantó y dentro encontraron toda una provisión de clavos y tornillos. También había un martillo, una garlopa, unas tenazas, un hacha, una sierra, rollos de alambre, una linterna y un botiquín de primeros auxilios. Además vieron un buen montón de latas de conserva y galletas; en suma, todo lo que una persona necesita para vivir unos cuantos días, sin ayuda humana, en el mar o en una playa desierta. Los tres niños se alegraron del hallazgo. En secreto, a todos ellos les había preocupado cómo podrían construirse una cabaña sin herramientas, y ahora las tenían todas a la vista y solo hacía falta cogerlas.

Cuando por fin subieron los once con el equipaje por la pared de la orilla, ya estaba atardeciendo, y cuanto más se acercaban al bosque, más en penumbra se hallaban. Tras alcanzar la plataforma de roca dejaron, agotados, las mochilas, y Oliver llevó en seguida a los más pequeños al arroyo para que pudieran refrescarse y descansar. Los mayores, en cambio, arrastraron un tronco de árbol caído hasta la plataforma, lo rodearon de ramas secas y, finalmente, todos se pusieron solemnemente alrededor de Oliver, que encendió su primera fogata en la isla. Al principio no lo consiguió, por lo que gastó cuatro valiosas cerillas de la única caja que tenían, hasta que por fin logró que ardiera. Luego estrenaron la cazuela: Lina hizo una especie de sopa de cacao con galletas y bizcocho, que se fueron derritiendo hasta convertirse en un puré dulce de color marrón. Mientras tanto, Sepp y Claudia cogieron higos maduros y algarrobas.

Cuando Lina anunció por fin que la cena estaba lista, ya era casi de noche y hacía fresco. Desplegaron la manta grande y se sentaron cerca de la lumbre para calentarse. Las ramas chisporroteaban; la sopa caliente sabía a gloria y los once se sintieron muy felices. A todos ellos les había preocupado un poco la primera noche en la isla, y sin embargo ahora estaban calentitos y se sentían muy a gusto al lado de la fogata, charlando todos a la vez de tonterías divertidas. De postre había fruta. Cada niño recibió un puñado de higos y de algarrobas.

Mientras tomaban la sopa, de repente todos prestaron atención al de los ricitos negros, que había apartado el plato y de nuevo abrazaba la funda del violín mientras canturreaba una melodía tristísima.

–¡Come! –le mandó Thomas.

El de la nariz respingona, que estaba sentado al lado del morenito, dijo en tono despectivo:

–Menudo ñoño y llorón que estás hecho.

Dio un empujón al pequeño, y este dejó caer el violín para protegerse con los brazos del de la nariz respingona.

–Oliver –dijo–, no permitas que me pegue. No me puedo defender de alguien que es tan bruto y mucho mayor y más fuerte que yo. Además, no soy un bravucón, para que lo sepáis, sino un violinista que ha estudiado música, no boxeo –sollozó con fuerza–. ¡Ninguno me entendéis! –dijo desesperado, meneó la cabeza y la hundió en el pecho con gesto doloroso.

Oliver se levantó y fue hacia él. Se agachó paternalmente y abrazó los temblorosos hombros del pequeño.

–No te pongas tan nervioso. Nadie tiene nada contra ti. Con el tiempo aprenderemos a comprenderte. Por cierto, ¿cómo te llamas?

–Wolfgang Hasselberg.

–¿Y qué años tienes?

–Casi once.

–Y aparte de tocar el violín, ¿sabes hacer algo más?

Wolfgang negó con la cabeza.

–No mucho. Soy bueno en Aritmética, pero no creo que te refieras a eso, ¿no?

–No, no me refiero a eso. Quiero saber qué se le da bien a cada uno de nosotros para poder asignarle su puesto de trabajo. Sería una estupidez –continuó ante la mirada interrogativa de los niños– si por ejemplo a Lina, que sabe cocinar y no trepar, la mandáramos a las palmeras para coger cocos, y a nuestra dama serpiente, que sabe trepar y no cocinar, la pusiéramos delante de la cazuela...

Los niños lo comprendieron.

–Por eso propongo –continuó hablando Oliver– que nos conozcamos por fin el uno al otro.

–Sí –exclamaron todos al unísono.

Los niños se presentan

CUANDO oscureció por completo, se acercaron más al fuego. El fresco viento de la noche zumbaba entre los árboles. El bosque durmiente los rodeó con toda clase de ruidos extraños: los resoplidos de una lechuza, el crujido de las ramas, los pájaros piando en sueños... Para los niños de la gran ciudad, aquellos sonidos eran inusuales y angustiosos. Pero como se sentían seguros todos juntos, no tenían miedo. Miraban con curiosidad al mayor, cuya vigorosa silueta destacaba grande y oscura ante el rojizo resplandor del fuego. Entonces dijo:

–Me llamo Oliver Lohmann y tengo quince años. Mi padre trabaja en un banco. Como soy hijo único, mi madre no quería por nada del mundo dejarme hacer este viaje. Pero al final la convencimos entre mi padre y yo. En Terrania pensaba ir a la Escuela de Peritos porque de mayor quiero ser ingeniero. Lo que sé ya lo habéis visto. Como soy el mayor de nosotros, lo más razonable es que provisionalmente sea vuestro... –aquí Oliver se atascó porque no quería decir «líder» ni «guía» ni «jefe»: ¿cómo podría expresarse? ... vuestro hermano mayor y, como tal, me haré cargo de la situación. Más tarde, quizá resulte más apropiado otro de vosotros. Una cosa os voy a decir: lo principal es el orden y la división del trabajo. No podemos dejar que Wolfgang se muera de hambre porque solo sepa tocar el violín y no tenga ni idea de cazar y asar una liebre.

–Eso está muy bien –afirmó un chico poniéndose en pie de un salto–. Aunque no me gustan los refranes, aquí encaja muy bien eso de «Una mano lava la otra». Si yo, por ejemplo, pesco un pez y Lina lo guisa y esa pequeña –dijo señalando a la pelirroja– se lo come, entonces esta, en señal de agradecimiento, nos coserá a Lina y a mí las camisas, ¿no?

Cuando todos asintieron conformes con la cabeza, el chico, satisfecho, se apartó el pelo de la frente y miró a los demás con sus ojos francos y sinceros.

–Me llamo Paul Hall y tengo dos hermanas mayores. Mi padre es maestro carpintero, y hasta antes de la guerra era capataz en una fábrica grande de muebles. Ahora lleva más de un año prisionero y no sabemos nada de él. En realidad, yo no quería marcharme de Cetero y dejar solas a mi madre y a las dos chicas. Pero como no sabemos nada de mi padre y mi madre dice que a lo mejor no vuelve de la guerra, mi madre quería a todo trance que me marchara para que no me pasara nada.

–¿Y tus hermanas? –preguntó Lina–. ¿A ellas sí les puede pasar algo?

–Mis hermanas ya son mayores –dijo Paul con timidez–. Una tiene veinte años, y la otra, veintidós. Y yo acabo de cumplir los doce.

Se había puesto muy rojo porque le disgustaba que los niños pensaran que, al emprender el viaje a Terrania, había dejado en la estacada a su madre y a sus hermanas.

–¿Y qué sabes hacer? –le preguntó Oliver al chico.

–Sé un poco de carpintería –respondió Paul–. Desde luego, no tanto como mi padre.

–¿Y algo más? –pronunció Oliver como un juez de instrucción.

Paul se quedó pensativo.

–No sé –contestó titubeante–; al lado de nuestra casa hay una fábrica de curtidos y he ido muchas veces a ver lo que hacen. Creo que si tú cazas un conejo, sabré arrancarle el pellejo y prepararlo de tal modo que podamos hacernos chaquetas de piel.

–¡Yo no quiero una chaqueta de piel! –dijo la pelirroja–. Y me parece horrible cazar un conejo y luego comérnoslo. En mi casa nunca se come carne. Mi padre es cartero y dirige una asociación de protección de la naturaleza en la que todos comen exclusivamente verdura. Tengo once años y me llamo Katrin Ihlefeld y, si es posible, me gustaría ayudar en la cocina porque me divierte, y también me gusta coger bayas, y el invierno pasado me dieron un premio por patinar sobre hielo.

–Enhorabuena –dijo Oliver–, aunque me temo que aquí tendrás pocas posibilidades de patinar.

–Escucha, Katrin –se inmiscuyó Lina con el ceño fruncido–, si te figuras que aquí vamos a hacer cocina vegetariana solo para ti, mientras los demás tomamos liebre asada, estás muy equivocada. Además –continuó enfadada–, ya estoy bastante harta de tener que hacer distintas comidas en casa. Mi padre tiene un gran negocio y viene todos los días a una hora distinta. Siempre hay que calentarle la comida expresamente para él. Mi madre tiene el estómago delicado y toma papilla de sémola y puré de patatas. Y mi hermano pequeño solo come papillas para bebés. Así que haz el favor... Aquí comeremos lo que yo lleve a la mesa; de lo contrario, que se encargue otro de la cocina.

–Riñes igual que los mayores –señaló Stefan–. ¿Qué edad tienes?

–Catorce años. El año que viene dejaré el colegio y me haré enfermera.

–Pues yo seré médico –dijo Stefan todo contento–. Seremos colegas.

Luego se levantó y cogió a Thomas de la mano:

–Somos Stefan y Thomas Morin. Nuestro padre es médico y nuestra madre es la madre más estupenda que uno pueda imaginar. Yo entiendo algo de enfermedades, y mi padre me ha dado clases de Anatomía.

–Pues a mí no –dijo la dama serpiente–. ¿Quién es esa tal Anatomía?

–La Anatomía es el aspecto que tenemos por dentro –explicó Oliver–. La contextura ósea y demás –luego se volvió hacia Stefan–: ¿Y qué quieres hacer aquí?

–Lo que más me gustaría es ir de caza. Aunque no sé disparar, sé cómo se mata lo más rápidamente posible a un animal herido. Así se le evita una tortura innecesaria, ¿o crees que acertaréis siempre el tiro?

–Seguro que no –dijo Oliver.

–Y también sé destripar pollos y pescados –continuó Stefan–. A mi madre siempre le da asco, pero un médico no puede sentir repugnancia.

–Muy bien –elogió Oliver–. Así pues, quedas nombrado médico y maestro carnicero del Estado Infantil. ¿Y de qué se va a ocupar Thomas?

Thomas había pergeñado diferentes planes. Quería montar un jardín zoológico con todos los animales que habían visto ese día en el bosque. Quería talar árboles y construirse una choza auténtica. Quería hacerse una espada e ir a cazar leopardos, porque eso de que allí no hubiera animales salvajes no le gustaba nada, y sencillamente no se lo creía. Pero antes de que pudiera abrir la boca para revelar sus intenciones, dijo la dama serpiente:

–Thomas vendrá conmigo. Necesito a uno que se quede abajo mientras yo subo a los árboles –lo dijo con resolución, como una orden sin réplica posible–. Me llamo Diana –proclamó–. Mi padre es payaso. Y mi madre amazona. ¡Soy hija del circo!

El efecto que causaron sus palabras fue fulminante. Los niños abrieron la boca y la nariz y miraron a la rubia como si viniera de otro mundo. Y en parte tenían razón.

–Por eso no voy casi nunca al colegio –continuó Diana–. Quiero decir que hago novillos porque prefiero montar a caballo, ensayar en el trapecio o estar con los animales. ¿Habéis metido alguna vez la cabeza en las fauces de un león? Yo sí.

Todos guardaron un silencio de profunda veneración.

–Lo malo es que solo tengo doce años –prosiguió aquella extraña criatura– y todavía no puedo salir a escena. De todos modos, a veces sustituyo a algún acróbata que se haya puesto enfermo. Ya sé dar el doble salto y hacer el rizo mortal. Pero si se entera la policía, se acabó. Entonces me sacarían de casa y me llevarían a un hogar infantil diciendo que mis padres me obligan a trabajar. Qué disparate.

–¿Cómo se llama tu padre? –preguntó Oliver.

–Nudl-Dudl.

–¡¿Qué?! –gritaron todos–. ¿Nudl-Dudl?

Al instante se pusieron a dar saltos, a corretear y a darse empujones mientras le preguntaban cosas a Diana. No había ninguno que no supiera quién era Nudl-Dudl: el payaso favorito de Umbría, el hombre más gracioso de todo el país. En todos los periódicos salía su foto, en todos los carteles aparecía su nombre, todos lo habían visto en las películas y algunos incluso en la vida real, en el teatro de variedades o en el circo.

–Qué suerte tienes –dijo Thomas con envidia–. Nosotros solo tenemos un tío que es director de banco. Pero eso no es nada al lado de un payaso...

–Mi padre es un gran artista –afirmó Diana orgullosa–. El año que viene, cuando cumpla trece años, le dirá a todo el mundo que tengo quince, y entonces ya podré actuar.

Dio un salto y cayó elegantemente sobre un pie mientras con la mano lanzaba besos a su alrededor, como un funambulista cuando ha terminado su número.

–¿Por qué querías ir a Terrania? –le preguntó Stefan–. En realidad, hubieras estado mucho más a gusto en el circo.

–Yo no quería, pero mi madre sí. Por *Augusto.*

–¿Augusto? –preguntó Thomas.

–Augusto era un emperador romano –explicó Stefan.

–Ni idea –dijo Diana–. *Augusto* es nuestro jaguar. Está amaestrado y sabe saltar por el aro y, en general, es el jaguar más listo del mundo. Lo único que no puede soportar son las alarmas de bomba. Cuando empiezan a sonar las sirenas se pone nervioso, y una vez cayó cerca una bomba. Entonces se escapó y se puso a correr como loco. Cuando conseguimos atraparlo, quise hacerle una caricia y me mordió en el hombro. No fue nada grave y se me curó en dos semanas, y Nudl-Dudl dijo: «Al fin y al cabo, a cualquiera le puede pasar que le muerda un jaguar». Pero mi madre se enfadó mucho y dijo que la guerra se había vuelto peligrosa y que desgraciadamente tenía que marcharme a Terrania.

Oliver carraspeó y dijo:

–Bueno, así que Diana y Thomas se encargarán de trepar para coger cocos y otros frutos. ¿Quién falta por presentarse?

El chico de la nariz respingona dio un paso al frente.

–Mi padre era catedrático de universidad –dijo buscando a su alrededor el aplauso general; pero después del Nudl-Dudl de Diana ya nada podía impresionar a los niños–. El profesor Conrad –continuó el chico–. Yo me llamo Kurt Conrad y tengo trece años y medio, y ya estoy en cuarto en el instituto porque soy buen alumno y me he saltado una clase; de mayor, también quiero ser catedrático. No tengo madre; bueno, sí la tengo, pero no puedo verla porque mis padres están divorciados y mi padre siempre decía que mi madre ejercía una mala influencia sobre mí. Mi padre murió en la guerra y como no tengo más familiares, decidí ir a Terrania; cuando uno no tiene a nadie le da igual ir a un país extranjero.

Hizo una pausa. Los niños guardaron silencio.

–No sé –dijo Lina pensativa–, tan solo en el mundo... Yo en tu lugar habría vuelto con mi madre. Seguro que te quiere.

–¡Pero yo a ella no! –le increpó Kurt Conrad furioso.

Al decirlo se le puso cara de malvado, con una mirada tan dura que los niños se olvidaron al instante de la compasión que les había inspirado y lo volvieron a encontrar tan antipático como antes, cuando había atacado al pequeño Wolfgang.

–¿Qué clase de trabajo quieres hacer en nuestro Estado Infantil? –le preguntó Oliver.

Kurt Conrad se encogió de hombros.

–Ya me lo pensaré –dijo con jactancia–. Tengo buena puntería. En los árboles del jardín de casa siempre acertaba a darles pedradas a los pájaros...

–¿Cómo? –preguntó Katrin aterrorizada–. ¿No querrás decir que lanzabas piedras o incluso matabas a inocentes pajarillos?

–Pues claro –contestó Kurt Conrad, muy seguro de sí mismo.

Los niños lo observaron con desprecio, fruncieron el ceño y se pusieron a murmurar entre ellos, a la espera de que Oliver dijera algo.

Pero Oliver permaneció callado y meditabundo, con la mirada clavada en el fuego. En su rostro se reflejaba el color rojo dorado de las llamas y todos podían ver que estaba sumido en profundos pensamientos. «¿Qué se le puede decir a un chico que mata pájaros? –reflexionó Oliver–. De todos modos, aparte de que ahora se haya revelado como un asesino de pájaros, el tío no me cae bien. Pero no debo propasarme porque soy el mayor y en mí recae toda la responsabilidad. Así que he de tener siempre presente lo que sea mejor para todos. ¿Qué podría hacer? Kurt Conrad sabe matar pájaros a pedradas. ¡Menuda habilidad! En Cetero, cuando todavía era sencillamente Oliver Lohmann, le habría molido a palos por torturar animales. Aquí, en cambio, no puedo porque precisamente ese fatídico don puede ser importante para el grupo. Tal vez nos muramos de hambre si no nos mata pájaros».

–¿Y bien, Oliver? –Lina interrumpió por fin su largo silencio–. ¿De qué se va a encargar Kurt Conrad? Necesitamos a alguien que corte leña para el fuego.

Oliver hizo un esfuerzo y dijo:

–Kurt Conrad se encargará de cazar. Nos matará pájaros para comer, pero no le permitiremos que los torture. ¿Nos lo prometes?

–Yo no prometo nada –soltó Kurt Conrad en tono impertinente.

Oliver hizo como que no había oído nada y se volvió hacia Sepp.

–Ahora te toca a ti –le dijo.

Sepp Müller se levantó y les contó lo de su madre enferma y su padre manco, y que vivía con sus hermanos pequeños en el barrio obrero de Cetero.

–Me da la impresión de que soy el único hijo de obrero de entre vosotros –comentó a los niños.

–¿Cuánto gana, pues, tu padre al mes? –preguntó Paul con cara de experto en la materia, porque al fin y al cabo su padre también había trabajado en una fábrica.

–Demasiado poco –dijo Sepp–. Nunca nos llega para todo el mes. Pero ¿para qué os voy a contar eso? Para vosotros es igual de raro que lo del circo de Diana, solo que menos divertido, por desgracia. En cualquier caso, fue un milagro que me dejaran viajar a Terrania. En nuestro colegio cada año le dan una beca a un alumno. Naturalmente, yo pensaba que se la iban a dar a los alumnos brillantes o a los que hicieran más la pelota a los profesores. Y de repente dijeron: «¡Josef Müller irá a Terrania!». Fijaos: ¡de ciento veinte chicos de los cursos superiores, van y me eligen precisamente a mí!

Katrin dijo:

–Ya sé por qué: para que tuvieras la oportunidad de disfrutar un poco.

Stefan, en cambio, miró extrañado a Sepp:

–¿Estás en un curso superior? ¿Qué años tienes entonces?

–Catorce.

–¿Ya tienes catorce años? –se extrañó Oliver–. Pues parece que tienes doce.

–Eso es porque de pequeño no tomé suficientes vitaminas y por eso tengo las piernas torcidas en lugar de rectas. A cambio, sigo pagando en el autobús el billete infantil.

–Eso no se hace –criticó severamente Oliver–. ¿Y en qué quieres trabajar?

–Se me dan muy bien las manualidades –dijo Sepp–. Pero hago cualquier trabajo.

–Bien –continuó Oliver–. Y ahora solo faltas tú.

Se volvió hacia la pequeña hija de barón, que se levantó con timidez.

–Soy hija del barón Alexander von Spaafort –balbució ruborizada–. Tengo nueve años y me llamo Claudia –enmudeció y agachó la cabeza–. Y no sé hacer absolutamente nada –susurró–; no tenéis más que preguntarle a Sepp.

Pero Sepp dijo que eran bobadas, que ya sabía coser muy bien y que podría ayudar en cualquier tarea.

–Bueno –dijo Oliver para concluir–, ya estamos los once. Mañana temprano empezaremos a crear nuestro

Estado Infantil. Tenemos que empezar inmediatamente con la construcción de una cabaña; Paul, el carpintero, Sepp y Stefan se encargarán de ello. Si la pequeña Claudia os quiere ayudar, estupendo. Diana y Thomas irán en busca de cocos... ¡y que sean muchos! Tenemos que hacer provisiones. Lina y Katrin se dedicarán a la cocina. ¿Quién más falta? Ah, Wolfgang. ¿Qué hacemos con Wolfgang?

Nadie sabía qué hacer con el morenito de pelo rizado. No sabía construir ni cazar ni cocinar. Finalmente, dijo él mismo:

–Si me lo permites, Oliver, iré al bosque en busca de madera para hacerme una flauta.

Oliver se lo permitió y dio por concluida la sesión nocturna. El viento frío de la noche soplaba tenuemente sobre los agotados niños. Todos ellos se tumbaron muy juntos debajo de la gruesa manta hecha con los abrigos. Oliver fue el último en acostarse; antes comprobó que todos estuvieran bien tapados y echó leña menuda en la fogata.

Mientras las llamas chisporroteaban, los niños imaginaron por un momento que estaban en casa. Claudia, junto a la chimenea de mármol del salón de música; Thomas y Stefan, en el acogedor y caldeado cuarto de estar, y Sepp, medio dormido, se vio junto a la lumbre que tenía que encenderle todas las mañanas a su padre a las cinco y media.

Así fue como todos se deslizaron hacia el sueño con caras sonrientes en su primera noche en la isla, que a partir de entonces sería su hogar.

Diana y los monos

LA mañana siguiente amaneció fría y desapacible. Mientras dormían, se había apagado el fuego y las ramas brillaban por la humedad. Oliver gastó otras seis cerillas hasta que consiguió que ardiera la leña mojada. Luego, Lina se dispuso a preparar el desayuno. Estaba de mal humor. Los demás niños se pegaron al fuego de mala gana. Tiritando de frío, con los hombros encogidos y los puños metidos en los bolsillos de los pantalones, pensaban con envidia en todos los que en ese momento saldrían de sus cálidos edredones de plumas, se darían una ducha caliente, se pondrían una camisa y unos calcetines limpios y se sentarían a tomar el té en el cuarto de estar. Oliver intentó animar un poco al grupo. Pero como él también estaba hecho polvo por haber pasado la noche sobre el duro suelo de roca, sus palabras de aliento no resultaban nada convincentes y no lograron que los niños cambiaran de cara. Solo dos estaban de buen humor: el incombustible Thomas y Sepp. Lo único que esperaba Thomas de ese día eran aventuras (¡y con toda la razón!), y Sepp era de los que siempre mantenían la calma. Eso se debía a que en su casa estaba acostumbrado a no pensar en nada, salvo en lo que tuviera que hacer en los próximos cinco minutos. Siempre tenía algo que hacer, y ahora también:

mientras los otros esperaban ociosamente al desayuno, él se buscó rápidamente un trabajo. Cogió en el bosque unas cuantas ramas flexibles y unos trozos de madera seca para hacerse un arco y una flecha. Luego pidió la ayuda de Paul, el hijo del carpintero, que inmediatamente se puso a afilar con la navaja las puntas de las flechas y, con el entusiasmo, se olvidó de todo lo demás. Claudia contempló con admiración cómo Sepp ataba una cuerda al arco.

–La gracia consiste en saber –aleccionó Sepp a los dos– que cuando peor se siente uno es cuando no hace nada. Eso decía mi padre una vez que estuvo en paro varios meses y se quedaba apoltronado en casa. «De no hacer nada te vienen pensamientos sombríos», decía.

Paul asintió conforme.

–Tu padre y el mío –observó– deben de ser muy parecidos. El mío me suelta siempre discursos que empiezan así: «Paul, hijo mío...», y terminan con la frase: «Acuérdate de esto de por vida». Por ejemplo: «Paul, hijo mío, solo el que trabaja aplicadamente es feliz. Acuérdate de esto de por vida».

–Y mi madre –explicó Sepp riéndose y dándole un codazo de complicidad a Paul– es igual. Siempre dice: «El mal humor y las frecuentes enfermedades de la gente distinguida se deben solo a que no hacen nada».

–Y la mía asegura: «Todo el malestar de las señoras ricas se debe a su holgazanería» –gritó Paul.

Los dos chicos no podían parar de reírse. Era como si acabaran de descubrir que eran primos. Claudia, en cambio, se avergonzó al pensar que esos dos pertenecían a una gran familia, que se entendían inmediatamente y podían darse codazos como si fueran hermanos. Ella, sin embargo, era una niña ajena a esa familia: distinguida y holgazana. Habría dado la mitad de su castillo e incluso el estanque de los cisnes a cambio de recibir también codazos y poder reírse con ellos.

Lina los llamó para que fueran a desayunar. Mientras sorbían el cacao caliente, se les levantó el ánimo. Cuando se pusieron en marcha para afrontar los diferentes trabajos, salió por fin el sol y la fría madrugada dio paso a una mañana agradablemente templada.

Oliver y Kurt Conrad se colgaron del hombro el arco y las flechas y se fueron de caza. Hasta que trajeran algo comestible, Lina y Katrin iban a cocer una olla entera de algarrobas para obtener agua azucarada de esos frutos de sabor dulce. Las pastillas de sacarina de Oliver amenazaban con terminarse, y Lina aseguraba que sin azúcar no podía cocinar nada bueno.

Stefan, Sepp y Paul, los tres *arquitectos*, se dirigieron con sus herramientas al bosque. Al momento rompieron el silencio los hachazos y el chirrido de la sierra en la dura madera. Claudia, que había ido trotando detrás de Sepp como un perrito asustado, se quedó mirando cómo los chicos manejaban las herramientas con destreza y cómo saltaban las astillas de los troncos. Le hubiera gustado preguntar si podía quitar las ramas pequeñas –trabajo que hubiera podido hacer perfectamente–, pero no se atrevió a molestarlos. Al cabo de un rato, al ver que nadie le hacía caso, se internó un poco en el bosque y allí se sentó en las raíces de un árbol. Cuanto más tiempo llevaba allí sentada, más abandonada se sentía. Sepp y todos los demás se habían olvidado de ella porque era una nulidad, y el Estado Infantil podía subsistir perfectamente sin ella. Claudia suspiró profundamente.

«Todo es por culpa de la señora baronesa», pensó. La señora baronesa era su madre, pero Claudia estaba acostumbrada a oír que la llamaran «señora baronesa». La institutriz nunca le decía: «Claudia, te llama tu madre», sino «Señorita Claudia, la señora baronesa la espera en el salón verde». Con su padre era distinto. A él lo llamaba papá y se le echaba al cuello. En cambio, su madre solo le permitía la insinuación de un beso; de lo contrario, le decía en seguida: «Claudia, no hay que hacer ruido al besar. Te comportas como una niña de la calle». Claudia se imaginaba que esos niños se pasaban el día y la noche recorriendo las calles. Ahora, sin embargo, cayó en la cuenta de que a lo mejor la baronesa llamaba «niño de la calle» a un chico como Sepp, porque en lugar de sonarse los mocos con un pañuelo se restregaba la nariz con la mano, porque tenía las piernas torcidas y porque llevaba pantalones remendados. Claudia se levantó de las raíces y, lentamente, pisando el blando suelo de musgo, se internó más en el bosque.

«A lo mejor me pierdo –pensó, sintiéndose desdichada–. ¿Vendrían a buscarme?». Por la noche, antes de acostarse, Oliver contaría a los niños y probablemente notaría que faltaba ella. «Falta la pequeña Claudia, pero no importa; podemos pasar perfectamente sin ella», diría.

Cuando Claudia se imaginó eso, no pudo contener las lágrimas por más tiempo. Abrazada a un árbol, lloró hasta desahogarse. Al terminar se sintió muy aliviada y, mientras se enjugaba las lágrimas, notó que el tronco del árbol que había empapado de lágrimas era muy curioso: parecía que se hubiera cansado de su propia corteza y se la quisiera arrancar a trozos. Titubeante, Claudia tiró de uno de los trozos y vio cómo se desprendía del tronco, sin oponer resistencia, una tira larga y brillante como la seda. Era una especie de corteza fibrosa la que sostenía ahora en la mano: blanda y maleable y, al mismo tiempo, resistente y casi irrompible. Entonces se puso a pelar del árbol una cinta de corteza tras otra, hasta que finalmente se sentó con el regazo lleno en el musgo y –de puro aburrimiento– empezó a hacer trenzas con ellas. Así se la encontró Sepp, que estaba preocupado de que hubiera desaparecido en el bosque, y examinó con curiosidad su trabajo.

–Claudia –dijo–, ¡pero bueno, Claudia, eres genial! No tienes ni idea de lo importante que es que hayas encontrado eso. Necesitamos cintas, cordones y cuerdas. Necesitamos esteras porque no podemos pasar todas las noches durmiendo en el suelo de piedra. Podemos coser las trenzas entre sí... así... ¿ves?... hasta formar una magnífica estera. Y también podemos hacernos edredones cosiendo dos esteras y rellenándolas de plumas de pájaro. Podemos hacernos vestidos y calzado... y Claudia, si vuelves a decir que no sabes hacer nada, te vas a enterar. Eres la primera hija de barón razonable que me he encontrado.

Claudia lo miró sin comprender. En el fondo de sus ojos castaños se encendieron dos diminutos soles que le iluminaron la cara.

–¿Lo dices en serio? Y yo que creía que a lo mejor me echabais por no poder ayudar en nada...

Sepp llamó a Stefan y a Paul, y los dos se quedaron igualmente maravillados. Elogiaron una y otra vez a Claudia, que enmudeció de felicidad.

Mientras tanto, otros dos niños se paseaban tranquilamente por el bosque sin hacer nada. Diana iba mordisqueando un trocito de madera y Thomas, su ayudante, no hacía más que preguntarle que cómo se sentía uno al meter la cabeza en las fauces de un león. Diana, en lugar de contestarle, alzó de repente el vuelo hacia las alturas. Se había agarrado a las resistentes lianas de una planta trepadora, y ahora se balanceaba de acá para allá. Escupió el trozo de madera sobre la cabeza de Thomas y le dijo:

–¡Esto para mí vale tanto como el oro, hijo mío! Es casi como un trapecio. Nudl-Dudl se alegrará de que no haya perdido práctica.

Thomas miró entusiasmado las volteretas que daba en el aire y cómo finalmente, dándose impulso, fue a parar a una rama de arriba del todo. El extremo de la cuerda de la planta trepadora golpeó contra su desconcertado rostro. Diana se rió burlonamente desde arriba al ver la cara de tonto que se le había puesto. Luego empezó a recorrer un poco el árbol y descubrió al lado unos gruesos frutos de color verde claro que tenían casi el tamaño de la cabeza de un niño. Cogió uno y lo examinó:

–¡Thomas, cariño! –gritó hacia abajo–, ¿no habrás traído una navaja?

Thomas no tenía ninguna, pero le entró la urgencia de subirse también al árbol y sentarse junto a la dama serpiente. Diana lo ayudó a subir. Una vez sentado a su lado, entre los dos lograron con mucho esfuerzo abrir por fin el fruto. Dentro tenía una crema amarilla; inmediatamente metieron el dedo y se lo chuparon con devoción. Tenía un sabor delicioso, entre dulce y extraño.

–¿Has comido algo así en tu vida? –preguntó Diana–. Yo no.

–Yo tampoco. Sabe a flan de fruta.

–Pero del de verdad –opinó Diana–, no del de polvos. ¿Les llevamos más a los otros?

La chica trepó más arriba y cogió todos los frutos que estaban a su alcance. La mochila que llenaron pesaba lo suyo, por lo que tuvieron dificultades para bajar del árbol con la carga.

Luego siguieron caminando a paso lento, deteniéndose aquí y allá para ver una orquídea o para admirar las irisadas lagartijas. Diana le contaba cosas del circo mientras escupía trocitos de madera. A Thomas le extrañaba que Diana no mencionara lo de coger cocos, pero al fin y al cabo él solo era el ayudante y no le importaba que la dama serpiente se dedicara solo a pasear en lugar de trabajar. Entre tanto, se encontraron con el pequeño Wolfgang, que iba en busca de madera para la flauta. Todavía no había encontrado ninguna apropiada, y como estaba tan triste y callado le regalaron uno de los frutos para consolarlo. Luego siguieron paseando, mientras Diana le contaba a Thomas:

–Imagínate que el circo es como una ciudad entera. En el centro está la carpa grande, donde se hacen las representaciones. Y alrededor hay caravanas de todos los tamaños. En un barrio de la ciudad viven los animales grandes y pequeños, y en otro, los técnicos y los ayudantes. Y en el barrio más distinguido aparcan las grandes caravanas de los artistas. Ahí viven los famosos domadores de animales, las amazonas, los acróbatas y, por supuesto, también nosotros, los Nudl-Dudl, que ocupamos la caravana más grande y más bonita, que es como un piso de tres dormitorios, con sus macetas en las ventanas y todo. Mi padre podría actuar en todas partes, en el teatro, en el cine... Pero siempre dice lo mismo: «El lugar de un verdadero payaso es el circo».

Thomas estaba enardecido de puro entusiasmo. Una vez más, como mínimo por trigésima vez desde que había empezado a interesarse por sus planes de futuro, echó por tierra la profesión de sus sueños. Lo primero que quiso ser, a la edad de cuatro años, fue ascensorista de unos grandes almacenes. Y lo último, hacía tres días, capitán. Ahora, con harto dolor de corazón, dejó de lado su carrera en alta mar y decidió hacerse payaso. ¡Un payaso como Nudl-Dudl! Y luego quería casarse con Diana y vivir en una caravana grande, porque era la primera niña que le gustaba y nunca encontraría otra que le fuera mejor. Después de reflexionar sobre si contarle inmediatamente su decisión, pensó que ya habría tiempo, pues probablemente pasarían una buena temporada en la isla. De repente vio que todos se afanaban aplicadamente en su trabajo, mientras que Diana y él llevaban horas deambulando por el bosque sin meter en el saco ni un solo coco. Thomas carraspeó. No es que en su vida cotidiana fuera muy formal. Todas las buenas cualidades, como la aplicación, la puntualidad y la sensatez, habían ido a parar a Stefan, mientras que a él solo le habían tocado otras menos buenas. Sin embargo, eso de no hacer nada le parecía demasiado incluso a él, y además le proporcionaba un extraño placer poder reprender a otro. De todas las amonestaciones que había ido acumulando a lo largo de los años, escogió la más imponente, la de su profesor de Aritmética: «Es lamentable, Thomas Morin, pero te has extralimitado en el olvido de tu deber».

–Diana –dijo–, ¿qué pasa con los cocos? Es lamentable, pero te has extralimitado en el olvido de tu deber.

Diana se le quedó mirando sin hablar; luego soltó una sonora carcajada.

–Thomas, mi lindo conejito –contestó empujándolo suavemente contra un arbusto de espinas–, hablas como una tía abuela.

Thomas se enfadó por que su elaborada frase no hubiera hecho el efecto deseado. Aparte de eso, le pareció que su futura esposa no empleaba un tono apropiado.

–Cuando Oliver me dijo ayer lo de los cocos –continuó hablando Diana–, en seguida pensé en cuál de los niños podía elegir para no trabajar tanto y divertirnos. Lo de coger cocos podría haberlo hecho también sola, pero Nudl-Dudl dice que si uno tiene algo bueno, debe compartirlo con el prójimo. Y entonces me pareció que el único prójimo que se lo merecía eras tú.

–¿Por qué? –quiso saber Thomas, muy orgulloso.

–Por lo de la cazuela –contestó Diana–. Cuando te la metiste por la cabeza, en seguida pensé que valías para el circo. Todos los demás niños de aquí me parecen demasiado aburridos.

Naturalmente, eso le resultó muy halagador a Thomas.

–¿Y bien? –indagó–. ¿No vas a coger ningún coco? ¿Piensas decir que no has encontrado ninguno? No se debe mentir –añadió con firmeza.

–No –dijo Diana–, no se debe mentir porque siempre te pillan. Al menos a mí. No seas tonto, Tom. ¡Claro que voy a coger cocos! Pero no me voy a pasar toda la mañana cogiéndolos –se detuvo y de repente se puso muy seria–. No pienso rehuir mi obligación para hacer el vago, si te refieres a eso. Quiero trabajar, pero en lo mío: entrenarme, trepar, hacer trapecio, acrobacias... Bastante rabia me da ya que no haya ningún caballo. Si no me mantengo en forma, se acabó lo del circo. Entonces me convertiría en un palo tieso y preferiría que me enterraran. ¿Crees que la gente del circo no trabaja?

Entonces se dobló hacia atrás, agarró los tobillos con las manos y empezó a andar así ante el atónito Thomas. Luego levantó primero un brazo y luego una pierna y, poco a poco, se puso otra vez de pie.

–¿Crees que para hacer esto no se requiere esfuerzo? –le preguntó sin aliento–. Hay que entrenarse, cariño. Cuatro horas al día como mínimo –de repente echó a correr–. ¡Subamos a esa palmera!

De nuevo espantó a un grupo de monos cuando llegó arriba. Al trepar no se había percatado de la presencia de los animales, que solo salieron desperdigados y chillando cuando ella llegó a la copa. Diana intentó atraer a uno pequeño de color marrón claro, pero fracasó, igual que el día anterior.

–Los monos salvajes son tontos –afirmó–. Los amaestrados son mucho más simpáticos.

Mientras buscaba cocos, tenía la incómoda sensación de estar siendo observada por alguien. Y, efectivamente, de pronto vio en los árboles de alrededor a un nutrido grupo de monos que la miraban con ojos de desconfianza. A la rubia dama serpiente le resultó todo lo contrario que agradable sentir la mirada hostil de los monos. Inmediatamente comprendió que los animales la tenían por intrusa y por ladrona en su reino de la copa de los árboles, y que la cosecha de cocos no parecía algo tan sencillo como le acababa de explicar a

Thomas. «Bueno, qué más da. Tampoco me van a morder», pensó. Y arrancó los dos cocos que tenía al alcance, los ató entre sí con las fibras y se los colgó del hombro. Luego hizo lo mismo con otros dos, porque para bajar necesitaba tener los brazos desocupados.

«Vaya, vaya, cómo pesan», se dijo Diana mientras regresaba con los cuatro enormes cocos golpeándole el pecho y la espalda. «Mañana tenemos que traer unos cuantos cinturones o algo parecido. Entonces ataré cada coco por la fibra y se los bajaré a Thomas, sin que tenga que estar todo el rato arriba y abajo...».

No avanzó más en sus pensamientos porque en ese momento se armó un alboroto que parecía el fin del mundo. A su alrededor los monos, furiosos, se pusieron a chillar y a aullar; era un griterío peor que cuando había caído la bomba cerca del circo y los animales, encerrados en sus jaulas, habían armado un escándalo terrible. Al mismo tiempo se precipitó una lluvia de cocos que la alcanzaron en la cabeza y en los hombros, de modo que tuvo que agarrarse con todas sus fuerzas al tronco para no caerse. Oyó abajo los gritos de Thomas, al que también le habían caído varios cocos y corría gritando para ponerse fuera de tiro. Al cabo de un rato, los monos parecían haberse calmado; la granizada de cocos cesó y ya solo caía de vez en cuando alguno que hacía un ruido sordo al reventar en el suelo. Diana se deslizó con cuidado por el tronco de la palmera y cayó medio muerta al musgo. Estaba toda magullada, tenía profundos arañazos en los brazos y las piernas y le sangraba la frente. Durante unos segundos, permaneció inmóvil entre los frutos caídos. Luego se le acercó Thomas, que solo tenía un chichón en la nuca y se avergonzaba de haber gritado y de haberse dado tan cobardemente a la fuga. Asustado, se inclinó sobre Diana, que estaba quieta y pálida y tenía los ojos cerrados. Thomas se esforzó por pensar. Ahora tenía que hacer algo de eso que su padre llamaba «primeros auxilios». Para eso necesitaba esparadrapo y yodo... y no tenía. Pero por lo menos podía darle un poco de leche de coco. Así que cogió uno de los frutos reventados y lo puso con cuidado ante los pálidos labios de Diana, que bebió y al mismo tiempo abrió los ojos. Durante un momento parecía no saber bien dónde estaba; luego recuperó la memoria y se levantó a la velocidad del rayo.

–¡Ni se te ocurra delatarme! –gritó furiosa, sacudiendo al estupefacto Thomas por los hombros–. ¡Ay de ti como digas una palabra de esto a los demás!

–No, claro que no –balbució Thomas, asustado por la repentina cólera de Diana.

No comprendía por qué se irritaba tanto. Pero es que Thomas era un niño pequeño normal que no tenía ni idea de las ambiciones artísticas de una hija del circo. Lo dolida que estaba la dama serpiente en su orgullo lo notó cuando esta continuó furiosa:

–¡Qué vergüenza más espantosa! Esos de ahí arriba quieren guerra. ¡Mira que no permitir que me suba a sus suntuosas palmeras a coger cocos...! –dijo gritando y amenazando con los puños hacia arriba; echaba literalmente chispas, y Thomas se planteó si realmente le convenía casarse con ella–. ¡Precisamente a mí tiene que pasarme esto! ¡A mí!, cuando todo el circo dice que nadie se entiende mejor con los monos que Diana. Por las mañanas, cuando entraba en la jaula, salían corriendo a mi encuentro y trepaban por mí y no me dejaban marcharme. Además, tenía un número de equitación con dos monos, y al final el caballo iba a galope y yo hacía el pino encima y los dos monos trepaban por mí y se sentaban en mis talones y tocaban la trompeta...

–Diana –interrumpió Thomas a su airada amiga–, no te enfades, que te puede dar ictericia. Mira, ya tenemos bastantes cocos. Los cuatro tuyos y todos los que han caído –empezó a recoger los restos reventados–. Mira qué platos soperos más bonitos.

Y cogió un coco que se había partido en dos semiesferas y cuyas cortezas parecían enteramente platillos redondos.

Pero a Diana no le interesaban los utensilios de cocina. Se quitó el pelo de la frente de un manotazo y dijo con voz ronca:

–¡Hasta luego, Thomas!

–¿Qué pasa? –preguntó el chico, fuera de sí.

–Voy a subir otra vez –dijo Diana, y empezó a trepar.

–¡No! –gritó Thomas–. ¡No te lo consiento!

Al pie del tronco de la palmera, siguió riñéndola y rogándole que bajara, mientras Diana se lanzaba de nuevo a la batalla. Thomas decidió quedarse a su lado por lo que pudiera pasar. Se protegió la cabeza con los brazos, a la espera de que otra vez se desatara el infierno y Diana cayera estrepitosamente.

Pero no pasó nada. Reinaba un silencio sepulcral. Diana se atrevió a subir más arriba y oteó al enemigo. Los monos parecían haberse retirado. Una deliciosa sensación de triunfo se apoderó de ella como una oleada de calor. Pero luego, en el preciso momento en que, consciente de su victoria, estiró la mano para arrancar un coco, ocurrió la fatalidad: un bufido, un áspero ronquido sonó de repente sobre ella, y cuando alzó la vista aterrada vio justo encima la cara desfigurada por la rabia de un mono. Era un animal gigantesco, un enorme mono adulto, fuerte como un oso, con una piel negra hirsuta y unos pies y unas manos grandes con los que sujetaba altivamente las ramas. Diana, que estaba acostumbrada por el circo a toda clase de animales, nunca había visto nada tan aterradoramente peligroso. Durante unos instantes se quedó aturdida por el miedo. Sabía que ese monstruo, con un solo golpe de su zarpa peluda, podía matarla. Se le nubló la vista.

Después, de pronto el mono le arrimó tanto la cabeza que a Diana le llegó a la cara el aliento rugiente de su enorme bocaza, lo que le hizo recobrar el sentido. Todavía le dio tiempo a ver cómo el gigante arremangaba los labios y dejaba al descubierto sus dientes amarillos, antes de deslizarse por la palmera como un viento huracanado.

–Ven –le dijo casi sin voz a Thomas, quien, ignorando lo sucedido, la recibió con una carcajada.

Diana agarró las correas de su mochila y echó a correr arrastrando tras de sí los cocos. Thomas apenas la podía seguir. Cuando por fin la alcanzó, vio con consternación que estaba llorando. ¡Diana llorando! No sabía qué decirle. Diana, la orgullosa, la valiente, que sabía hacer gimnasia mejor que todos los chicos juntos, que galopaba con unos monos en sus talones... estaba llorando. Thomas se sentía desvalido. No imaginaba lo que había podido pasarle en lo alto de la palmera, y tampoco quería preguntárselo. Siguió andando a su lado en silencio, procurando no mirarla para que no se creyera que le hacía gracia ser espectador de un suceso tan ignominioso. Pero Diana no sentía la menor vergüenza por llorar. Dejó correr las lágrimas sin importarle lo más mínimo que Thomas la viera.

–Tendrías que haberle visto –dijo ella al cabo de un rato–. ¡Tú también te habrías largado!

–¡Inmediatamente! –aseguró Thomas, loco de alegría de que volviera a hablarle–. ¡Me habría largado al instante! –pero como no sabía a qué se refería en realidad, añadió–: A todo esto, ¿de quién hablas?

–Del mayor mono del mundo –aclaró Diana con la voz un poco temblorosa–. Es imposible que haya algo tan grande como él. Quería comerme; ya tenía la boca abierta.

Ahora Thomas entendió más o menos lo que había sucedido en la copa de la palmera. Pensó que tenía que proteger a Diana: una sensación desconocida para él. Era asunto suyo evitar que a ella pudiera pasarle otra vez algo parecido.

–Hablaré con Oliver –dijo con tono varonil, bajando a propósito su agudo tono de voz–. Nunca más debes subir. ¡Nos las arreglaremos sin cocos!

Diana se volvió bruscamente.

–Si haces eso –le advirtió–, se acabó lo nuestro. Nadie debe saberlo. ¿Crees que voy a dejar que se rían de mí?

–Pero Diana –Thomas se volvió hacia la excitada dama serpiente en uno de sus pocos arranques de sensatez–, no seas tan cabezota. Tú misma dices que quería comerte. Y quizá lo haga la próxima... ¡Eso es imposible!

Diana permaneció en silencio. De nuevo tenía un palito de madera entre los dientes.

–Tiene que ser posible. Ya pensaremos en la manera de distraer al grandullón. Tú tienes que entretenerlo con algo, ¿entiendes? Entonces no se ocupará de mí, y así podré subir a todo correr y coger cocos antes de que se dé cuenta de que estoy arriba.

Thomas arrugó la frente y se paró a pensar en cómo podría distraerlo. No se le ocurría nada. En ese momento se encontraron con Claudia, que regresaba al campamento. Llevaba a rastras una cola de trenzas tres veces más larga que ella misma.

–¡Qué! ¿Cómo ha ido la cosecha? –comentó alegremente.

Eso solía preguntar su padre a los campesinos en otoño, cuando iban los dos a caballo por los campos pelados.

–Genial –dijo Diana con una alegría tan desbordante, que Thomas pensó asombrado: «No es verdad que siempre la pillen cuando miente. Lo hace de maravilla».

Cerca de la plataforma de roca se encontraron con Sepp y Paul, que arrastraban hacia el campamento largos tarugos de madera. Los chicos les informaron de que los preparativos para la construcción del refugio iban por buen camino y que pronto podrían dormir en la cabaña. Arriba, junto al fuego del campamento, había habido jaleo. Oliver no había cazado ni una liebre ni un conejo, sino que había regresado solo con una tortuga de tamaño mediano, y Lina le había recibido haciéndole muchos reproches. Despotricaba como cuando a una cocinera alguien le echa sal en el tarro de azúcar.

–¡Abandono mi empleo! –gritó–. ¡Me he pasado toda la mañana esperando, y cinco minutos antes de comer me vienes con una birriosa tortuga para echarla a la cazuela!

Stefan la tranquilizó y examinó las provisiones de latas de conserva del bote de salvamento.

–Para compensar, hoy haremos una comida especialmente sabrosa –dijo para consolar a Lina–. Yo me decanto por el ragú de pollo.

Oliver ya se había sentado y tenía la cabeza reposada entre las manos. Así se lo encontró Katrin, que en ese momento llegaba del arroyo, donde había pasado la mañana lavando su pelo rojo y varios pares de calcetines. Preocupada, se inclinó sobre Oliver y le preguntó:

–¿Qué te pasa, Oliver? Cualquiera puede ponerse enfermo menos tú. Sin ti todo saldría mal.

El chico levantó la cabeza. Estaba completamente verde.

–Ya estoy mejor, solo que tendré que acostumbrarme.

–¿A qué? –preguntó Katrin.

–A la matanza. Esa tortuga... con la que Lina hará una sopa para cenar... ¿sabes?... estaba paseando tan tranquila, y cuando fui a matarla encogió la cabeza dentro de su caparazón, y seguro que creía que así no iba a pasarle nada. Y luego –Oliver sollozó–, luego sangraba como una loca y tardó una eternidad en morirse. –lanzó un gemido–. Tenía unos ojos dorados –dijo, y tuvo que sonarse la nariz.

Katrin asintió con seriedad.

–Me parece terriblemente injusto que matemos animales. Podríamos vivir exactamente igual de fruta y hierbas.

–Ni hablar. Eso es un disparate. Poco a poco nos debilitaríamos y enfermaríamos y nos moriríamos de hambre. Necesitamos carne, eso está claro –se frotó los ojos con la mano, como si quisiera borrar la imagen de la tortuga ensangrentada. Luego se levantó y dijo enérgicamente–: No se puede ser tan blando. A mí me resulta especialmente difícil porque hay una ley entre los *boy-scouts* que dice: «Sé bueno con los animales». ¡Pero cualquiera es bueno si tiene que matar una tortuga!

Cuando ya estaban comiendo el ragú de pollo, apareció por fin Kurt Conrad, el otro cazador, que también llegaba con las manos vacías. Venía sin aliento y empapado en sudor. Daba la impresión de haber hecho un duro trabajo, pero no quiso contar nada.

–Ya lo veréis –respondía a todas las preguntas.

Los frutos verdes de Diana hallaron el aplauso general entre los niños, que los bautizaron como «flan de fruta».

Cuando Oliver se volvió hacia la dama serpiente para darle personalmente la enhorabuena por ese descubrimiento, vio con preocupación lo magullada que estaba.

–Quizá quieras descansar esta tarde y seguir cogiendo cocos mañana –le propuso.

Pero Diana no se mostró conforme; también Lina se metió en la conversación diciendo que necesitaba urgentemente un montón de cocos para que compensaran la falta de grasa.

Las trenzas de corteza hallaron asimismo una gran aceptación. A Claudia se las quitaron de las manos en un santiamén: Kurt Conrad cogió inmediatamente unas cuantas, y otra vez se mostró muy misterioso y no quiso decir para qué las necesitaba. Oliver aceptó también varias trenzas con el fin de hacer con ellas lazos para cazar conejos. Diana y Thomas necesitaban alguna para sujetar con ellas los cocos. Lina, que además de la cocina se había encargado también de la custodia de las prendas de vestir, cogió el resto para enfardelar con ellas las camisas y los pantalones. Por último, tuvo que intervenir Sepp y anunciar en voz alta que a partir de entonces las trenzas de Claudia ya solo serían utilizadas para la construcción del refugio.

Luego, todos retomaron su trabajo. Antes de partir, Thomas le susurró a la dama serpiente:

–Se me ha ocurrido una cosa; ya te la contaré por el camino.

Se acercó a Lina y le pidió que le diera todas las gorras, boinas y demás prendas para cubrir la cabeza que tuviera entre la ropa.

–¿Para qué las necesitas? –preguntó Lina.

–Para coger cocos.

–¡No te creo!

–Pues es verdad –mintió Thomas–. Diana ata una trenza a la gorra, mete dentro el coco y me lo baja.

Lina lo observó con desconfianza, pero como el procedimiento le convenció, fue en busca de los gorros.

Diana y los monos (continuación)

CUANDO por fin se marcharon Diana y Thomas, anduvieron un trecho junto a los tres arquitectos. Stefan iba detrás de su hermano pequeño y de repente descubrió que este tenía un chichón en la cabeza.

–¿Cómo te has hecho eso? –le preguntó severamente.

Thomas se hizo el tonto.

–¿El qué? –contestó ingenuamente, aunque sabía a la perfección a qué se refería Stefan.

–Ese chichón en la nuca.

–Me he dado un golpe.

–Mientes, Thomas.

El pequeño se puso de color rojo púrpura y se volvió hacia su hermano.

–Sí –confesó obediente–, pero no me preguntes más. No debo decirlo.

Stefan lo miró inquisitivamente. En general no merecía la pena interesarse por los secretos de Thomas, porque normalmente eran tonterías sin importancia. Pero ese secreto que empezaba por el chichón, y que evidentemente iba unido a los arañazos de la atolondrada Diana, parecía ser más peligroso.

–Tom –dijo Stefan con un tono más condescendiente del que le hubiera gustado emplear, porque estaba deseando enterase de a qué se debían las distintas lesiones de los dos recolectores de cocos–. Tom, tus chichones y tus secretos no son asunto mío. Pero prométeme que no estás haciendo ninguna tontería.

–¿A qué te refieres con tontería? –preguntó Thomas con precaución.

–A que te inflijas daño a ti o a otros –respondió Stefan con prontitud, pues había oído muchas veces esa frase en boca de su madre.

Thomas se lo prometió.

Los dos grupos se separaron: Stefan, Sepp y Paul doblaron por un camino que llevaba a los troncos de madera, mientras Diana y Thomas continuaron la marcha hacia el interior del bosque.

–Ahora cuéntame tu historia –le apremió Diana cuando se quedaron solos.

Thomas carraspeó.

–Pues verás: en la India o no sé dónde había una vez un hombre pobre que ganaba dinero comprando cosas, luego cruzaba el bosque con las cosas y las vendía al otro lado. Y una vez compró gorros. Un montón de gorritos rojos. Y cuando echó a andar, hacía un sol que le abrasaba la cabeza, y pensó: «Si esto sigue así, me va a dar una insolación». Y como no tenía ningún sombrero, cogió uno de los muchos gorros rojos y se lo puso. Y al cabo de un rato se cansó. Se sentó debajo de un árbol, puso los gorros a su lado y se quedó dormido. Y cuando se despertó, habían desaparecido todos los gorros y pensó: «Vaya, vaya, ¿quién será el ladronzuelo? ¡Qué frescura!». Cuando miró a su alrededor, vio que en todos los árboles había monos y que cada uno se había puesto un gorro rojo en la cabeza. Porque los monos imitan todo lo que ven. Entonces pensó: «Si es verdad que lo imitan todo, la cosa es muy sencilla». Se quitó su gorro de la cabeza y lo tiró al suelo. Verlo los monos y quitarse los gorros y lanzarlos al suelo, fue todo uno. Los gorros bajaron revoloteando de los árboles. Entonces dijo el hombre: «Qué idiotas». Cogió sus gorros y se marchó tan contento... Ya está –dijo Thomas cogiendo aire.

–Muy bonito –dijo fríamente Diana–. Pero ¿a qué viene eso?

–Mira –respondió Thomas señalando con orgullo su provisión de gorros–. Tú me has dicho que distraiga al mono grandullón. Él y su prole se entretendrán con los gorros mientras tú coges cocos.

Cuando Cristóbal Colón descubrió América, no pudo haberse sentido más orgulloso que ahora Thomas, a quien por fin se le había brindado la oportunidad de demostrar su sabiduría a la asombrada dama serpiente.

–Ummm, muy bonito –repitió Diana–. Esperemos que funcione, aunque, a decir verdad, estoy en contra de los cuentos. Lo que pasa en ellos es siempre lo contrario de lo que ocurre en la realidad.

–Ya veremos –dijo Thomas, seguro de lo que se traía entre manos.

Nada más llegar a las primeras palmeras, Thomas se puso una boina marrón y, con el resto de los gorros bajo el brazo, empezó a pavonearse con aire solemne por el musgo, como hacen los niños pequeños cuando juegan a pasear.

–¿Han llegado ya los monos? –le preguntó a Diana en voz baja, porque no se atrevía a mirar él mismo hacia arriba por miedo a que los monos le vieran las intenciones.

Diana, que estaba de pie apoyada en el tronco de un árbol con los brazos arrogantemente cruzados, miró hacia arriba.

–Sí –dijo–, bastantes. Las palmeras están llenas.

Thomas siguió pavoneándose todo ufano y por fin se sentó en el musgo. Luego bostezó desgarradoramente, se tumbó e hizo como que dormía. Incluso se puso a roncar.

Arriba no se movía nada. Thomas seguía roncando. Dio una patada al montón de gorros, que quedaron desperdigados por el musgo. No pasó nada. Los monos no parecían mostrar interés por el plan de Thomas. Diana miró despectivamente los esfuerzos que hacía Thomas, y sonrió. Pero no lo hizo por compasión, como creyó Thomas al mirarla con los párpados medio abiertos. No estaba dispuesta a tomarse en broma las sandeces de Thomas. Así que permaneció de pie en silencio, esperando con gesto ausente a ver cómo evolucionaban las cosas. Pero las cosas no evolucionaron. Reinaba un silencio sepulcral; tan solo Thomas roncaba desesperado. Por fin se le agotó la paciencia, se levantó de un salto, tiró su boina junto a los otros gorros y gritó:

–¡No funciona! Y ya sé por qué. Los gorros tienen que ser rojos. En el cuento eran rojísimos. Como caramelos de frambuesa.

Diana observó impasible:

–Ya te lo decía: los cuentos son mentira. Por ejemplo, el de Caperucita Roja. Cuando alguien como yo ha metido la cabeza en las fauces de un león, sabe que es un disparate que un lobo se coma a una niña y además a su abuela, y que las dos salgan ilesas de su tripa.

Thomas asintió con la cabeza. Se le había ocurrido algo nuevo.

–Diana, tengo una idea. Podrías trepar solo un poquito. Entonces los monos se enfurecerán y nos lanzarán los cocos de arriba sin que corramos ningún peligro.

La miró radiante de alegría por la brillante ocurrencia que acababa de tener. En realidad, con este método perdían la sabrosa leche de coco porque se salía en cuanto reventaban los frutos, pero Thomas no le daba demasiada importancia a eso.

Diana le lanzó una mirada sombría.

–Tú no tienes orgullo, Thomas. ¿Crees realmente que no voy a acabar con estas bestias, cuando he conseguido dar el doble salto y hacer el rizo mortal y he tratado con tigres y panteras...?

Dicho lo cual, se estiró y, llena de testarudez, dirigió su grito de guerra hacia arriba:

–¡Soy Diana! –gritó–. ¿Habéis oído? ¡Diana! ¡Y no pienso dejar que me humilléis!

Pasó a todo correr al lado de Thomas, trepó hasta la mitad del tronco de una palmera, volvió a bajar con la velocidad de una ardilla, subió a otra palmera, la bajó deslizándose por el tronco y siguió corriendo.

Thomas comprendió: Diana quería azuzar a los monos. Quería que la persiguieran de copa en copa y luego volver a la palmera que los monos acababan de abandonar. Y cuando al final los monos estuvieran confusos y sin aliento, subiría y cogería los cocos. Era un plan realmente astuto y valiente. Pero estaba equivocada. Porque ninguna persona, ni siquiera una hija del circo, es más rápida que un mono, que vuela por los aires como un rayo y cuyos brazos agarran ya el árbol siguiente cuando sus patas todavía siguen en el anterior. Diana corría de árbol en árbol como loca. Lo mismo hacían los monos arriba. Diana corría, trepaba, se deslizaba y regresaba de nuevo a toda velocidad, pero cada vez que empezaba a trepar ya estaban los monos sentados arriba esperando que llegara para lanzarle cocos a la cabeza.

A los pocos minutos, se dio por vencida. Jadeante y sudorosa, regresó junto a Thomas y tomó aliento durante un instante. Thomas confiaba en que ya tuviera bastante, pero le bastó lanzar una mirada a su gesto duro de ojos exaltados y boca apretada para darse cuenta de que, lejos de conformarse, tramaba algo peor. Diana respiró profundamente y empezó a subir despacio por la siguiente palmera, cada vez más arriba, sin hacer caso de los monos alborotadores ni de los cocos que reventaban. Abajo, Thomas gemía, casi lloraba. Agitó desvalidamente el tronco como si así pudiera hacer que bajara la enloquecida Diana. Estaba convencido de que ninguno de los dos sobreviviría más de un segundo.

Tres veces obligaron los monos a la chica a volverse atrás. Temblorosa del esfuerzo y jadeando, trepó por cuarta vez con un gesto de ciega testarudez y la mirada dirigida hacia arriba. Subía lenta y acompasadamente, como una máquina. Y a la cuarta lo consiguió. Thomas vio con alegría que los monos abandonaban de repente el árbol y se retiraban rápidamente a las palmeras de alrededor.

«¡Al fin!», pensó, orgulloso de su tenaz amiga. Diana, en cambio, no estaba tan segura de su victoria. Contuvo la respiración y se quedó escuchando. No se movía ni una hoja. Como una gata salvaje, siguió subiendo con la tripa pegada a las ramas. En lo más alto quedaba un coco, uno solo, el último que los monos habían dejado arriba. Se empeñó en cogerlo. Cuando tuviera ese coco, renunciaría a todo lo demás y volvería al campamento. Estiró la mano con cuidado. Entonces se oyó un crujido de ramas y por encima apareció la horrible cara del mono grandullón. Diana lo miró fijamente a los ojos.

–¿Qué quieres? –le dijo–. Déjame ese coco.

El mono bufó.

–¿Quieres comerme? –preguntó Diana–. Los monos no comen personas, por si no lo sabías.

El mono lanzó un bufido aún más fuerte. De repente, el monstruo alargó su peluda zarpa hacia la chica. Pero Diana estaba empeñada en coger el coco aunque para ello tuviera que romperse los brazos y las piernas, aunque nunca pudiera volver a montar a caballo, o aunque se muriera...

De la boca del mono salió un aullido ronco y sordo que hizo temblar todo el bosque, y al momento siguiente Diana notó que la cogía por el pelo y tiraba de ella hacia arriba. Volvió la cara hacia el puño del mono y apenas notó el horrible dolor que le provocó soltarse de un tirón de la zarpa asesina. Un mechón de pelo claro quedó en la zarpa del gigante; el mono lo miró con cara de necio, lo olisqueó y lo arrojó furioso. Diana intentó aprovechar ese momento para bajar rápidamente, pero el mono la siguió lanzando aullidos aún más sordos y enfurecidos que la primera vez. Estaba claro que el intento de fuga de esa extraña criatura de piel clara le había irritado terriblemente. Diana comprendió que ya no tenía ningún sentido trepar; tenía que dejarse caer desde donde estaba; de lo contrario, corría peligro de muerte. De repente le vino como un chispazo a la memoria su primera clase de trapecio, en la que el entrenador le había enseñado la regla básica: «Cuando te caigas, relájate, no te pongas rígida». Y en eso pensó la agarrotada Diana –«relájate, relájate»– mientras se soltaba y caía pasando al lado de Thomas, que colgaba a media altura del tronco con la mirada trastornada. Y es que Thomas, tras el primer aullido, había mirado hacia arriba, había visto horrorizado al monstruo y luego, preocupado por Diana y llevado por su deseo de ayudarla, había empezado a trepar por el árbol. Ahora se deslizó torpemente hacia abajo y llegó al suelo en el preciso momento en que Diana se levantaba del musgo diciendo «¡Ay!». En la mano izquierda sostenía el coco; la derecha la tenía como paralizada.

–¡Ay! –gritó otra vez mientras daba un par de vueltas cojeando–. Creo que solo me lo he dislocado.

–¿Y la mano?

A continuación, con mucho cuidado, cogió los dedos que colgaban e intentó enderezarlos. Diana gritó de dolor.

–Déjalo –dijo, y al momento siguiente añadió tranquilamente–: Ya se me pasará.

Después le mandó que recogiera los cocos y fue cojeando con él hacia el campamento. Tenía serios dolores e iba apoyada en el hombro de Thomas.

–Le pediré a Stefan que te dé masajes en el pie, y la mano también te la curará. Él entiende de eso.

–No le vas a pedir nada a nadie –respondió Diana amenazante–, ni a Stefan ni a ningún otro. No dirás ni pío de lo que ha pasado. ¡Dame tu palabra de honor!

Pero Thomas estaba sobre aviso. No podía dar continuamente su palabra de honor. Le había prometido a su hermano que no haría tonterías, y lo que le pedía Diana era más que una tontería. Así que esbozó la astuta sonrisa de un hombre de negocios avezado que está a punto de cerrar un buen trato.

–Te doy mi palabra de honor solo si me das la tuya de que nunca más volverás a trepar.

–¡Ni hablar! –gritó Diana enojada–. ¡Jamás te prometeré eso!

–Entonces lo siento –respondió Thomas encogiéndose de hombros.

Diana se puso rabiosa.

–Mira que tienes mala idea; nunca lo hubiera sospechado de ti.

Intentó quitar la mano del hombro de Thomas, pero por poco se cae. Ofendida y sin dar su brazo a torcer, siguió cojeando a su lado.

En el campamento parecía que pasaba algo especial. Todos los niños estaban de espaldas a los recién llegados rodeando algo, y se oían gritos de asombro y admiración. Diana aprovechó la oportunidad para sentarse rápidamente en el musgo antes de que alguien viera su pierna entumecida. Los dolores de la mano eran insoportables. La muñeca le ardía y la tenía hinchada y amoratada. Pero nadie se preocupaba por ella. Todos estaban entretenidos con Kurt Conrad y una cabra salvaje –¿o era una oveja?– que acababa de traer al campamento hacía escasos minutos. Sus ubres llenas le llegaban hasta el suelo. Tenía una piel áspera de color pardo grisáceo, unos ojos amarillos como la miel y un par de bonitos cuernos largos y curvos, que hundía entre las patas delanteras amenazando con luchar contra su domador. Al mismo tiempo, resoplaba por la nariz, escarbaba con las pezuñas y daba patadas hacia atrás. De repente, soltó un lastimero balido que a la tierna Katrin le llegó al alma. Toda nerviosa, se volvió hacia Oliver.

–Kurt Conrad ha sido muy valiente al capturarla. Pero ahora vamos a soltarla. ¡Quiere ir con sus crías!

–¿Por qué sabes que tiene crías? –preguntó Paul asombrado.

–Porque tiene las ubres llenas. Las cabras monteses solo tienen leche cuando la necesitan sus crías. Ya que les has arrebatado a la madre, ¿por qué no te las has traído también?

–¡A mí qué me importan las crías! –dijo Kurt Conrad–. Necesitamos leche. Todo lo demás da igual.

–¿Igual? –gritó Katrin, fuera de sí–. ¡Apartar a una madre de sus pequeños! Se morirán de hambre... Oliver, no puedes permitirlo.

Lo cogió del brazo y le suplicó con lágrimas en los ojos que dejara en libertad a la cabra para que pudiera regresar junto a sus cabritillos. Oliver la tranquilizó: Kurt Conrad les había contado que había un rebaño entero de cabras monteses, entre las cuales había elegido a esta. De modo que, con toda probabilidad, otra madre se encargaría de los pequeños abandonados. Aparte de eso él, Oliver, saldría al día siguiente temprano con

Kurt Conrad para cazar otros animales lecheros y entonces traerían a las crías.

–Hay que ordeñarla cuanto antes –advirtió Stefan, que había estado observando a la cabra con un interés científico y había llegado a la convicción de que su mal humor se debía a que tenía las ubres repletas.

Lina cogió la cazuela, y Katrin se puso en cuclillas detrás de la cabra.

–Gracias –dijo Katrin una vez vaciadas las ubres.

Abrazó a la cabra y apretó la cara durante un rato contra los flancos palpitantes. Luego, Oliver ató al animal al tronco de un árbol. Al día siguiente buscarían un buen sitio para pastar y clavarían estacas para alojar dentro al rebaño. Más tarde, dijo Sepp, cuando tuvieran más tiempo, podrían hacer incluso una empalizada alrededor de la dehesa, de modo que los animales pudieran pasear libremente.

Después de la cena (la sopa de tortuga les había sabido exquisita), los niños se sentaron en corro y se contaron las incidencias del día. De repente preguntó Katrin:

–Ahora ya no me acuerdo... ¿Esta es la segunda o la tercera noche que pasamos aquí?

Todos se echaron a reír. Pero Oliver dijo:

–Menos mal que me lo recuerdas... He traído un calendario para todos.

Sacó del bolsillo una tira larga de corteza de árbol y marcó con la navaja la fecha en que habían partido de Umbría. Era el 20 de marzo. Luego hizo cuatro rayitas: los días de su travesía en barco. Después, una raya gruesa cruzada: el hundimiento del *Tierra de Fuego* y el comienzo de su aventura. Por último, trazó dos rayas largas: los dos días que llevaban en la isla.

–Así que hoy estamos a 26 de marzo –dijo Oliver.

Las muescas quedaron marcadas con claridad en la blanda corteza. Lina, que estaba sentada a su lado, vio cómo después de cada corte salía un polvillo blanco de las ranuras. «Parece harina», pensó, y lo probó. Sabía salado. Escupió, le quitó a Oliver el calendario y la navaja de la mano, raspó, probó, volvió a escupir... y gritó:

–¡Niños, tenemos sal!

Los niños mayorcitos se alegraron mucho del descubrimiento, pero a los más pequeños no les causó la menor impresión.

–Por mí como si no hubiera sal –comentó Thomas.

Lina se picó un poco y dijo que tenía envidia por no haberla descubierto él. Katrin, en cambio, preguntó:

–¿Sabéis el cuento de la sal y las tres hijas del rey?

Thomas negó con la cabeza. Lanzando una mirada a la pobre Diana, que estaba apoyada en un árbol al fondo sin participar en nada, hizo el siguiente comentario:

–Los cuentos suelen ser mentira; por ejemplo, Caperucita Roja...

Pero Oliver propuso que prepararan el campamento nocturno, que se tumbaran y que Katrin les contara el cuento para conciliar el sueño.

–Érase una vez un anciano rey –narró Katrin– que tenía tres hijas. Un día decidió que la que más lo quisiera heredaría su reino. La primera, que era muy vanidosa y presumida, dijo: «Padre, yo te quiero más que a todo el oro, la plata y las alhajas del mundo». El rey se puso muy contento y preguntó a la segunda. Era una a la que le encantaba cabalgar y tenía una cuadra llena de caballos. Esta dijo: «Padre, yo te quiero más que a mi mejor corcel». Y de nuevo se emocionó el rey. La tercera hija era la más joven y también la más simpática, y a la que más quería en secreto el anciano rey. «Y tú, mi niña –le preguntó–, dime cuánto me quieres». Y la pequeña dijo en voz baja, pero de modo que todos pudieran oírla: «Padre mío, te quiero más que a la sal». Entonces el rey se enfadó muchísimo y las damas de honor se desmayaron ante esta respuesta. «¿Qué? –dijo el rey–. ¿Más que a la sal, algo tan común e insignificante? ¡Apártate de mi vista, niña mala y desagradecida!». Y tuvo que despojarse de sus bonitos vestidos y ponerse un saco viejo, y el rey la desterró al bosque. Y allí vivió completamente sola en una cueva alimentándose solo de bayas y raíces.

–Como nosotros –observó Thomas.

–Silencio –dijo Oliver.

Y Katrin siguió contando:

–Pero en el castillo se sentían muy afligidos porque todos querían mucho a la hija más joven. Cuando el cocinero oyó lo que había hecho el rey, pensó: «Se va a enterar». Y a partir de entonces empezó a cocinarlo todo sin sal. El rey ni siquiera probaba la comida, a la corte entera la comida le sabía repugnante, y las dos hijas dijeron que había que despedir al cocinero. Al tercer día, el rey estaba muy débil de no comer, y convocó al cocinero ante su trono. «Ya ve su majestad –dijo el cocinero–, la sal no es algo insignificante, sino una de las cosas más importantes del mundo. Sin oro ni plata se puede vivir, y también sin caballos, pero no sin sal».

–Ya sé cómo sigue –dijo Wolfgang–. La hija pequeña fue recogida del bosque, ¿verdad?

–Sí –continuó Katrin–, y el rey le pidió perdón y dijo que ahora sabía cuánto lo quería. Le quitó el saco, le puso unos vestidos nuevos muy bonitos y luego vivieron mucho tiempo todos felices.

La mayor parte de los niños estaban ya dormidos cuando Katrin terminó de contar el cuento.

Claudia preguntó entre sueños:

–¿Y la hija pequeña del rey se casó con un apuesto príncipe?

Pero no obtuvo ninguna respuesta porque también Katrin había caído en seguida en un sueño profundo.

El doctor Stefan

En mitad de la noche, Stefan se despertó de repente porque Thomas le estaba sacudiendo por el hombro y susurrando: «Steff».

–¿Qué pasa?

Se incorporó medio dormido y miró a su hermano pequeño, que tenía la cara pálida y ojos de asustado.

–Steff –sollozó Thomas–, Steff...

Y de repente perdió toda la compostura que tanto esfuerzo le había costado mantener. Llorando, se echó al cuello de su hermano. Era un milagro que los demás no se despertaran a causa de los fuertes sollozos.

–¡Ya no aguanto más! –se lamentó.

Y balbuciendo le contó a Stefan la historia de Diana y los cocos, su lucha contra el mono gigante, la caída, su promesa de no contárselo a los demás y la intención de Diana de seguir luchando contra los monos, probablemente hasta morir del todo. Porque medio muerta ya estaba, en opinión de Thomas. La había oído gemir en sueños y murmurar palabras confusas que parecían provocadas por la fiebre. Entonces Thomas, saltando por encima de los otros niños dormidos, se había acercado a su hermano mayor, y allí estaba ahora en cuclillas rogándole:

–Por favor, Steff, tienes que examinarla. Tengo tanto miedo...

–Voy inmediatamente –dijo Stefan levantándose.

De repente esas palabras le sonaron familiares, y también el hecho de que lo hubieran despertado en mitad de la noche. ¿A qué le recordaba todo eso? Luego, mientras salía con cuidado de la manta hecha con abrigos, cayó en la cuenta: ¡a su casa! Numerosas veces había sonado por la noche el teléfono de la mesilla de su padre y él, Stefan, había oído desde el dormitorio contiguo de los niños cómo su papá lo descolgaba y decía: «Aquí el doctor Morin...». Luego se hacía un largo silencio, solo interrumpido por las palabras «ajá» y «¿desde cuándo?» de su padre, y al final siempre decía lo mismo: «Voy inmediatamente», tal y como le acababa de decir él a Thomas. Entonces el padre se levantaba rápidamente para vestirse y Stefan creía oír el chirrido de los zapatos y el tintineo de las llaves. Luego se hacía un segundo de silencio, que era cuando le daba un beso a su madre y le decía que sentía mucho molestarla, pero que formaba parte de la profesión de un médico que lo despertaran por la noche. Luego sonaban las puertas, el padre cogía su maletín de la consulta, se oía el ruido de la cerradura de casa, el de la puerta del portal y, a continuación, sus pasos apresurados resonando en medio del silencio nocturno de la calle. Stefan se acordaba con claridad de todo esto mientras le daba la mano a Thomas y se dirigía hacia la enferma Diana; y se vio un poco, lo que se dice solo un poquito, como su padre cuando lo llamaba algún paciente en plena noche.

Con el pálido fulgor de las estrellas no se veía claramente la cara de Diana. Parecía dormida. Movía inquieta la cabeza a un lado y a otro mientras gemía y susurraba. Sin hacer ruido, Stefan le puso la mano en la frente. ¡Estaba ardiendo! Stefan calculó que tendría 38,5 grados. Pensó en despertarla, porque para poder tratarla antes tenía que examinarla. Entonces se despertó por sí sola. Stefan todavía tenía la mano en su frente, y Diana lo miró asustada. No sabía lo que estaba pasando. Pero cuando miró hacia un lado y vio al abochornado Thomas, cayó en la cuenta. Pero en lugar de echarle en cara –como temía Thomas– que se hubiera chivado, sonrió apaciblemente y dijo:

–¿Y bien, doctor Stefan?

Ya se iba hartando de su heroísmo y se alegraba de que se preocuparan por ella.

–¿Podrías levantarte? –le preguntó Stefan–. Aquí, entre todos los demás, no puedo ver qué te pasa...

Diana intentó ponerse de pie. La mano y el pie le dolían terriblemente. Hizo un gesto de dolor, y Thomas se estremeció de admiración por su valiente amiga. Hasta el mismo Stefan pensó: «Esta chica merece todos mis respetos. ¡Cómo sabe aguantarse!». Entre gemidos, Diana salió de la fila de niños dormidos, avanzó un trocito y se desplomó al pie de una higuera.

–Más no puedo andar –dijo con un hilo de voz.

Apenas era capaz de respirar, debido al esfuerzo que le costaba soportar el dolor de la mano y el pie. Stefan se arrodilló a su lado y le examinó la pierna. Tenía el tobillo hinchado y muy caliente, pero dado que Diana podía mover el pie –aunque gimiendo desgarradoramente–, Stefan creyó que efectivamente solo estaba dislocado, no roto. Le pondría la pierna en alto con apósitos de acetato de alúmina.

Menos mal que Oliver le había dado nada más llegar a la isla su botiquín de *boy-scout*. Además de ese, disponía del botiquín de primeros auxilios del bote de rescate. Así que Stefan estaba equipado casi como un enfermero y podía ocuparse del pie de Diana como si esta hubiera sufrido un accidente en la calle, y no como si se hubiera caído de una palmera en una isla desierta por culpa de un mono gigante. La muñeca, sin embargo, tenía peor aspecto. Parecía rota. Diana gemía de dolor al menor intento de moverla.

–Ummm –le dijo Stefan a Thomas–. Esto habría que entablillarlo. Para eso necesitaría escayola.

De repente se acordó de que esa mañana había encontrado en el arroyo un lodo muy particular que era de color gris y pegajoso como el fango. Se secaba inmediatamente en la mano, de modo que al poco rato apenas se podían mover los dedos porque se pegaba fijamente a la piel. Había tenido que poner la mano un rato largo en el agua corriente hasta que la masa se fue ablandando y desprendiendo de los dedos. Le vino esto a la mente a Stefan mientras pensaba cómo podría escayolar la muñeca de Diana sin escayola.

–Tom –dijo–, tráeme las cáscaras de coco más grandes. Tenemos que bajar al arroyo a coger tierra fangosa para envolver la mano de Diana –se inclinó de nuevo sobre la dama serpiente–. Nos daremos prisa. Mantén el brazo quieto del todo hasta que volvamos. Una vez que te lo escayole, ya no sentirás ningún dolor.

Diana asintió sumisamente.

–Por favor, señor doctor –susurró–, vuelva en seguida. Y si puede deme una pastilla o algo porque me encuentro fatal.

Por segunda vez, Stefan se acordó de su casa y vio con claridad la cara severa de su padre diciendo literalmente: «De una vez por todas: ¡a un niño no se le ha perdido nada en el botiquín de las medicinas!». Aunque eso había ocurrido hacía dos años, Stefan se acordaba del incidente como si hubiera sucedido el día anterior. Sus padres habían salido por la noche al cine, y de repente sonaron unos timbrazos en la puerta de casa. Stefan salió descalzo y preguntó: «¿Quién es? ¡Mis padres no están en casa!».

Era la vecina, la señora Bantock. Tenía dolor de muelas y quería que el doctor Morin le diera algún analgésico.

«Pues tendrá que esperar. La película estará a punto de terminar», dijo Stefan.

Pero la señora Bantock no se conformó y dijo que Stefan ya era lo bastante mayorcito como para coger una pastilla del botiquín de las medicinas de su padre, porque de lo contrario se moriría del dolor de muelas. (A Stefan aquello le dio mucha rabia porque normalmente la señora Bantock decía que era un niño pequeño y que no podía hacer ni esto ni lo otro.) A continuación, Stefan, orgulloso de sustituir a su padre, entró en la consulta y, después de mirar docenas de frascos, frasquitos y tubitos de cristal llenos de píldoras, se decidió por una caja de pastillas de color rosa que le pareció de lo más apropiado porque tenía un nombre especialmente largo y científico. En ese momento, afortunadamente, llegaron los padres a casa. Su padre se enfadó muchísimo. Primero le echó una reprimenda a la señora Bantock por haber inducido a un niño a comportarse irresponsablemente, y después de despacharla con una pastilla, la emprendió con Stefan.

«¿Cuántas veces tengo que decirte que un chico como tú puede causar una gran desgracia? –le increpó–. Lo que querías darle a la señora Bantock –dijo señalando la caja rosa– era para combatir el estreñimiento. No solo no se le habría quitado el dolor de muelas, sino que además habría tenido que pasarse la noche sentada en el retrete».

Stefan fue lo suficientemente respetuoso como para reprimir una risita. «No te rías –vociferó su padre–. Aún podría haber sido peor. Esto, por ejemplo –dijo mostrando un frasquito de cristal–, es un somnífero. Si le hubieras dado a la señora Bantock dos píldoras de estas, no se habría despertado hasta mañana al mediodía. Y si para colmo se te hubiera ocurrido darle todo el frasco y decirle que se tomara lo que necesitara, entonces probablemente hubiéramos tenido que enterrar a la señora Bantock pasado mañana».

Stefan se estremecía todavía hoy al acordarse del susto que le había dado su padre al decir la palabra «enterrar». Por fin intervino su madre. «¿No exageras un poco, cariño? –le preguntó al padre–. El niño se ha puesto muy pálido; está aterrorizado».

Pero el doctor Morin siguió implacable. «Que se ponga todo lo pálido que quiera», gruñó, y después de menear la cabeza un rato largo en silencio, añadió: «¡Prométeme que nunca más lo harás!». Y luego, mientras Stefan estrechaba seriamente la mano de su padre, dijo para terminar la frase: «De una vez por todas: ¡a un niño no se le ha perdido nada en el botiquín de las medicinas!».

De eso hacía ya dos años, y para entonces Stefan ya había cumplido los trece; además, la situación actual no tenía nada que ver con aquel episodio. No era la señora Bantock la que llamaba a la puerta por tener dolor de muelas; ahora tenía delante a Diana, que estaba tumbada en el suelo de piedra con una mano rota en una isla apartada del mundo y sin ningún padre que viniera del cine para retenerle en el último momento de cometer una tontería peligrosa. Seguro que era mejor dejar que Diana se retorciera de dolor que envenenarla.

Mientras tanto, Thomas había traído el botiquín de primeros auxilios y la linterna. Le pasó a Stefan un rollo de vendas para el pie de Diana.

–¿Qué le vas a dar? –preguntó a su hermano–. ¿An-ti-do-lo-ral? –deletreó con esfuerzo bajo la luz de la linterna–. «Analgésico general. En caso de fuertes dolores, se pueden tomar hasta tres pastillas» –miró a Stefan–. Creo que le administraremos cuatro, porque tiene dolores MUY fuertes –dijo con generosidad.

Stefan iluminó el botiquín. En la parte interior de la tapadera venían pegadas las instrucciones de uso para todos los medicamentos, parches y pomadas. Sin duda alguna, Antidoloral era lo más indicado. Con la mejor conciencia y aliviado, Stefan le dio a Diana dos pastillas y se puso por fin en camino con Thomas para recoger la tierra fangosa.

Aunque se llevaron la linterna, la luna estaba ya tan alta que les alumbró la senda que descendía hasta el riachuelo. Atravesaron la noche a todo correr y en silencio. Thomas tenía palpitaciones por el miedo que sentía. Pero hubiera preferido que lo mataran antes de decírselo a Stefan. Al mismo tiempo, anhelaba que el otro lo tranquilizara y le diera a entender que él, el mayor, estaba libre de todo miedo y toda angustia.

–Steff –dijo en voz alta, y se asustó del sonido agudo de su voz en medio de la inquietante oscuridad–, Steff, de noche la isla no mola tanto, ¿verdad? –Stefan no dio ninguna respuesta–. Quizá viniera bien poner semáforos colgando de los árboles –propuso Thomas–. Rojos y verdes, ¿a que sí?

Pero Stefan tenía el pensamiento concentrado en la muñeca de Diana. Pensaba que, a modo de tablilla, tendría que ponerle un trozo largo de madera desde la punta de los dedos hasta el codo.

–¿Qué decías? –preguntó distraído–. Ah, sí, en el bosque la noche es muy lúgubre.

Con lo cual no consoló nada al pobre Stefan; al contrario, le dio la deprimente impresión de que Stefan, el mayor, también tenía miedo.

«Solo faltaría que el mono gigantesco paseara por aquí de noche. A un mono así nunca se sabe lo que se le puede ocurrir...», pensó temblando.

Encogió un poco la cabeza entre los hombros y miró preocupado hacia arriba por si veía en alguna parte el brillo de dos ojos y dos zarpas velludas dispuestas al ataque... Pero no brillaba nada. Lo que ocurrió fue otra cosa completamente distinta, imprevista e igualmente aterradora. El miedo no solo dejó sin respiración a Thomas, sino que también Stefan se estremeció y se quedó paralizado. ¡Se oía el llanto de un niño! En algún lugar, por allí cerca, una criatura gemía y lloriqueaba. El llanto fue en aumento, se convirtió en un alarido y, poco a poco, se redujo al gemido propio de un bebé. De repente se dejó de oír, y el silencio de la noche cayó con doble intensidad sobre los niños. Stefan había agarrado a su hermano pequeño del brazo con fuerza.

–Si grita otra vez –susurró–, nos acercamos. ¡No se puede dejar llorar a un niño pequeño!

Stefan no era *boy-scout.* Ninguna ley le prohibía ser cobarde. Estaba atemorizado: le palpitaba el corazón, tenía los pelos de punta y le castañeteaban los dientes. Le dieron ganas de coger a Thomas de la mano y marcharse corriendo. Al fin y al cabo, ¿a él qué le importaba que llorara un bebé desconocido? Pero si hubiera echado a correr, no se habría sentido bien. Habría seguido resonando en sus oídos el llanto estremecedor del niño y no se habría quedado tranquilo hasta atajar la cuestión a fondo. ¡Claro que le importaba! ¡A él más que a nadie! Era hijo de un médico y, por tanto, el que más tenía que preocuparse por las lágrimas de un niño.

Los dos chicos contuvieron la respiración y se quedaron escuchando. No se oía nada.

–Si a la de diez se sigue sin oír nada, nos vamos –dijo Stefan, y contó despacio hasta diez.

Silencio sepulcral.

–¡Venga, vamos!

Continuaron andando sin hacer ruido. De vez en cuando crujía una rama. Una lechuza resopló por encima de ellos al pasar por un árbol. A un lado se oía el murmullo del arroyo. Stefan se agachó porque calculó que ahí debía de ser donde esa mañana había encontrado la tierra fangosa. Efectivamente, con la mano tocó el suelo de barro. Arrancó violentamente un buen trozo de masa y lo echó a la cáscara del coco. Thomas lo ayudó. Era un trabajo penoso, ya que la tierra estaba pegajosa y costaba mucho esfuerzo desprender los terrones del talud de la orilla. Los dos trabajaban con presteza. Les sentaba bien hacer algo práctico y real después del ambiente fantasmagórico de los últimos minutos. Los dos hablaban en voz alta y se trataban de una manera exageradamente cortés:

–Deja, Tom, que puedo hacerlo solo; no debes cansarte en exceso.

Y Thomas respondía:

–Pero mi querido Steff, si yo me alegro de que por fin pueda ayudarte en algo...

Llenaron todas las cáscaras de coco y se repartieron la carga como buenos hermanos, y cuando iban a tomar el camino de vuelta se oyó otra vez un llanto que rompía lúgubremente el silencio del bosque; los primeros gemidos dieron paso a unos chillidos cada vez más estridentes.

De repente, a Stefan se le disipó el miedo.

–Ven –dijo–, eso no es solamente un niño, sino un niño con fuertes dolores.

Cruzó la maleza como si fuera un tanque, con los dos brazos cargados de cáscaras de coco pegados al pecho y la cabeza agachada para evitar que le dieran las ramas contra las que chocaba; Thomas apenas podía seguirlo. Corrieron siguiendo la dirección del llanto, hasta que de repente enmudeció. Entonces Stefan se detuvo, puso las cáscaras de coco en el musgo y encendió la linterna. Recorrió lentamente el suelo con el haz luminoso, alumbró también algunos troncos de árboles... y de repente lo vieron: ante sus pies algo se arrastraba intentando acercarse al arbusto más próximo. Stefan se agachó y lo cogió: un monito muy pequeño, suave como el algodón. Lo levantó con cuidado y se lo enseñó al embelesado Thomas.

–Un bebé de mono –dijo el pequeño–. Pobrecito; se habrá caído del árbol y ahora no sabe subir.

–Tonterías –replicó Stefan–. Los monos no se caen de los árboles. Este pequeño está enfermo y los otros lo han expulsado.

Thomas guardó silencio, impresionado ante tanta sabiduría. Pero a los pocos segundos no pudo resistirse a manifestar su indignación.

–¿Te parece bonito por parte de los monos, Steff? Me refiero a eso de echar a una criatura enferma. Imagínate que papá y mamá, cuando tuvimos el sarampión, nos hubieran arrojado sin más a la calle...

En un instante, Thomas se puso a divagar fantasiosamente: imaginaba a los dos en pijama, con fiebre y con las ronchas rojas del sarampión, tirados en el asfalto de la carretera y... y...

Pero su hermano no lo escuchaba; se había sentado en el musgo con el monito en el regazo y lo estaba iluminando con cuidado de arriba abajo mientras le examinaba la suave piel, hasta que por fin encontró lo que buscaba. En la tripa tenía una herida grande y roja que parecía una úlcera o algo igualmente doloroso, pues el animalito pegó un grito cuando Stefan se lo tocó con cuidado. Thomas miró la herida con un poco de asco.

–Quizá podamos ayudarlo y curársela –dijo con la garganta encogida por la compasión que le inspiraba la criaturita.

Stefan se levantó con el monito en brazos.

–Nos lo llevamos. Seguro que encontramos alguna pomada en el botiquín.

Sin protestar, Thomas apiló en sus brazos las cáscaras de coco de Stefan, además de las suyas. Parecía un malabarista: seguro que Diana lo hubiera elogiado por su habilidad.

–Y ahora regresemos –indicó Stefan.

De pronto se oyó un crujido en el árbol de al lado. A continuación, un extraño sonido gutural procedente de una altura invisible; el monito, que estaba sobre el hombro de Stefan, alzó la cabeza y contestó con un suave gemido.

–Oye –dijo Thomas nervioso–, esa seguro que es la madre mirando qué va a ser de su cría.

–Es posible –opinó Stefan, y siguió andando tranquilamente.

–¡No le vamos a hacer nada! –gritó Thomas mirando hacia arriba mientras se marchaban–. ¡A lo mejor lo curamos!

Por desgracia, lo más probable era que la mona no hubiera entendido sus bienintencionadas palabras de consuelo.

Cuando llegaron a la plataforma de roca, ya estaba casi amaneciendo y el bosque presentaba un color verde claro. Diana los miró. Le había remitido el dolor y había recuperado el buen humor.

–Hola, enfermeros voluntarios, ¿me habéis traído algo bonito?

Se refería a la escayola que habían ido a buscar hacía más de una hora.

–Sí, señora –dijo Stefan, y le plantó el monito en mitad del pecho.

Diana soltó un agudo silbido de entusiasmo.

–¡Ay, mi lindo chimpancé! –susurró emocionada–. No tienes ni seis semanas de vida.

Con la mano sana empezó a rascar al monito en la cabeza y en el cuello, mientras lo estrechaba en sus brazos y le cuchicheaba al oído toda clase de ternuras disparatadas. Y realmente se notaba que tenía experiencia con los animales. El pequeño mono cogió en seguida mucha confianza con ella: arrimó la cabecita al cuello de Diana y se quedó tan a gusto hecho un ovillo. La dama serpiente se tumbó de lado, encogió las rodillas hasta tocarse la barbilla y metió al monito en el hueco resultante de su tripa.

Mientras tanto, Stefan había ido a buscar un trozo de madera plana y, con el ceño fruncido por la seriedad, se dispuso a escayolar la mano de Diana. Thomas mezcló la tierra fangosa con agua hasta obtener una especie de puré espeso y embadurnó con la pasta grisácea el brazo y la muñeca rota. Stefan fue desenrollando la venda y envolviéndole el brazo desde el codo hasta los dedos. Finalmente, el antebrazo de Diana quedó convertido en algo duro y pétreo, y Stefan asintió satisfecho cuando Diana le aseguró que apenas podía mover los dedos.

–Muchas gracias, señor doctor, y ahora examine también, por favor, a mi pequeño *Bobo* –dijo al tiempo que señalaba al monito hecho un ovillo.

–No es tu *Bobo* –se enfadó Thomas–. Lo hemos encontrado nosotros, Stefan y yo. Y vamos a preguntarles a los demás si les parece bonito el nombre de *Bobo*.

Diana se puso furiosa; ya era otra vez la de siempre:

–Los demás –increpó– no entienden nada; *Bobo* es un nombre precioso para un mono, no lo hay mejor. ¿O es que se te ocurre algún otro?

Thomas guardó silencio, todo cortado. Aunque se le hubiera ocurrido alguno, que no era el caso, ¿cómo se iba a atrever a ofender a su adorada acróbata con una sugerencia diferente?

–Pues eso –dijo Diana con satisfacción–. Venga, *Bobo*, estate quieto, que el señor doctor te va a curar.

Para cuando Stefan untó de pomada la barriga de *Bobo* y le puso el vendaje, ya era casi de día. El sol podía salir de un momento a otro, y el cielo tenía un resplandor rosa como un helado de fresa. Los de debajo de la manta empezaron a moverse. Oliver fue el primero en despertarse. Extrañado, miró guiñando los ojos a Diana y al chico de los Morin. A continuación, se despertaron también Katrin y Kurt Conrad. Los tres se acercaron y observaron asombrados el brazo escayolado de Diana y el monito vendado de su regazo. Stefan se lo contó todo.

–Deberíais haberme despertado –los reprendió Oliver, levemente ofendido de que se las hubieran arreglado tan bien sin su ayuda.

Pero luego su sentido de la responsabilidad venció a la vanidad herida.

–Vosotros tres tenéis que dormir ahora –dijo.

Stefan aseguró estar muy fresco e insistió en ir a trabajar al bosque, como el día anterior, con Sepp y Paul. Thomas, en cambio, estaba muerto de sueño y se acurrucó agradecido en el suelo junto a Diana. *Bobo* estaba tumbado entre los dos y dormía. Desde arriba, Kurt Conrad lanzó una mirada burlona a los dos.

–¡Qué familia tan feliz! –dijo–. Mi enhorabuena.

Era un chico realmente desagradable este Kurt.

Diana lo increpó severamente:

–¡Lo que pasa es que tienes envidia!

–¿Envidia yo? –dijo Kurt Conrad riendo maliciosamente–. ¿De ese bicho sarnoso?

Diana quiso responderle con dureza, pero el chico ya le había dado la espalda y se pavoneaba en dirección a la fogata, donde Lina estaba a punto de hacer el desayuno.

Una vida ordenada

LLEVABAN tres días en la isla y ya tenían una sensación de costumbre cuando, después del desayuno, se separaron para acometer cada uno su trabajo. Era un poco como si fueran al colegio: algo igual de natural, solo que mucho más interesante. Claudia fue la primera en desaparecer para trenzar sus tiras de corteza, y los tres arquitectos, Sepp, Stefan y Paul, la siguieron al momento. Oliver y Kurt Conrad fueron a la captura de cabras. El pequeño Wolfgang se quedó un rato mirando cómo dormían Diana y Thomas. Echaba de menos su violín. Por fin se levantó y fue al bosque con el firme propósito de encontrar ese mismo día la madera para la flauta. Katrin dio de comer y de beber a la cabra, y luego discutió con Lina porque Katrin había decidido evitar en la medida de lo posible matar animales y derramar sangre; quería inventarse comidas a base de setas y hojas de plantas que, según ella, les gustarían más a los niños que las liebres y las tortugas. Gracias a la sociedad protectora de la naturaleza, conocía una serie de recetas de infusiones de flores y ensaladas de hierbas, y estaba convencida de que, a nada que buscara con un poco de atención, encontraría muchas cosas comestibles en la isla. Con esta finalidad, cogió la mochila y le dijo a Lina:

–Me voy al bosque a coger setas. Para hoy al mediodía.

Lina la increpó severamente:

–¡Tienes que ir al arroyo a fregar los cacharros del desayuno!

Katrin se mordió los labios.

–Le he preguntado a Oliver –explicó– y me ha dado permiso para coger setas. Porque él y Kurt Conrad van a ocuparse de las cabras y no tienen tiempo de ir de caza.

–Oliver no tiene por qué darte permiso para nada –dijo Lina en tono imperioso–. Me has sido asignada a mí para ayudarme en la cocina; ve a fregar los cacharros del desayuno.

Y de un puntapié, muy rudamente, le pasó las cáscaras de coco a Katrin. Esta las recogió en silencio y fue al arroyo. Cuando volvió con la vajilla de cocos limpia, Lina se puso en jarras y le dijo con arrogancia:

–Bueno, y ahora puedes ir partiendo la leña.

Le encasquetó en la mano una navaja roma que Katrin miró con desdén. Se veía igual que la Cenicienta del cuento: partiendo leña y sirviendo a las engreídas hermanas...

–No hace falta partir leña menuda –replicó–. Donde están los chicos cortando troncos hay montones de astillas y ramas pequeñas. ¿Voy a buscarlas?

–Tú harás lo que yo te diga –gritó Lina.

Entonces Katrin se hartó. No estaba dispuesta a que Lina le ordenara nada.

–Ni hablar –dijo, meneando furiosa la cabeza y agitando su pelo rojo–. ¿Acaso crees que soy tu criada? Aquí todos somos iguales, y no pienso dejar que me trates como a Cenicienta.

Lanzó la navaja a los pies de la estupefacta Lina y se fue al bosque con la mochila.

Thomas, que se había despertado con la discusión, miró a Lina con gesto de reprobación.

–¿A qué viene tanto jaleo? –preguntó. Luego se volvió hacia Diana, que asimismo se había asustado con el ruido–. ¿Por qué las chicas tienen que pelearse siempre?

–A mí no me preguntes –murmuró la dama serpiente medio dormida–, yo no soy una chica...

–¿Cómo? –gritó Thomas asombrado y con los ojos abiertos de par en par–. ¿Que no eres una...?

–Que sí, tonto –dijo Diana dándole un golpecito en la tripa, de modo que *Bobo* chilló asustado–. Claro que soy una chica. Pero no una que se pelea y juega con muñecas y va a clases de baile. Lástima: podría haber sido un chico fabuloso.

Y se quedó otra vez dormida. También Thomas volvió rápidamente a sus sueños. Antes intentó imaginarse cómo sería Diana si fuera un chico. ¿Todavía mejor que ahora? Pero no llegó a ninguna conclusión.

Lina estaba furiosa. Se lo había imaginado todo muy distinto. Esperaba crear en la isla una especie de vida familiar en la que Oliver sería el padre, ella la madre y todos los demás los hijos. Lina no era una chica satisfecha ni feliz. Ello se debía a que en casa estaba en una situación difícil, encajada entre una hermana mayor y una más pequeña. Por eso había decidido convertirse en adulta lo más aprisa posible. Al llegar a la isla hacía tres días, había acariciado la esperanza de que su deseo se cumpliera siendo todavía una niña. Ella y Oliver eran los mayores, luego a ellos les correspondía ejercer la mayor influencia. Pero entre tanto las cosas habían cambiado mucho, sobre todo entre las otras chicas más jóvenes: Diana, la criatura del circo, había alcanzado celebridad por sus bromas y por esa disparatada habilidad para trepar árboles; Katrin, de la que nadie había esperado nada, sabía de repente ordeñar y era admirada por ello, e incluso la pequeña Claudia desempeñaba con sus trenzas de corteza un papel más importante que ella, Lina, la mayor, que se dedicaba a cocinar y a quejarse. Llena de ira, acercó al fuego la cazuela con la grasa de coco.

En el campamento reinaba el silencio. Thomas roncaba suavemente. Diana estaba adormilada. *Bobo*, el monito enfermo, dormía en sus brazos.

Al cabo de un buen rato, llegó el doctor Stefan del lugar de las obras para hacer a su paciente una visita matinal. Traía dos grandes cojines verdes de musgo que colocó bajo la espalda de Diana.

–¿Y bien? –le preguntó imitando a su padre cuando visitaba a un enfermo–. ¿Qué tal estamos?

Diana sonrió forzadamente.

–Muy bien, gracias –se sentó con cuidado en el cojín de musgo y despertó a Thomas–. Deberíamos tener aguardiente –dijo.

–¿Qué? –gritó Stefan–. ¡Tú estás pirada! ¡Los niños no toman aguardiente!

Diana respondió:

–¿Ah, no? ¡Pues en el circo sí! –dijo, distraída, mientras miraba atentamente a una higuera.

–Eso debería prohibirlo la policía –se indignó Stefan–. ¡A quién se le ocurre! ¡Los niños bebiendo alcohol!

Diana atrajo a Thomas y le susurró al oído lo suficientemente alto para que Stefan pudiera oírla:

–Qué fácil es engañar a este doctor.

Thomas graznó de alegría solo de pensar que el listo de su hermano hubiera caído en la trampa. Stefan murmuró ofendido:

–Cualquiera sabe lo que puede pasar en un circo...

Diana seguía con la mirada clavada en la higuera. De repente cogió al monito y lo levantó en el aire con la mano sana. *Bobo* gimió y maulló como un gato pequeño. Pero Diana señaló con la cabeza hacia el árbol, susurró algo y se comportó de un modo tan extraño que, por un momento, Thomas temió que no solo se hubiera lastimado la mano y el pie, sino también un poco la cabeza.

–Thomas, corderito mío –dijo Diana–. Te dejo que hagas una cosa muy bonita. En ese árbol de enfrente está la madre de *Bobo*. Pon al pequeño allí sobre el musgo. Creo que la madre quiere recuperarlo.

Thomas llevó al tembloroso *Bobo* con cuidado hasta debajo de la higuera y se quedó allí al lado, esperando con curiosidad a ver qué pasaba.

–¡Mira que eres bruto! –gritó Diana–. Vuelve inmediatamente. ¿Crees que va a coger a su hijo si te quedas al lado?

Así que Thomas volvió junto a Diana, y apenas se hubo sentado cuando la madre mona bajó por el tronco a la velocidad del rayo, cogió a su bebé y subió otra vez.

–Qué pena –susurró Diana–. Me habría encantado ver lo que hace ahora la madre.

Tuvieron suerte. La madre mona no perdió el tiempo subiendo hasta arriba, sino que se quedó sentada en una de las ramas de abajo y olisqueó con desconfianza la venda que le había puesto el doctor Stefan a su criatura. Intentó quitársela, pero en seguida se dio por vencida y se puso a examinar la cabecita de *Bobo*. El pequeño se pegó al cuerpo de la madre y buscó la añorada fuente de leche.

–Está mamando –murmuró Thomas tragando saliva de la emoción.

–Pues claro –dijo Diana como la cosa más natural.

Pero luego ella también tuvo que carraspear, porque la emoción de ver a la madre mona le había afectado a la voz. Que la madre hubiera superado su miedo al hombre y hubiera venido para dar de mamar a su pequeño enfermo, era algo profundamente conmovedor incluso para Diana, tan acostumbrada a los animales.

–¿Nos lo devolverá después? –preguntó Thomas.

–No lo sé –contestó Diana–. Depende de si ha comprendido que no le hacemos nada malo a su gusanito. Los monos son listos.

El pequeño *Bobo* se quedó saciado. Dejó que su madre le rascara y le meciera en sus brazos. Pero luego quería volver a dormir. La mona miró hacia los dos niños; los niños la miraron a ella. Cuando las miradas de los niños se cruzaron con la de la madre mona, fue un momento mágico. Thomas pensó que deberían de poder hablar con ella.

Diana reflexionó: «Nuestro vigilante de los monos del circo dice que si uno piensa algo con mucha intensidad, entonces lo notan. Así que voy a pensar: "Querida mamá mona, devuélveme a *Bobo*. No le haré nada, no le haré nada, no le haré nada"».

En lo alto de la higuera, la madre mona no se sabe lo que pensaba, pero quizá lo siguiente: «Hasta ahora estas nuevas criaturas que se han instalado en la isla no le han hecho nada malo a mi hijo expulsado...».

De las profundidades del bosque llegó una llamada y, por la manera en que la madre mona alzó de pronto la cabeza y por lo inquieta que se puso, Diana sospechó que era el reclamo del mono grandullón, que la llamaba para que regresara al grupo.

¿Qué haría la mona? ¿Se decidiría por la cría o por su gente? Diana sabía que los monos son unos seres sociables que soportan mal vivir solos...

–Thomas, cisne mío... –empezó.

Quería decirle que era mucho más emocionante observar a los animales que todas las películas y los libracos juntos, cuando la madre mona bajó del árbol y, cuidadosamente, colocó a su hijo dormido en el mismo lugar del que lo acababa de recoger. Luego trepó de nuevo ágilmente por el árbol.

–Thomas, cisne mío, tráeme a *Bobo*.

Thomas se levantó de un salto y se acercó al árbol. Pero de repente le entró la curiosidad y las ganas de seguir la pista a la mona sigilosamente, como hacen los indios, y fue tras ella, que saltaba de árbol en árbol obedeciendo a la llamada de su grupo.

–¡Thomas!

Ni una respuesta. Diana se quitó el cojín de musgo de debajo y, arrastrándose con una rodilla y un codo, se acercó a *Bobo*. Apoyada con la espalda en el tronco de la higuera, se quedó sentada abrazando cariñosamente al monito dormido y esperando a que reapareciera su cisne Thomas, que se le había escapado.

Este vino al cabo de un rato tan campante del bosque, con un coco debajo del brazo.

–¿De dónde lo has sacado? –preguntó la dama serpiente–. ¿Has trepado a un árbol?

–¡De la mona! –a Thomas le costaba trabajo decir la verdad: que él no había llegado al coco, sino el coco a él–. ¿Crees que la madre mona lo habrá dejado caer a propósito? ¿En señal de agradecimiento, por así decirlo?

Diana agitó el coco y comprobó que no hacía *glogló*, señal de que la leche de coco se había secado y de que, por tanto, el coco era viejo y estaba excesivamente maduro; quizá se hubiera caído él solo del árbol, sin necesidad de que la mona lo tocara desde la copa.

Se trataba, pues, de una casualidad, pensó la dama serpiente, pero no exteriorizó su pensamiento. No le importaba que los demás creyeran que la mona les había regalado el coco como premio.

Durante la comida del mediodía, cuando todos estaban reunidos, la dama serpiente soltó un discurso entusiasta:

–Señores –dijo levantando con dificultad el coco con la mano sana–, os vais a quedar verdaderamente asombrados cuando os cuente cómo son los animales.

Y entonces les contó el episodio de la madre de *Bobo*, y los niños se emocionaron mucho.

–Sí –afirmó el pequeño Wolfgang asintiendo con seriedad–, los animales son agradecidos. En la Biblia hay una bonita historia sobre un hombre que le saca a un león espinas de la pata. Y como agradecimiento el león, aunque está hambriento, no se lo come.

Oliver cogió el coco, lo sopesó con cuidado y dijo:

–Me parece que este regalo se lo debemos también a nuestro doctor Stefan. La mona madre ha pagado así la factura del médico.

A partir de ese día reinó la paz entre la población de monos y los niños; aunque al principio fue una paz provisional, luego se fue afianzando cada vez más y, poco a poco, se convirtió en una amistad. Ya nadie impidió a Diana, cuando al cabo de unas semanas volvió a estar en disposición de trepar, que cogiera tantos cocos como quisiera de las palmeras, de modo que se pasaba horas enteras en lo alto de los árboles aprendiendo el lenguaje de los monos y mostrándoles sus habilidades trepadoras.

El pequeño *Bobo*, que llevaba ya unos días casi curado del todo y que no paraba de dar volteretas por el campamento con su venda rosa en la tripa, no mostraba ningún deseo de volver con los monos. Amaba a los niños, en especial a la dama serpiente. Todos se acostumbraron a ver que Diana iba siempre acompañada no solo de Thomas, sino también de *Bobo*, que la seguía como una sombra. Diana quería que el monito fuera acogido en el Estado Infantil.

–Ahora somos doce –explicó–. Y aunque *Bobo* solo sea un mono, así completamos la docena.

Los días pasaban a toda velocidad. Desde primera hora de la mañana hasta última de la tarde, los niños no paraban de trabajar. No era tan sencillo crear una vida ordenada en la isla.

Por una parte, estaba la construcción del refugio. Ya solo los preparativos para la obra les llevaron varios días de duro trabajo. Primero buscaron por el bosque troncos de árboles caídos, les arrancaron las ramas y los pulieron hasta dejarlos muy lisos. Una vez que terminaron con una buena pila de troncos tratados de esta manera, los serraron con la misma longitud y los afilaron por el extremo superior para poderlos clavar como puntales en el suelo. Parecía como si un gigante hubiera perdido en el solar varias docenas de lapiceros. En realidad, los niños querían construir la cabaña en el centro de la plataforma de roca, pero por desgracia resultó imposible, ya que el suelo era demasiado pétreo. Así que al final eligieron un lugar situado en la *huerta*, donde el suelo era de guijarros sueltos y arena. Pero había poco sitio para levantar una cabaña porque los árboles frutales crecían muy juntos y, como a los niños les daba pena talarlos, decidieron levantar la casa en torno a una vieja higuera. Trazaron a su alrededor un rectángulo, cavaron hoyos y metieron los puntales de madera hasta el fondo. Luego, alrededor de cada tronco pegaron un zócalo de tierra fangosa. Sepp y Paul clavaron ramas largas a modo de traviesas. En la parte delantera de la cabaña, frente a la fogata, abrieron una puerta grande. En las otras tres paredes hicieron unos tragaluces pequeños. Y cuando por fin terminaron la casa, los niños se asombraron de ellos mismos y miraron llenos de orgullo la magnífica obra que habían realizado. No era una choza frágil, sino una construcción buena y firme que no se derrumbaría con la primera ráfaga de viento. Por en medio del tejado asomaba la vieja higuera como si fuera un pilar. Su denso follaje de hojas anchas proporcionaba sombra a la morada de los niños; en verano les protegería del sol ardiente y en invierno de los aguaceros. Luego se ocuparon de la distribución interior. A Sepp se le ocurrían muchas ideas: alrededor del tronco de la higuera hizo una mesa redonda y once asientos pequeños para no tener que sentarse a comer en el suelo. Eran sencillos taburetes de madera, revestidos de las trenzas hechas por Claudia, en los que se estaba más cómodo que en las sillas del colegio. Luego, Sepp se puso a hacer una cama para cada niño. Cada cama constaba de cuatro postes unidos por listones. El colchón era una estera hecha también a base de trenzas. Sepp recibió el apodo de El Mago. ¡Era realmente increíble la de cosas que sabía ese chico! Incluso llegó a hacer cucharas, platos y unos tenedores de dos púas a base de madera dura. En el bosque serraba los tocones de los árboles y vaciaba el interior blando, de tal modo que pudieran ser utilizados como recipientes en forma de cuba, como artesas y como fuentes. Para Oliver hizo diferentes clases de trampas para animales; a Wolfgang le hizo una flauta; a Kurt Conrad, un arco y unas flechas, y a Lina, un molinillo y un espetón. Con huesos de pájaro hizo para Claudia unas agujas de coser grandes con las que pudiera unir unas trenzas a otras. En todos estos trabajos lo ayudaba Paul, el hijo del carpintero. Acostumbrado este a utilizar en casa el cuchillo de tallar y la sierra, era realmente un diestro artesano. Pero le faltaba la inventiva de Sepp. A él nunca se le habría ocurrido agacharse a coger las piedras de aristas vivas que el mar arrojaba a la playa. Sepp siempre tenía algo entre manos. Incluso de noche, cuando todos se sentaban agotados delante de la *villa* –como llamaban a su casa–, los dedos de Sepp se aplicaban afanosos en tejer alguna red para pescar a base de corteza y fibras de coco. Los niños declararon unánimemente a Sepp *El Mago* como el hombre más trabajador del Estado.

Pero la segunda más trabajadora era Katrin. Nadie hubiera pensado que en una criatura tan pálida y silenciosa pudiera ocultarse tanta energía y espíritu emprendedor. Sin Katrin no se hubieran muerto de hambre, pero probablemente se hubieran debilitado y hubieran caído enfermos por la mala alimentación. Katrin, sin embargo, se inventaba casi a diario platos nuevos, y cuando los niños se reunían para la comida del mediodía, sentían tanta curiosidad como las lombrices por el último descubrimiento de verdura de Katrin.

–Hoy hay ensalada verde –anunciaba Katrin.

Y, efectivamente, en una fuente enorme hecha con un tocón, y bañada en una deliciosa salsa agridulce, había una ensalada de puntas de palma que era la cosa más tierna que uno pudiera desear. Nadie preguntó de dónde había sacado Katrin lo agrio y lo dulce para la salsa. Tampoco dónde encontraba esas raíces con sabor a patatas que pronto se convirtieron en uno de los alimentos más importantes del Estado Infantil. Todas las mañanas, después de desayunar, desaparecía por el bosque. Hacía tiempo que Lina no se atrevía a retenerla para que le prestara ayuda. Al cabo de unas horas, Katrin regresaba con una mochila cargada de nuevos descubrimientos a la espalda. Traía unos frutos similares a pepinos que, fritos en grasa de coco, daban por resultado unas magníficas *chuletas* de verdura. Picaba finamente las carnosas hojas verdes de algún arbusto y las convertía en una especie de espinacas que, junto con las mencionadas raíces parecidas a patatas, hacían las delicias de los niños. Llevaba al campamento grandes cantidades de bayas rojas como el fuego, verdes, negras, de todos los tamaños, dulces y amargas, y con ellas hacía compotas y zumos de fruta que los niños, utilizando las cáscaras de los cocos, bebían con avidez en los calurosos días de verano.

El doctor Stefan puso al principio ciertos reparos en relación con la actividad de Katrin. Inspeccionaba con desconfianza el contenido de la mochila con olor a hierbas aromáticas.

–Cuántas hierbas y hierbajos –decía–. ¿Y si es venenoso eso que traes? Con tu manía vegetariana vas a acabar poniéndonos en peligro; como médico del Estado, no lo puedo consentir.

–Lo que yo os dé, te garantizo que no es venenoso –le contestó un día Katrin–. Vente un día conmigo a coger bayas, y verás.

Y Stefan vio... Cuando a la mañana siguiente recorría el bosque con Katrin, esta se llevó de repente el dedo a los labios y mostró un arbusto debajo del cual se movía algo. De una piel rubia asomaba una oreja larga, a la que siguió otra, y en seguida vieron el morrito de la liebre mordisqueando unas hojas rizadas.

–¿Lo ves? –le susurró Katrin–. Esa es mi inspectora de Sanidad.

El médico del Estado puso cara de tonto; no sabía a qué se refería.

–Tengo otros muchos inspectores –continuó Katrin–. Los pájaros, por ejemplo, para las bayas; también las tortugas y las lagartijas y, sobre todo, los monos.

–y en vista de que Stefan seguía sin entenderlo, le explicó–: Los he observado a todos durante mucho tiempo, hasta que he averiguado qué es comestible y qué no. Esto, por ejemplo –dijo señalando una hierbecita de aspecto inofensivo–, tiene que ser venenoso. Ningún animal lo toca jamás.

–¡Ajá! –exclamó Stefan en voz tan alta que la liebre huyó despavorida dando una voltereta–. Así es como lo has hecho. ¡Todos mis respetos, Katrin!

La chica sonrió.

–Conozco a todos los animales de la isla –prosiguió–; sé dónde viven y dónde se alimentan. Si quisiera podría enseñarte madrigueras enteras llenas de liebres pequeñas, y nidos de pollos silvestres... y animales que ni siquiera sabéis que existen en la isla.

–Pues hazlo –le pidió Stefan–. Enséñamelos.

–¡Ni hablar! –de repente, los ojos grises de Katrin lanzaron un desafiante destello–. ¿Para que luego pongáis a mis conejitos vuestras miserables trampas en las madrigueras?

–Pero, Katrin, en realidad tú tienes la culpa de que fundáramos el Estado Infantil –le recordó Stefan–. Quedamos en que gracias a la caza no viviríamos en la miseria...

–Los que viven en la miseria –recalcó Katrin– son solo los animales. Mis liebres y mis pájaros.

Ante tanta testarudez, Stefan meneó la cabeza.

–Tus verduras están muy bien –afirmó–, pero también necesitamos carne. Los hombres no podemos vivir eternamente de margaritas.

Katrin lo midió con una mirada que delataba con claridad que lo consideraba de todo menos un hombre.

–Y aunque me lo pidáis todos de rodillas –dijo para concluir–, no os enseñaré ni una sola guarida de los animales.

Y toda decidida, se puso a coger las hojitas rizadas que había mordisqueado la liebre rubia y las metió en la mochila.

Una vez resuelta no solo la cuestión de la vivienda, sino también la provisión de alimentos –en la que el suministro de leche por el creciente rebaño de cabras desempeñaba un papel primordial–, surgió otra dificultad: el problema de la vestimenta. Era increíble cómo la vida en la isla desgastaba la ropa de los niños. En poco tiempo quedó literalmente hecha jirones; así que Oliver, con harto dolor de corazón, decidió utilizar las reservas guardadas. Paul propuso reforzar la culera de los pantalones con piel de animal curtida para que la ropa les durara más. Y entonces resultaba un tanto cómico ver a Oliver, Stefan y Paul juntos, cada uno con un trozo de piel distinta en la culera: Oliver, una de cabra a manchas blancas y negras; Stefan, una de liebre de color marrón claro, y Sepp, una de conejo rubio. Alrededor de los pies también llevaban tiras de piel envueltas, pues no había lana para zurcir los agujeros del tamaño de un puño de los calcetines. Poco a poco, aquellos niños de la gran ciudad tan atildadamente vestidos se fueron convirtiendo en una horda de robinsones semisalvajes. Como era muy complicado cortar el pelo con las tijeras de costura de Lina, todos ellos lucían largas melenas. A la hora de lavarse y cepillarse los dientes, tampoco lo tenían tan fácil como en casa. Las chicas eran más limpias que los chicos; todas las mañanas se lavaban y se peinaban en el arroyo.

–La porquería es sana –declaró Thomas, para quien la esponja y el jabón podían perfectamente dejar de existir.

Por lo demás, estaban realmente sanos. La vida en la isla les sentaba de maravilla. Estaban musculosos y bronceados. La pared de roca de la orilla y los árboles del bosque los convirtieron en mejores gimnastas y escaladores que si hubieran ido a todos los gimnasios del mundo, con su barra fija, sus paralelas y sus escaleras suecas. Aunque ninguno de ellos podía equipararse a la dama serpiente en agilidad, en comparación con otros niños de su edad eran muy superiores en cuanto a fuerza y destreza física.

La formación intelectual, sin embargo, dejaba mucho que desear. Es cierto que en la *biblioteca* de la villa tenían un estante pequeño con los pocos libros que se habían llevado en el equipaje. Pero al poco tiempo todos se habían leído cada uno de los libros, y además no se podía pedir que un chico como Oliver leyera más de una vez las *Aventuras de enanitos* de Claudia sin bostezar mortalmente de puro aburrimiento. A Stefan le pareció que ya iba siendo hora de engrasar su oxidado cerebro y organizó una especie de clase escolar. Por las noches, junto a la fogata, aprendían un poco de Aritmética, un poco de Ciencias Naturales y otro poco de Geografía e Historia.

–Es que si no –opinó Stefan–, cuando lleguemos a Terrania vamos a tener que repetir curso.

No tenían ninguna duda de que algún día llegarían a Terrania, pese a que las perspectivas no eran demasiado halagüeñas. A veces veían pasar un barco por el horizonte, pero siempre a una distancia tal que cualquier grito o señal habría sido un absurdo derroche de energía. Pero una vez, cuando los niños llevaban ya unas semanas en la isla, ocurrió algo inesperado.

En la mañana de un día caluroso, oyeron de repente a lo lejos del océano el zumbido de varios aviones. Rápidamente cogieron los prismáticos de Oliver y contaron once avionetas con el emblema de Terrania atravesando el cielo como una escuadrilla.

Desde la linde del bosque, los niños miraron con añoranza los once puntos negros. Sepp sacó del bolsillo un trocito de espejo y, con el reflejo de los rayos del sol, empezó a mandar señales de SOS.

De pronto, la última avioneta se separó de la escuadrilla, quedó rezagada y empezó a barrenar.

–¿Qué le pasa a ese? –preguntó Diana–. ¿Está jugando a la peonza?

–No bromees. Me parece que tiene una avería en el motor –dijo Sepp preocupado–. ¡Mirad! ¡Ay, madre mía!

De repente se alzó una llamarada y la avioneta fue dando tumbos por el aire como si estuviera borracha. Desde la parte delantera cayó un bulto, que se abrió como un pequeño paracaídas y se dirigió lentamente hacia la superficie del mar.

–¡El piloto ha lanzado su bote neumático! –exclamó Sepp–. ¡Y ahora sale él!

Un paracaídas grande de color claro con una persona colgada de él descendió hasta el mar.

–¡Ahora tenemos que hacerle señas y llamarlo! –dijo Oliver–. A lo mejor nos oye.

Chillaron y vociferaron, pero el piloto de Terrania no los oyó. Cayó salpicando al mar y, al poco tiempo, lo vieron remando en su bote neumático en dirección a la desaparecida escuadrilla.

–¡Atención! –gritó Stefan–. ¡La avioneta!

La avioneta en llamas había dado unas cuantas vueltas y ahora, sin rumbo y envuelta en humo y fuego, se dirigía hacia la isla. Haciendo un ruido atronador, pasó por encima de las cabezas de los niños, que del susto se habían tirado al suelo, y se empotró contra los árboles. Por suerte, el fuego se apagó por sí solo, pero durante un rato siguió saliendo de la avioneta una densa humareda negra que irritó los ojos de los niños.

Por la tarde subieron a examinar el esqueleto calcinado de la avioneta. La parte trasera estaba completamente quemada, pero el asiento del piloto apenas había sufrido daños; solo estaba un poco ennegrecido por el humo. Lo desmontaron y lo arrastraron dificultosamente hasta la villa, donde serviría de sillón.

Mientras los niños seguían admirando la nueva pieza lujosa de su mobiliario, Sepp regresó al bosque sin decir nada a nadie y se dirigió de nuevo a lo que quedaba de la avioneta. Previamente había hecho un descubrimiento del que en principio no quería decir nada a nadie. Delante, junto al cuadro de mando, había visto un micrófono y en seguida se le había ocurrido enviar un mensaje, porque Sepp entendía mucho de cosas técnicas. Después de trastear un rato y conectarlo, percibió de repente en los auriculares que tenía puestos un leve chisporroteo y un susurro... ¡El aparato funcionaba! ¡Podía enviar un mensaje! Se le aceleró el corazón mientras cogía la onda media y pensaba febrilmente en qué texto podría transmitir por la radio.

–Hola, hola –dijo al micrófono, y luego, sin la menor dificultad, continuó–: Los once niños del *Tierra de*

Fuego no estamos muertos, sino en una pequeña isla del océano. Por favor, venid a recogernos.

«Seguro que no sirve para nada, pero lo intentaré de nuevo», pensó Sepp, y repitió la frase una segunda y una tercera vez. Luego se oyó un breve ruido áspero y cesó el susurro. Por más que se esforzó Sepp, ya no consiguió sacarle ningún sonido.

Se bajó del árbol tan enfadado por la contrariedad, que no les contó nada a los otros niños acerca de su experiencia.

Una noche, Stefan propuso poner un nombre a la isla.

–En realidad –dijo–, somos los descubridores y tenemos que ocuparnos de que más tarde salga en los mapas. ¿Cómo podríamos llamarla?

Durante un rato largo estuvieron pensando en algún nombre. Diana sugirió «El Hogar de los Monos»; Oliver propuso «La Isla de los Once». A Stefan no le acababan de convencer esos nombres. Una vez más, hizo gala de sus conocimientos del latín y les explicó que «Insula Puerorum» era lo menos que podía llamarse la isla para aparecer en los atlas.

–¿Qué significa eso? –preguntó Diana.

–La isla de los chicos –aclaró Stefan.

–¿Ah, sí? Y las chicas, ¿qué? –replicó Lina, ofendida.

–*Pueri* no solo significa «chicos» –la tranquilizó Stefan–, sino niños en general.

–In-su-la Pu-e-ro-rum –deletreó Oliver–. Lo encuentro demasiado largo. Y demasiado científico. ¿Qué tal si hacemos una abreviatura: Insu-Pu?

–«Insu-Pu» suena bien –dijeron los niños.

Sonaba muy exótico. Recordaba un poco a los Mares del Sur y otro poco a la China. Estaban tan entusiasmados con el nombre, que esa misma noche se apoderó de ellos una verdadera manía por nombrar las cosas. Querían poner a cada árbol y a cada animal de Insu-Pu una abreviatura que sonara bien. Así surgió, por ejemplo, Pal-Bo = Palmera de *Bobo*, el árbol más alto de la isla, o bien Fa-Tren-Cor = Fábrica de Trenzas de Corteza, el lugar en el que habitualmente trabajaba Claudia, y Ar-Pes-Be-Ba = Arroyo para Pescar, Beber y Bañarse, el riachuelo que fluía por Insu-Pu y que proporcionaba a los niños no solo agua, sino también sabrosos pescados. In-Pa-No = Inseparable Pareja de Novios, era la mordaz abreviatura inventada por Kurt Conrad tanto para Diana y Thomas como para Sepp y Claudia.

Hablaban entre ellos en una lengua que cualquier extraño habría calificado de hotentote... Nadie, excepto los habitantes de Insu-Pu, podía entender lo que quería decir, por ejemplo, Paul cuando en la comida de mediodía pedía: «En-Fres-Ma (ensalada fresca de marisco) con Pu-Pa-Es (puré de patatas especiado)».

Cuando ya llevaban, según el calendario de corteza de Oliver, tres meses en Insu-Pu, celebraron la fiesta de su estancia trimestral en la isla. Adornaron la villa y Lina preparó un banquete; Kurt Conrad, el cazador, y Katrin habían contribuido a crear los platos más exquisitos. Oliver pronunció un discurso, tras el cual consagraron su bandera. Esta no era más que una camisa –en otro tiempo blanca– de Thomas, pero cuando la izaron en el mástil ondeaba al viento y, desde lejos, podía verse el letrero de «Insu-Pu» pintado con zumo de fresas rojo. Más no se podía pedir de una bandera.

Después de comer, Diana, ya completamente curada, hizo un número acrobático de reciente creación. Pero el punto culminante de la fiesta consistió en una sorpresa muy particular. Stefan se levantó de repente y dijo con timidez que, aunque no era un poeta, sino solo algo parecido a un médico, había compuesto una canción para la que Wolfgang había hecho la música, y estaba dispuesto a cantarla.

–¡Pues adelante! –gritaron los niños.

Acompañado por la flauta de Wolfgang, Stefan cantó la canción de Insu-Pu:

En la isla de Insu-Pu
todo el mundo se divierte.
Por los troncos enhiestos o torcidos
de los árboles que allí crecen,
saltan y trepan los monos
que nos surten de cocos.
Ni de día ni de noche
hay descanso en Insu-Pu.

En la isla de Insu-Pu
a nadie verás calzado,
y nuestros cuerpos se cubren
con trozos de piel de liebre
y corteza entretejida.
Pero reímos, pues qué hacer
si todo se convierte en harapos
en la isla de Insu-Pu.

Y cuando un buen día, tu-tu-tutu,
arribe un barco a Insu-Pu,
la villa quedará abandonada
y contentos volveremos a casa.
Los monos verán boquiabiertos
cómo nos hacemos a la mar.
¡Larga será la despedida!
¡Adiós, adiós, Insu-Pu!

–¡Bravo! –exclamaron los niños aplaudiendo con entusiasmo.

–¿Y con qué piensas despedirte de los monos? –preguntó Lina.

–Con un pañuelo –dijo Stefan.

–Pues entonces ya puede darse prisa el barco –opinó Lina–, porque entre la ropa solo quedan cinco pañuelos, y teniendo en cuenta que somos once...

–Casi medio pañuelo por cada nariz –calculó rápidamente Sepp, y bromeó–: Para un catarro no sirve, pero para despedirnos será suficiente.

Un incidente en el Ar-Pes-Be-Ba

QUIEN conozca a los niños sabe que en cada clase del colegio, en cada sección deportiva de un club de natación o de gimnasia, en cualquier lugar en el que los niños estén agrupados, hay uno que no cae bien a los demás.

También en Insu-Pu había uno al que nadie soportaba: Kurt Conrad. Casi todos los niños habían tenido alguna mala experiencia con él. Oliver no podía olvidar cómo Kurt Conrad, en la mañana de su llegada, se había abalanzado sobre él y había afirmado verde de ira que Oliver quería convertirlos a todos en esclavos. Diana también había tenido repetidos encontronazos con Kurt Conrad, no solo porque llamara a su querido *Bobo* «bicho sarnoso», sino también porque se burlaba de sus escasos conocimientos escolares, que salían a relucir por las noches junto a la fogata del campamento. Kurt Conrad, sin embargo, brillaba de cultura y erudición. En realidad, lo sabía todo: todas las guerras y los reyes y los ríos principales, y la distancia que hay entre la Tierra y la Luna. Sabía incluso sacar raíces cuadradas, lo que para la mujer serpiente era completamente nuevo.

–Eso solo lo saben los dentistas –dijo enfadada–. Los números no tienen raíces.

–En el circo, a lo mejor no –respondió Kurt Conrad con sarcasmo–, pero en un curso superior del instituto, ¡ya lo creo que sí!

Los azules ojos de Diana se oscurecieron de rabia.

–Te va a dar un ataque de arrogancia –le espetó–. Me importan un pepino tus raíces y tu curso superior. A uno como tú no le dejaríamos entrar en el circo ni siquiera como espectador.

–¡Uy, qué pena! –se burló Kurt Conrad–. Me quedaría con un palmo de narices.

–Ya las tienes bastante largas –dijo Diana.

Sepp, *El Mago*, que siempre se encargaba de que reinaran la paz y la concordia en el Estado, intervino:

–Dejadlo ya. ¿Qué van a pensar los monos?

Pero en el fondo se alegraba de que Diana le hubiera soltado una pulla a Kurt Conrad. Sepp sabía perfectamente que el engreído hijo del catedrático creía ser mejor que él, hijo de un obrero. Pero aparte de comportarse de un modo tan insolente y repugnante, no se le podía reprochar nada a Kurt Conrad. Nadie como él sabía atrapar tan bien a una cabra montesa; nadie pescaba peces tan grandes como él. Kurt Conrad era cazador por naturaleza: paciente, rápido y bastante cruel. Manejaba tan bien el arco y la flecha, que acertaba a dar a los pájaros en pleno vuelo y hacía que cayeran muertos al suelo. Katrin empalidecía cada vez que lo veía, y Kurt Conrad se las arreglaba para que ella estuviera siempre cerca y contemplara su muestra de habilidad.

–Ya sé por qué tu madre se escapó de casa –dijo ella un día con lágrimas en los ojos–. Con un hijo así yo tampoco me quedaría.

Pero Kurt soltó una risotada y dijo que era una vieja sensiblera y que más le valía ocuparse de sus infusiones y no meterse en sus asuntos familiares. Katrin se mordió los labios, se enjugó las lágrimas y juró odio eterno a Kurt Conrad.

«Espera y verás –pensó–. Llegará un día en que me vengue de todas tus infamias...».

Ese día llegaría de verdad, pero por el momento todavía estaba muy lejos. Por de pronto, llegó otro en que sucedió algo peligroso entre Kurt y Katrin, de lo que nunca se enteró ningún otro niño de Insu-Pu.

Hacía una mañana muy calurosa. Desde muy temprano, Katrin había salido a coger bayas. Pasó horas pinchándose en los arbustos espinosos en busca de determinada clase de bayas azules oscuras, con las que se podía hacer una mermelada deliciosa. Cuando por fin llenó la mochila, salió del arbusto lleno de pinchos, estiró su espalda dolorida y miró hacia el sol; hasta el mediodía todavía faltaba una hora larga. Así que decidió ir al Ar-Pes-Be-Ba para lavarse. Tenía las manos como si las hubiera metido a remojo en tinta, los brazos y las piernas llenos de arañazos y, en general, tenía todo el cuerpo pringoso del zumo negro azulado de las bayas. Así que recorrió el bosque en dirección al curso alto del río, donde todavía no era ancho y profundo, sino pando y con unas olitas de color claro que salpicaban sobre las piedras cubiertas de musgo. Ese era indiscutiblemente el sitio más bonito de Insu-Pu, y Katrin iba a bañarse allí con frecuencia. El arroyo descendía todavía mansamente y no tenía la fuerza necesaria para abrirse un lecho recto. Eso solo lo hacía abajo, en el bosque, donde se convertía en un magnífico riachuelo que pasaba junto a la plataforma de roca. En ese lugar, en cambio, fluía zigzagueante, sorteando aquí un grupo de árboles y trazando allá una generosa curva en torno a una roca que sobresalía mucho por encima del agua borboteante. Así había surgido toda clase de penínsulas y calas llenas de juncos, árboles y arbustos que bañaban sus verdes ramas en las olas espumeantes.

Katrin colgó su ropa de una rama y, a través de los cañaverales, fue vadeando hacia el arroyo. Le pidió perdón a una pollita de agua que estaba empollando cuando la asustó al pasar, y se tumbó cuan larga era en una piedra cubierta de musgo, en medio del Ar-Pes-Be-Ba. Pasó un rato chapoteando en el agua con los pies y las manos; luego se quedó quieta dejando que el agua fresca saltara suavemente sobre ella. Una lavandera blanca brincaba sobre sus delicadas patitas de piedra en piedra, miraba a su alrededor y movía descaradamente su larga cola. En el bosque reinaba el silencio. El verano era caluroso en Insu-Pu y el sol pegaba con fuerza desde antes del mediodía, de modo que a esa hora la mayor parte de los animales se habían refugiado en sus sombreados escondrijos.

Katrin cerró los ojos. De repente los volvió a abrir y giró bruscamente la cabeza hacia la otra orilla, donde había sonado el grito de angustia de un pájaro. Katrin se levantó y, pasando otra vez delante de la asustada pollita de agua, corrió hacia el árbol del que colgaban sus cosas. Se vistió a toda velocidad y cruzó el arroyo hacia la cala de la orilla opuesta, de la que le había llegado el chillido del pájaro.

Contuvo la respiración y se metió con cuidado entre los juncos. Lo que vio allí la dejó unos segundos petrificada de horror: Kurt Conrad estaba tumbado boca abajo, apoyado en los codos; en una mano sostenía una trenza de corteza a cuyo extremo estaba atada la patita de un pájaro. El pájaro ya no podía volar; parecía herido.

El torturado animal intentaba escapar dando saltitos y agitando desesperadamente las alas hacia el cañaveral, que sería su salvación. Pero cada vez que lograba llegar a las protectoras cañas y se creía a salvo, Kurt Conrad tiraba de la trenza y soltaba una risita cuando el enloquecido pájaro regresaba aleteando y piando lastimeramente. ¡Sí, se reía! Katrin pudo verlo con claridad. Estaba claro que la cosa le hacía gracia.

Pegando un grito tan fuerte y salvaje que asustó a la misma Katrin, se abrió paso a través del cañaveral y se abalanzó sobre el sorprendido Kurt Conrad.

–¡Torturador de animales! –gritó–. ¡Asesino!

Kurt Conrad se había levantado de un salto, y Katrin se encaramó sobre él como una gata rabiosa, arañando y mordiendo y dando puñetazos en el pecho del chico. Eso solo duró un instante; luego, una vez que Kurt Conrad se hubo recuperado de la sorpresa, con una sola llave de *jiu-jitsu* se desembarazó de la alborotada muchacha y le retorció los brazos por la espalda.

–¿Qué hago ahora contigo?

–¡Mata al pájaro! –le rogó Katrin–. Está torturándose: ¿es que no lo ves?

–Con mucho gusto. Nada me complacería más.

Y de un golpe rápido, mató al animal.

Katrin cerró los ojos. «Cuántas veces habrá hecho esto mismo. Se ve que tiene práctica», pensó llena de amargura.

–¡Abre los ojos! –le ordenó de repente Kurt Conrad con una voz ronca y extraña.

Katrin lo vio de pie ante ella y tuvo miedo del chico. Quería llorar y pedir ayuda, pero no le salían las palabras. Desesperada, agachó la cabeza. A través de su melena pelirroja percibió a su lado, junto al pájaro muerto, un nido con tres huevos reventados. De manera que Kurt Conrad había subido a un árbol, había robado el nido, había herido y atado a la madre, había roto ante sus ojos los huevos y, solo entonces, había empezado con su cruel jueguecito de la trenza.

En vista de esa atrocidad, Katrin recuperó el habla.

–Eres una mala persona, Kurt Conrad –afirmó despacio–. El pájaro muerto quizá vaya al cielo y esté a gusto allí. Pero a ti habría que subirte a un árbol y llamar a todos los pájaros de Insu-Pu para que te picotearan con sus pequeños piquitos hasta que supieras lo que significa ser torturado.

–Tonterías –dijo Kurt Conrad–. A mí nadie me sube a un árbol. Y lo que haga yo con mi botín de caza no es de tu incumbencia. ¡Ni de la de nadie! ¡Es un asunto privado!

–Di más bien: una diversión privada.

El chico miró a Katrin con los ojos entornados y repitió amenazadoramente:

–Nadie tiene por qué saberlo. Júrame que no les dirás nada a los demás.

–¿Y si no juro?

Katrin dio media vuelta a la velocidad del rayo e intentó escaparse.

–¡Tú te quedas aquí!

Kurt Conrad la alcanzó en tres pasos y le retorció otra vez el brazo por la espalda. A Katrin le hacía daño.

–¿Y bien? –preguntó–. ¿Lo juras? Contaré hasta tres. Uno...

Katrin temblaba de miedo.

–¿Qué me vas a hacer si no lo juro?

–Ya lo verás. Dos...

Se agachó sin soltarla, la obligó a bajar a ella también y, con la mano libre, cogió el arco y las flechas.

¿Qué se proponía? Katrin notó que se le nublaba la vista y se mareaba. ¿Se le ocurriría disparar?

–Y tres.

–¡No! –gritó Katrin estridentemente–. No, por favor, no, Kurt Conrad. Juraré todo lo que quieras, pero... pero... –sollozó– ... pero respeta mi joven sangre.

Kurt Conrad bajó el arco y la flecha y la miró extrañado.

–¿De dónde has sacado eso?

–De Blancanieves. Cuando el cazador lleva a la pobre Blancanieves al bosque y tiene que entregarle su corazón a la reina mala, entonces ella le ruega: «Querido cazador, déjame vivir y respeta mi joven sangre...».

Se le quebró la voz por las lágrimas. Ni ella misma sabía muy bien por qué lloraba: por Kurt Conrad, por la reina malvada, por Katrin-Blancanieves, por el pájaro muerto del suelo o porque era demasiado cobarde como para dejarse disparar.

Kurt Conrad intentó mirarla a la cara y de repente tuvo que cerrar los ojos. Estaba avergonzado.

–Repite conmigo –murmuró–: Juro...

–Juro...

–Por mi honor...

–Por mi honor...

–Y por todo lo que para mí es sagrado...

–Y por todo...

–¿Qué es para ti sagrado, por ejemplo? –la interrumpió Kurt Conrad.

–No sé –dijo la niña agotada–. Por mi honor es suficiente.

–Bueno, vale –continuó él– ... que de todo lo que ha sucedido aquí no voy a revelar ni una palabra a nadie.

–Que de todo lo que ha sucedido aquí no voy a revelar ni una palabra a nadie –repitió Katrin obedientemente.

–Ni del pájaro ni de que te haya retorcido el brazo –añadió Kurt Conrad, soltándole por fin el brazo.

La niña asintió. De repente, todo le daba igual. Se sentía completamente vacía por dentro. Como empezara otra vez a contar uno, dos y tres, pensaba Katrin, le dejaría contar hasta el final y que hiciera con ella lo que quisiera.

–¿Te encuentras mal? –le preguntó Kurt Conrad inclinándose sobre ella.

Sin que la propia Katrin se hubiera dado cuenta, había ido descendiendo hasta el suelo.

–Espera –dijo él.

La levantó y la llevó a través del cañaveral hacia el Ar-Pes-Be-Ba. Katrin intentó protestar, pero se encontraba demasiado débil como para defenderse en serio. Kurt Conrad la depositó con cuidado junto a la orilla, cogió agua del arroyo con las manos ahuecadas y la dejó correr por la frente de la chica.

–Gracias –dijo Katrin, y se incorporó.

–¿Te encuentras mejor?

–Sí –contestó ella, mirándolo.

¿Se equivocaba o era verdad que en la dura mirada de Kurt Conrad se atisbaba un gesto de preocupación? Parecía casi imposible que ese chico tan cruel fuera capaz de tener un buen sentimiento, y sin embargo Katrin estaba segura de que durante un minuto había visto algo parecido a compasión en su rostro. Hasta la voz le había cambiado.

–Así que ya sabes –dijo Kurt Conrad en su tono habitual, y se levantó.

Katrin se levantó fatigosamente y, sin dignarse a mirar al chico, regresó vadeando por el Ar-Pes-Be-Ba para recoger sus zapatos y la mochila con las bayas. Kurt Conrad miró cómo se alejaba; no se sentía muy bien. Aunque había achantado a Katrin y esta le había jurado lo que le había pedido, no se hacía muchas ilusiones de esa victoria. Para un chico de casi catorce años no era difícil atemorizar a una chica más pequeña con llaves de *jiu-jitsu*, hasta que al final, de puro miedo, esta hiciera todo lo que le ordenaban. Se había comportado como un rudo y degenerado jefe de una banda de ladrones.

Enfadado consigo mismo, cogió del suelo el pájaro y lo metió en su zurrón de piel de cabra.

«Al fin y al cabo, no tenía otra opción», se disculpaba a sí mismo por la mala conciencia. «Si alguna vez quiero llevar a cabo mi gran plan en Insu-Pu, no me puedo permitir que Katrin me difame ante los demás. No les caigo bien, pero me admiran y me respetan. Si ahora se enteran de lo que he hecho con el pájaro y de que le he retorcido el brazo a una niña, nunca lograré hacer lo que llevo pensando desde que llegamos a la isla».

Emprendió el camino de regreso al campamento. Los niños ya estaban comiendo. Faltaba Katrin. Cuando Oliver preguntó por ella, Lina le informó de que estaba en la cama, en la villa, y que no se encontraba bien del todo. El doctor Stefan se metió inmediatamente bajo el brazo el botiquín de la Cruz Roja y entró en la villa. Al cabo de un rato salió con cara de desconcertado. Le había encontrado unos pocos arañazos insignificantes en los brazos y las piernas, pero el extraño estado en que se encontraba Katrin no se explicaba por esas menudencias.

–Serán los nervios –le dijo Stefan a Oliver.

–¿Nervios? –preguntó Thomas–. ¿Por qué va a tener nervios Katrin?

La pequeña Claudia lo aleccionó.

–Mi papá dice –proclamó con su vocecita cantarina– que cuando un médico no encuentra nada, asegura que son los nervios.

El doctor Stefan quiso defenderse indignado, pero Kurt Conrad se le adelantó.

–¿De verdad que no le has encontrado nada? –le preguntó.

Y lo hizo con tanto interés, que Stefan lo miró extrañado. No era el estilo de Kurt Conrad preguntar por el bienestar de la gente.

–Nada –contestó–, salvo un par de arañazos.

–¿Y no te ha dicho cómo se los ha hecho? –siguió preguntando Kurt Conrad.

–No. Dice que no es nada y que la dejemos tranquila.

–Pues entonces déjala –opinó Diana–. Ya se recuperará por sí sola.

Y se recuperó. Pero pasaron unos cuantos días hasta que la pálida y silenciosa Katrin volvió a aparecer en el corro, alrededor de la fogata. Y solo al cabo de una o dos semanas, Katrin recuperó su modo de ser alegre y aplicado y pudo dedicarse de nuevo a coger hortalizas.

Pero para entonces se había acercado ya el día en que la chica le haría pagar a Kurt Conrad por su vileza.

Wolfgang y la serpiente

DESDE el primer día, cuando a Wolfgang le ocurrió la desgracia del violín e, incomprensiblemente, le entró tanta congoja, los niños sentían una afectuosa admiración y una especie de compasión hacia esa curiosa criatura. Era tímido y soñador; siempre parecía estar en otro mundo. Al principio, Oliver se metía mucho con él:

–Wolfgang, no estás a lo que hay que estar. ¿En qué piensas? Repite lo que acabo de decir –le ordenó un día.

Wolfgang miró perplejo al mayor; como era habitual, no había prestado atención. Guardó silencio y, avergonzado, toqueteó la flauta, que no soltaba ni por un momento. Paul, que estaba sentado a su lado, respondió por él:

–No pensaba en nada; estaba cantando para sus adentros.

Los niños asintieron con la cabeza y esbozaron una sonrisa. ¡Claro que Wolfgang estaba cantando! No pensaba ni hablaba ni trabajaba. ¡Solo cantaba! Daba la impresión de que todo él eran notas y sonidos.

–No hay nada que cantar. Tienes que atender a lo que te voy a encargar –se enojó Oliver como un profesor.

Wolfgang miró pidiendo ayuda a Diana. Aunque esta no tenía sentido musical, como era un niño artista –igual que ella–, lo apoyó:

–Wolfgancito –le dijo para animarlo–. A lo mejor Paul no tiene razón. Quizá estuvieras pensando en algo pese a estar cantando para tus adentros.

Wolfgang asintió con la cabeza. Sus ojos se iluminaron cuando dijo:

–Estaba pensando que en el concierto para violín de Beethoven, todos los instrumentos enmudecen y dejan tocar solo al violín, que toca la melodía hasta que entra el violonchelo. Y luego se mezclan los clarinetes y los demás instrumentos de viento y finalmente toda la orquesta...

De nuevo se puso a cantar. Luego se marcó el compás con la flauta intentando explicar a los niños por qué pensaba en ese pasaje. Oliver estaba a punto de estallar de impaciencia. Con ese niño era imposible hablar sensatamente.

–Tu deber –dijo– es ir con Claudia a la Fa-Tren-Cor y ayudarla a hacer trenzas.

Wolfgang se levantó al instante.

–Con mucho gusto –contestó complaciente–. ¿Vamos ya, Claudia? Yo sujeto la corteza. Y cuando te canses, cambiamos y yo hago las trenzas.

Wolfgang no era vago ni poco servicial. Todo lo que se le pedía lo hacía con agrado, y ponía la mejor voluntad en llevarlo a cabo deprisa y bien. Pero nunca lo conseguía. O bien estaba pensando en la música mientras se le encargaba el trabajo, o bien estaba pensando en la música mientras iba al trabajo y, por el camino, se olvidaba de cómo y dónde tenía que hacer el encargo. Y en los pocos casos en los que iniciaba un trabajo según lo acordado, al poco rato se cansaba del esfuerzo no solo porque inevitablemente estuviera pensando en la música, sino también porque Wolfgang era desesperadamente torpe. Parecía increíble que con esos dedos tan finos, capaces de deslizarse con agilidad por la flauta y que probablemente hicieran maravillas con el violín, pudiera fallar en las tareas más cotidianas. Si se le daba un cuchillo a Wolfgang, se cortaba. Si se le dejaba coger bayas, en un minuto se clavaba todos los pinchos que crecían en el arbusto. Si Lina le mandaba remover la sopa un momento, se quemaba y tenía que ir vendado durante varios días. Atribulado por su mala suerte, se encogía de hombros y decía dándose por vencido:

–Es que soy así. Solo sé hacer música. Si tuviera mi violín, no os enfadaríais tanto por lo torpe que soy.

Pero en realidad los niños no se enfadaban con él. Sencillamente, al cabo de un tiempo, dejaron de encargarle trabajos. Wolfgang no tenía ningún sentido práctico. Así que los demás se resignaron a que se dedicara solo a cantar, tocar la flauta y pensar en la música.

–En realidad, no es justo –opinó Oliver, interesado en implantar la justicia en el Estado Infantil–. El que no trabaja, tampoco debería comer.

–¿Vas a dejar que se muera de hambre? –le preguntó Diana mirando desafiantemente el gesto severo de Oliver–. ¿Sabes una cosa, Oliver? Algún día, cuando seamos mayores y casi nos hayamos olvidado de que una vez estuvimos en Insu-Pu, y tú seas un ingeniero barrigón y Stefan un anciano médico con gafas, entonces nos detendremos en la calle ante un cartel enorme en el que ponga:

FESTIVAL DE CONCIERTOS
Wolfgang Hasselberg,
el artista y maestro mundialmente famoso,
actúa esta noche.
Quedan pocas localidades.

»Y nos reuniremos todos en el concierto y, desde la primera fila, nos sentiremos orgullosísimos de que sea *nuestro* Wolfgang el que está tocando ahí arriba. Y en el descanso nos mezclaremos con el público y diremos como quien no quiere la cosa: «¿Wolfgang Hasselberg? ¡Oh, lo conocemos desde que era pequeño!». Y luego iremos al camerino, y el *manager* nos querrá echar porque el maestro tendrá que descansar, pero Wolfgang nos verá, se levantará y dirá: «No, a esos déjelos pasar, que son mis amigos de Insu-Pu». Y después nos preguntará si nos ha gustado el concierto y le mandará al *manager* que vaya a la caja y nos devuelva el dinero de las entradas, porque Wolfgang no permitirá que sus viejos amigos paguen las entradas. ¿Y sabes lo que dirá?

Oliver negó con la cabeza.

–Pues dirá: «Es lo menos que puedo hacer por lo bien que me tratasteis entonces en Insu-Pu, pese a resultar tan torpe para cualquier trabajo como un rinoceronte en patines».

Diana cogió aire, y Oliver hizo la siguiente observación:

–Cuando te embalas, Diana, eres capaz de decir mil palabras por minuto.

–Verás cómo tengo razón –dijo la dama serpiente–. Con o sin mil palabras.

–Puede ser –reconoció Oliver–; excepto en que a mí me saldrá un barrigón. Pero si efectivamente Wolfgang se convierte en un gran maestro, eso será dentro de unos veinte años, y yo preferiría que mientras tanto hiciera algo por nosotros.

A veces ocurren milagros. El mismo día en que Oliver había hablado con la dama serpiente sobre Wolfgang, se presentó la ocasión para tal proeza milagrosa.

Los niños, como habitualmente, estaban sentados en corro al anochecer, esta vez al otro lado de la villa, adonde llegaba la suave brisa del mar. Junto a la fogata hacía tanto calor como en un horno. Desde hacía unas semanas, de día el tiempo se había vuelto muy caluroso en la isla, mientras que las noches eran húmedas y bochornosas. Los niños deseaban de todo corazón que cayera una lluvia torrencial que refrescara el bosque agostado y pusiera fin a ese interminable verano de Insu-Pu, con su sol ardiente y su cielo despejado.

Tan agotados se sentían que pasaron la tarde tirados en el suelo. Si en la villa no hubiera hecho tanto bochorno, se habrían metido encantados en la cama para dormir. El crepúsculo acababa de empezar a colgar sus sombras grises entre las copas de los árboles.

–Si no llueve pronto, me voy a secar como un cactus no regado –suspiró Lina.

Era la más descontenta de todos. Sus deberes de cocinera la obligaban a estar muchas horas al lado del fuego, y pasaba mucho calor. Oliver dijo para consolarla:

–Dentro de unos minutos seguro que se levanta el aire fresco de la noche...

–Eso no te lo crees ni tú –se enfadó Lina.

–Podríamos ir al Ar-Pes-Be-Ba y bañarnos –dijo Katrin.

–El Ar-Pes-Be-Ba –refunfuñó Lina– es como agua de fregar templada. Yo no pienso tomarme la molestia.

–¿Qué tal si jugamos un rato a formar palabras? –propuso Stefan.

–Sin mí –dijo Lina–. ¡Estoy yo como para pensar! Me va a estallar la cabeza.

–¡Vaya! –intervino Sepp, al que le crispaba los nervios tanto mal humor–, la señora tiene migraña.

Acordaron empezar con el juego. Paul planteó la primera pregunta.

–Conozco a un poeta que empieza por *S* y termina por *E*, y que ha escrito muchas obras de teatro.

–¡Shakespeare! –exclamaron los niños.

–No seas ridículo –dijo Kurt Conrad–. Deberías preguntar como mínimo: «Conozco una obra de teatro de Shakespeare que empieza por *H* y termina por *T*».

Oliver y Stefan lo sabían:

–Hamlet.

Le tocaba seguir a Stefan.

–Conozco un médico famoso que empieza por *P* y termina por *R*, y que ha descubierto el remedio contra la rabia.

–Pasteur –dijo Kurt Conrad.

Oliver se volvió hacia los más pequeños, Thomas, Claudia y Wolfgang, que estaban sentados juntos sin abrir la boca.

–¿Y vosotros, qué? ¿No sabéis ninguna pregunta?

–Empieza por *T* –dijo Wolfgang– y termina por *Y*, y era un compositor que escribió sinfonías y un bonito concierto para violín.

–Schubert –contestó Thomas, porque era el único compositor al que conocía por el nombre.

–*T* e *Y* –repitió Stefan–. Presta atención, Thomas.

–Tchaikovsky –dijo Kurt Conrad.

Hasta eso lo sabía, pese a no entender nada de música.

–Ahora –continuó Kurt Conrad–, una más difícil. Empieza por *U* y termina por *I*, y es un afluente del Congo.

–Tanta cultura es insana –murmuró Diana, estirándose en el suelo junto a *Bobo*–. No tengo ni idea de por dónde pasa ese dichoso Congo, y encima tengo que saberme sus afluentes.

–Por mí como si está en el Polo Norte –gruñó Thomas, que compartía con toda su alma la aversión de Diana por la cultura exagerada.

–Para la dama serpiente solo existe un río en el mundo –se burló Kurt Conrad–, el Ar-Pes-Be-Ba de Insu-Pu.

–Si eso pretendía ser un chiste –saltó Diana–, por favor, hazme cosquillas. De todas maneras, tengo demasiado calor como para discutir.

Apoyó la cabeza en la tripa de Thomas y cerró los ojos. Thomas solo podía respirar con dificultad, pero se sentía demasiado honrado por esa muestra de confianza como para decirle que quitara la cabeza.

Claudia se había quedado dormida abrazando las piernas dobladas y apoyando la cabeza en las rodillas. También Paul estaba a punto de dar una cabezada. El bosque se hallaba inmerso en la sofocante oscuridad de una noche de verano sin estrellas. La villa, con la higuera como techumbre protectora, destacaba como una silueta negra contra los últimos arreboles del cielo vespertino.

En la plataforma de roca seguía sin correr el aire y hacía mucho calor. Toda Insu-Pu parecía agotada. Los niños guardaban silencio.

De repente, Katrin profirió un grito agudo. Todos se sobresaltaron y preguntaron a la vez:

–¿Qué pasa?

–¿Por qué gritas?

–¡Qué susto me has dado!

Miraron enfadados a Katrin por haber interrumpido su descanso, aunque apenas se la distinguía en la penumbra. Lo único que se veía era que se había quedado rígida y que, con los ojos abiertos de par en par, miraba algo terrible que había en el centro del corro.

–¿Qué le pasa? –susurró Lina asustada.

–Mirad... mirad –dijo Stefan en voz baja señalando al suelo, donde algo se arrastraba avanzando lentamente.

–¡Una serpiente! –murmuró Lina.

–¡Y venenosa! ¡Es una cobra! –dijo con un susurro Paul.

Los niños se quedaron petrificados del susto, sin atreverse a moverse. Lina se metió entre los dientes una de sus trenzas y la mordió para no gritar. Oliver abrió la boca para decir algo y la volvió a cerrar en seguida tragando saliva. A Kurt Conrad le entró un tic nervioso y no paraba de parpadear. ¡Hasta él había perdido su habitual sangre fría! Ahora era un chico más que se sentía tan desvalido como los otros. Thomas cerró los ojos apretándolos con fuerza. Estaba firmemente convencido de que la serpiente le había echado el ojo a él. No quería ver cómo deslizaba su resbaladizo cuerpo por sus piernas desnudas ni cómo luego trepaba trazando una curva en forma de *S* alrededor de su cintura y un círculo en torno a su pecho. Tampoco le apetecía ver cómo luego lo apretaba y le mordía.

–¡Diana! –susurró Sepp–. ¿No teníais en el circo algún domador de serpientes?

Pero Diana permanecía muda e inmóvil como un tentetieso.

De pronto, surgió un movimiento en el corro de niños paralizados. Wolfgang sacó su flauta del cinturón y se la llevó a los labios. Unos dulces sonidos aliviaron el angustioso silencio de la noche.

La serpiente se acercó desconcertada a Wolfgang, se enroscó y alzó la cabeza. Wolfgang siguió tocando mientras miraba por encima de la flauta hacia la serpiente y se mecía al compás de la música.

La serpiente asomó un poco más la cabeza y empezó también a moverse de acá para allá. Imitando los movimientos de Wolfgang, parecía como si bailara.

Los niños respiraron aliviados. Sepp fue el primero en ponerse de pie y en susurrar a los demás:

–¡Deprisa! ¡Hagamos un círculo de fuego a su alrededor!

Sin hacer ruido, se fueron levantando uno tras otro. Solo Wolfgang se quedó sentado, extrayendo de su flauta unas melodías tristes y conmovedoras como jamás se habían oído en Insu-Pu.

Oliver y Sepp corrieron al otro lado de la villa, donde estaban ordenadamente apiladas las reservas de combustible. Llevaron ramas y leña menuda secas e hicieron una gran corona en torno a Wolfgang y la serpiente.

–¡Encendámosla! –ordenó Oliver.

Se acercó corriendo a la fogata del campamento y volvió con dos tizones ardiendo: parecía como si un desfile de antorchas recorriera el bosque. Luego distribuyó a los niños a distancias regulares alrededor de la corona de leña.

–¡Ahora! –ordenó.

Al momento, se alzó una llamarada chisporroteante que recorrió la corona hasta que empezó a cerrarse el círculo.

–¡Wolfgang! ¡Sal de ahí, que te vas a quemar!

Wolfgang seguía tocando infatigablemente la flauta; no parecía ser consciente del peligro. Los niños corrían nerviosos de acá para allá. En cambio, Wolfgang estaba envuelto por el anillo de fuego junto con la serpiente y no hacía el menor amago de ponerse a salvo.

–¡Wolfgang! –gritó Diana–. Como no vengas ahora mismo...

Por fin se quitó la flauta de la boca y se levantó como en sueños. Inmediatamente, la serpiente se desenroscó y se acercó al chico.

–¡Tienes que saltar! –gritó Diana–. ¡Ven hacia aquí!

Diana corrió hacia una zona en la que las llamas no eran tan altas. Wolfgang la vio a través del humo; se quedó mirando las llamaradas con su acostumbrada cara de ensimismado.

«¿No se habrá puesto otra vez a pensar en la música?», se preguntó Diana enfadada, y gritó:

–¡Vamos, Wolfgancito! ¡Coge carrerilla y salta!

Wolfgang se despertó asustado y saltó por en medio del fuego. Oliver y Stefan lo atraparon inmediatamente, lo tiraron al suelo y se echaron sobre él para apagar cualquier punto humeante, mientras Thomas salía zumbando hacia la villa para traer el botiquín, que estaba especialmente bien provisto para las quemaduras.

Mientras tanto, los niños habían ido empujando con ramas largas la leña ardiente hasta acorralar a la serpiente, que entonces se irritó terriblemente: silbaba, daba lengüetazos y recorría a toda velocidad su cárcel en llamas sin encontrar una salida. Por último se rindió, se enroscó en el centro y esperó el final. Katrin se apartó. No soportaba ver morir a los animales. Aunque se tratara de peligrosas serpientes venenosas.

–¡Oliver! –dijo tirando de él desde atrás; este vio extrañado que la chica tenía otra vez lágrimas en los ojos–. Oliver, ¿tiene que morir tan horriblemente? Imagínate... ¡quemarla viva!

–Eres demasiado blanda, Katrin.

–Tú también lo eres. Acuérdate del primer día, cuando te pusiste enfermo porque tuviste que matar a la tortuga de ojos dorados...

–¡Tuviste! –repitió él–. Claro que hubiera preferido dejarla viva. Pero a las serpientes venenosas...

Dio media vuelta, fue a la villa, cogió de entre la leña un palo largo y grueso y regresó. Saltó por encima del fuego hacia el interior del círculo, cogió impulso y golpeó la pequeña cabeza plana de la serpiente, que dio unos cuantos respingos y se quedó quieta.

–¡Apagad el fuego! –ordenó Oliver.

Los niños cogieron agua y extinguieron el incendio. Luego fueron a hacer una visita a Wolfgang. Le habían salido dos pequeñas quemaduras y tenía chamuscada una parte de su pelo rizado y negro. El doctor Stefan le había vendado impecablemente, y ahora el encantador de serpientes estaba tumbado en la cama muy contento de que lo admiraran. ¿Qué importaba que le doliera un poco? ¡Había salvado a los niños él, Wolfgang, el torpe, el que no servía para nada!

Oliver se sentó a su lado en la cama.

–Eres un tío estupendo, Wolfgancito. Si supiéramos cómo agradecértelo...

Claudia lo sabía. Cogió a Sepp aparte y le estuvo cuchicheando un rato largo algo al oído.

–Umm –dijo él–. Eso tengo que consultarlo con la almohada. Pero tienes razón: con eso podríamos darle una tremenda alegría.

Muy entrada la noche, Sepp salió sigilosamente de la villa y se acercó a la fogata. Puso en las brasas una cáscara de coco con resina de árbol viscosa y chorreante y la removió.

De repente apareció alguien a su lado:

–¿Qué estás haciendo?

Sepp se sobresaltó. Pero solo era Oliver, que sostenía en la mano la serpiente muerta. Ahora que colgaba toda flácida, se veía lo larga que era.

–¡Ah, eres tú! Estoy haciendo un poco de magia. Abracadabra. Si lo consigo, Wolfgang recuperará su violín.

Oliver se sentó a su lado.

–He examinado a la serpiente –comentó abatido–. No era venenosa. Una culebra de lo más inofensiva.

–¡Y Paul diciendo que era una cobra! ¡Qué disparate! –dijo Sepp riéndose en voz baja. Removió la pegajosa resina, que poco a poco se iba calentando–. ¿Se puede aprovechar la piel de la culebra? Podríamos hacer cinturones con ella.

Oliver puso ante él la culebra muerta estirada.

–Podría haber seguido tranquilamente viva. La he matado sin necesidad alguna, y Wolfgang ha saltado por el fuego inútilmente.

–No digas eso. Para Wolfgang no ha sido inútilmente. ¿Te has fijado en lo bien que le sienta que de repente todos le hagan caso, cuando hasta ahora ninguno lo considerábamos gran cosa? Aunque solo sea por eso, merece la pena haber matado una culebra.

–Sí, puede que tengas razón... –dijo Oliver un poco avergonzado de no haber caído él en la cuenta–. El pequeño se siente un héroe.

–¡Y lo es! –afirmó Sepp con decisión–. Él no sabía que no era una cobra. Y tampoco hace falta que lo sepa, si me lo preguntas. Y los demás, menos.

Este Sepp... Oliver lo admiraba. Estaba claro que él, Oliver, pese a ser un año mayor, conocía menos a los seres humanos. ¿Sería porque Sepp tenía hermanos por los que romperse la cabeza, mientras que Oliver era hijo único y solo pensaba en él?

Sepp malinterpretó el largo silencio. Creía que Oliver estaba enfadado por haberle llevado la contraria.

–Naturalmente, puedes hacerlo como quieras –prosiguió en tono conciliador–. Yo solo lo decía...

–¡No, no! –lo interrumpió Oliver–. Quedamos en que era una serpiente muy peligrosa y en que Wolfgang se ha jugado la vida por nosotros.

–¡Tocando la flauta! –añadió Sepp, y los dos esbozaron una sonrisa conspiradora.

Al cabo de dos días, Sepp y Claudia se acercaron radiantes a Wolfgang, que estaba sentado delante de la villa esperando a que se le curaran las manos para poder tocar la flauta de nuevo. Sepp llevaba media cáscara de coco.

–Mira, Wolfgang –le dijo–, hemos inventado una cola vegetal, que pega como la mejor cola para madera. Quizá podamos arreglar tu violín.

Wolfgang se puso pálido de la emoción.

–¿De verdad? –balbuceó–. ¿Creéis que se puede?

Sacaron de la villa la funda y extrajeron con cuidado los restos del violín. Wolfgang les explicó cómo había que pegar las distintas partes y les aseguró que, para que volviera a sonar el instrumento, se requería una precisión milimétrica. Se pusieron a repararlo con sumo cuidado. Wolfgang temblaba de impaciencia por probar el violín. Pero Sepp exigió que lo dejaran secar un par de días. Menos mal que las manos de Wolfgang todavía no estaban tan curadas como para poder manejar el arco.

Pero la mañana en que el doctor Stefan le quitó las vendas de los dedos y comprobó con satisfacción que bajo las ampollas había crecido una piel sana y nueva, Wolfgang desapareció con el violín en el bosque. Los niños entendieron bien que quisiera estar solo. Se quedaron un rato largo escuchando, hasta que por fin oyeron un suave sonido, y luego otro, y otro más. A continuación, una escala, unos pocos acordes y, finalmente, un fragmento de un concierto para violín que los niños no conocían, pero que les hizo ponerse muy contentos. Fueron tras la melodía y encontraron al músico Wolfgang de pie bajo un árbol, con el violín debajo de la barbilla y con tal cara de felicidad, que los niños se detuvieron a cierta distancia. Wolfgang bajó el instrumento y lo afinó girando las clavijas. Luego miró a su alrededor.

–Sepp –dijo, y echó a correr hacia el santo milagrero que le había devuelto su violín–. Sepp... –intentó de nuevo.

Pero luego se limitó a poner la cabeza en el hombro de Sepp y, pese a haber doblegado él solo a una serpiente, se echó a llorar como un bebé por la felicidad que le embargaba.

La revolución

Al fin llegó la anhelada lluvia. El cielo se encapotó y el mar adquirió un tono gris plomizo con franjas verdosas. Desde muy lejos se formaban grandes olas espumeantes que reventaban con estruendo en la playa y salpicaban hasta la pared de roca. En el bosque soplaba un viento huracanado que doblaba las palmeras. Los monos se retiraban chillando de las copas de los árboles y buscaban refugio en los arbustos del suelo.

En medio de la noche se levantó una tormenta como los niños no habían visto en su vida. Tumbados en sus camas con los ojos abiertos, oían temerosos cómo silbaba y aullaba el viento en torno a la villa. Entraba por las rendijas, hacía temblar los postes y se deslizaba por los cálidos edredones de plumas de pájaro. Los niños escuchaban con el corazón palpitante el azote de la lluvia y el estruendo de las olas.

Oliver hizo como que dormía, con la esperanza de dar buen ejemplo a los demás. Así creerían que estaba tranquilo y no tenía miedo. Pero de repente pegó un grito y se levantó de la cama. Había caído en la cuenta de algo terrible.

–¡Nuestro fuego! –dijo.

Cogió la linterna y salió corriendo de la villa. Pero podría haberse quedado en la cama porque, naturalmente, la fogata del campamento se había apagado durante los primeros minutos de lluvia. Oliver se puso en cuclillas ante la lumbre y removió inútilmente las cenizas húmedas. Esperaba encontrar abajo siquiera una chispa, una ramita ardiendo con la que poder atizar de nuevo el fuego. Pero todo estaba negro y mojado, y Oliver removió desesperado la sucia masa de lluvia, cenizas y tierra. «¿Qué hacemos ahora? –reflexionó–. Solo nos quedan cuatro cerillas en la caja. He estado guardándolas como he podido. Casi nunca he dejado que el fuego se apagara y he conservado la caja envuelta en muchas pieles de liebre y escondida en nuestro armario ropero. Pero quién sabe si ahora voy a ser capaz de hacer otra fogata con las cuatro miserables cerillas. Nuestras reservas de leña están mojadas...».

Se levantó de un salto y regresó corriendo a la villa.

–¿Qué? –preguntó Kurt Conrad con franca malicia–. ¿Se ha apagado?

Oliver no dio ninguna respuesta.

–Tenemos que meter inmediatamente la leña –dijo sin aliento.

Sepp y Stefan salieron de la cama y se quedaron un segundo junto a la puerta abierta mirando la oscuridad y la lluvia torrencial. Luego respiraron profundamente y salieron corriendo. Diana, Katrin y Paul acudieron en su ayuda, y al poco rato ya habían metido todas las provisiones de leña en la cabaña.

–Me podéis tender en la cuerda de la ropa para que me seque –dijo Diana sacudiéndose como un perro mojado.

A Katrin le castañeteaban los dientes. Tenía frío y se sentía muy desgraciada de pensar en las cabras enrejadas y expuestas al temporal.

–Lo mejor sería –sugirió Stefan– que Lina nos proporcionara de las provisiones de ropa unas cuantas toallas secas para frotarnos y entrar en calor.

Lina fue inmediatamente al armario de la ropa.

–Lo mejor sería –dijo Kurt Conrad recalcando cada palabra– que Oliver nos encendiera el fuego y nos hiciéramos un té.

La propuesta entusiasmó a los niños:

–¡Oh, sí, por favor, Oliver! –le rogaron–. Déjanos tomar algo caliente.

Oliver alumbró con la linterna la cara de Kurt Conrad. No se había equivocado: su boca de labios finos tenía otra vez esa desagradable sonrisa burlona que ninguno podía soportar, y sus ojos expresaban un triunfo peculiar. Oliver había entendido en seguida que Kurt Conrad quería dejarlo en ridículo. Si fracasaba en el intento de encender la fogata, Oliver se convertiría en objeto de burla en el Estado Infantil. Pero lo que Oliver no entendía de la malicia de Kurt Conrad era que parecía estar deseando pasar hambre, frío y calamidades, pues la desgracia le afectaría a él igual que a los demás.

–Voy a intentar inmediatamente hacer un fuego –anunció Oliver en voz alta–. No os lo puedo prometer. Andamos escasos de cerillas y la leña está húmeda.

Luego se acercó al armario ropero, junto a Lina, y desenvolvió cuidadosamente la valiosa caja de cerillas de su envoltorio de piel de liebre. En ese momento cayó un rayo muy cerca de la villa. Durante un segundo todo se iluminó, luego se puso otra vez negro como boca de lobo, y el grito de angustia de los niños quedó ahogado por el fragor del trueno.

–Eso ha sido lo que se llama un ataque relámpago –intentó hacer un chiste Sepp.

Pero a los niños no les dio tiempo a reír porque en ese momento ocurrió algo espantoso: la villa se desplomaba. Los trozos de musgo con los que en su día habían obturado el tejado en torno a la higuera estaban empapados de agua, y las ramas cayeron bajo su peso. Directamente encima del armario ropero entró un trozo enorme del tejado en la villa. Y como si el mal tiempo hubiera estado esperando esa oportunidad, la lluvia arreció de repente con doble fuerza e inundó la casa.

A Lina le había dado una rama en la cabeza, y más por el susto que por el dolor se había caído al suelo, donde se quedó en medio del barro y la suciedad llorando a lágrima viva. Ya todo daba igual, pensó, y no había por qué contenerse.

Oliver permaneció inmóvil donde estaba. En la mano sostenía la caja de cerillas reblandecida. Wolfgang se había tumbado en la cama encima de la funda del violín para protegerlo con su cuerpo de la lluvia. Diana intentaba calmar al tembloroso *Bobo*. Stefan había agarrado a su hermano pequeño por los hombros, y Claudia se refugiaba como un pollito asustado bajo el brazo de Sepp. Seguían cayendo trozos de musgo del tejado. Los edredones de plumas de pájaro pesaban por la humedad. El viento entró silbando furiosamente y volcó el armario de la ropa. Las camisas, los pantalones y las toallas quedaron flotando en la inmundicia. Lina siguió llorando en el suelo hasta que Oliver la alumbró por fin con la linterna.

–¿Qué te pasa? –le preguntó levantando a la chica y poniéndola de pie. Al ver que no tenía nada se enfadó–.

¿Solo lloras por diversión? Avergüénzate, que ya eres mayorcita.

Lina se avergonzó, pero solo un poquito. Más bien le irritaba que Oliver la regañara tan abiertamente. Inesperadamente, Kurt Conrad se puso de su parte:

–Le ha caído medio tejado en la cabeza, lo que no es moco de pavo –dijo–. Bueno, ¿hay té o no?

Oliver gruñó como un toro irritado:

–¡Déjame en paz con tu té, idiota!

Dentro de la casa hacía tan mal tiempo como fuera. Claudia empezó a llorar en voz baja. Sepp intentó tranquilizarla acariciando torpemente su pelo mojado.

–¿Se han estropeado las cerillas, Oliver? –preguntó.

–Sí –respondió Oliver pausadamente.

Diana se levantó de pronto y dijo:

–¿Para qué nos quedamos dentro de este cuchitril empapado? Sería mucho más sensato que nos pusiéramos debajo de una roca.

Nadie hizo la menor objeción. Realmente, no tenía ningún sentido quedarse en la villa.

–Bueno, bien –dijo Oliver–. ¡Vámonos!

Abandonar su casa destruida les produjo a todos una sensación bastante deprimente. Desde la noche del bote de salvamento no les había pasado nada parecido. Recorrieron el ominoso bosque tropezando con las raíces y los troncos de los árboles. Sobre sus cabezas crujían las ramas, y en la atronadora oscuridad se oía el chasquido de las astillas y el estruendo de los troncos derribados. El suelo estaba empantanado y hacía *chof chof* a cada paso; el agua les había calado los zapatos, de los que no quedaba ni un hilo seco.

Por fin se cobijaron bajo un algarrobo y esperaron a que despuntara el día.

El único al que aquello no parecía importarle nada era Kurt Conrad. Estaba amable y parlanchín como nunca, iba de un niño a otro, compadeciendo a Lina, consolando a Paul –que se había lastimado la mano en la oscuridad–; luego sacó del bolsillo unos cuantos higos para el hambriento Thomas y, ¡milagro entre los milagros!, incluso le acarició la cabeza al empapado *Bobo* diciendo que era «un pobre y lindo animalito». Diana no daba crédito a sus oídos. ¿Qué le había pasado a Kurt Conrad? Se lo preguntó directamente a él:

–¿Cómo es que de repente te has vuelto tan amable?

Kurt Conrad esperaba esa pregunta y había preparado una respuesta hermosa como una flor. Dándose importancia, se plantó delante de Diana:

–No tiene ningún mérito ser amable cuando luce el sol y arde el fuego y todo marcha a la perfección. Sin embargo, ser amable cuando se tiene frío y hambre y se está mojado, ¡eso sí que tiene mérito! –y luego añadió muy de pasada, mientras ya se iba–: Por ejemplo, que Oliver riña a Lina y me llame a mí idiota solo porque le enfada haber dejado que se mojen nuestras últimas cerillas, y que estemos por su culpa sin fuego... eso no es en absoluto amable.

Dicho lo cual, dejó a los dos solos.

–Quizá nos hayamos equivocado todos con él –comentó Diana–. Tal vez no sea tan mal chico como pensábamos...

Pero Sepp y Stefan no eran tan ingenuos. Adoptaron una actitud reservada cuando Kurt Conrad se les acercó para decirles unas palabras amables. Intuían que planeaba algo. No sabían qué, pero estaban convencidos de que no podía ser nada bueno.

Por fin llegó la mañana, gris y desapacible. La tormenta había cesado; solo se oía de vez en cuando algún trueno a lo lejos, en el mar. Pero en toda Insu-Pu seguía lloviendo de manera regular, como si no quisiera escampar nunca. Aunque parecía tener poco sentido, Oliver, como cada mañana, distribuyó el trabajo. Había que ordeñar a las cabras, y Diana y Thomas tenían que ir a coger frutos al bosque. Al fin y al cabo, de algo se tenían que alimentar. Sepp y Paul empezaron con los trabajos de descombro en la villa. Pescaron del barro las prendas de ropa, y Oliver mandó a Lina y a Claudia al Ar-Pes-Be-Ba para que limpiaran lo que estuviera más sucio. El propio Oliver rescató del lodo la biblioteca, que se había vuelto ilegible, y empezó a barrer el suelo con una escoba grande de ramas secas.

Kurt Conrad no participaba en ningún trabajo. Con las manos metidas en los bolsillos del pantalón, se paseaba por la plataforma de roca con una cara inescrutable y su famosa sonrisa insolente, mirando cómo los demás se afanaban. De repente, le dio un toquecito a Paul en el hombro y lo apartó a un lado:

–¿Por qué haces eso? –le preguntó–. Si aquí mandara yo, no permitiría jamás que un chico tan capacitado como tú fuera utilizado para sacar de la porquería la ropa vieja. ¿No te has fijado, Paul, en que Oliver siempre te encarga los trabajos más rastreros? Eso me irrita desde hace tiempo porque, a mi parecer, tú sabes cómo mínimo tanto como Sepp, del que acabamos de ver lo habilidoso que es: si hubieras construido tú la villa, no se habría desplomado el tejado.

Paul miró a Kurt Conrad con inseguridad. No tenía ningún tipo de ambición ni de envidia. Nunca había caído en la cuenta de que fuera utilizado para trabajos rastreros. Pero las palabras de Kurt Conrad surtieron su efecto: ¿acaso no era él, Paul, igual de habilidoso que Sepp, *El Mago*?

Se quedó confuso y con una amarga sensación de repentino malestar.

En ese momento se acercó Sepp con una rama larga al hombro.

–Tráeme el hacha y los clavos –le dijo a Paul–. Tenemos que reforzar las traviesas; de lo contrario, se nos caerán también las paredes.

–Cógelos tú –respondió Paul.

–¿Se puede saber qué te pasa? –preguntó Sepp desconcertado–. Porque tengas un poco de hambre y haga mal tiempo, no hay por qué perder los nervios.

Se cambió la pesada rama al otro hombro y siguió andando. Kurt Conrad, que había escuchado la airada respuesta de Paul, se alegró. «A Paul ya lo tenemos –calculó–. Ahora le toca el turno a Lina».

Se la encontró en el Ar-Pes-Be-Ba, en cuyas aguas impetuosas de la orilla estaba lavando la ropa de mal humor.

–Por si fuera poco –protestó al ver a Kurt Conrad– mojarse por arriba, también hay que mojarse por abajo; a punto estoy de ahogarme en el Ar-Pes-Be-Ba solo porque el señor Oliver así lo dispone. Esto tiene que terminar.

Kurt Conrad asintió comprensivo. Con Lina podía contar. No hacía falta enfadarla; ya lo estaba. Con la pequeña Claudia, en cambio, la cosa resultaba más difícil.

En ese momento, la niña pasó con un montón de ropa lavada y Kurt Conrad se apresuró a acercársele:

–¿Puedo ayudarte? Eso pesa demasiado para ti.

Claudia lo miró:

–Muchas gracias, pero no pesa. Sepp dice que cuando se quiere hacer algo, casi siempre se puede. Y yo quiero hacerlo.

Kurt Conrad siguió intentándolo:

–Si yo fuera Oliver, no consentiría que una niña tan delicada como tú trabajara. Al fin y al cabo, eres hija de un barón...

–Oh, no –negó Claudia asustada–. Me aburriría mortalmente si no trabajara.

–Está bien –transigió Kurt Conrad–, pero podrías hacer algo bonito, como por ejemplo coronas de orquídeas.

–¿Para qué? –preguntó Claudia asombrada–. ¿A quién le serviría eso?

–Porque es un trabajo delicado y distinguido, no como lavar la ropa.

–No existen trabajos buenos y malos –dijo Claudia con decisión–. Eso lo sé por Sepp, que dice que todos los trabajos son iguales.

–Vaya –refunfuñó Kurt Conrad, que no podía con Claudia–. De manera que Sepp Müller afirma que no hay diferencia entre las personas, ¿no?

–Sí hay una –contestó Claudia–. Si la gente trabaja o si no trabaja. Esa es la única diferencia, dice Sepp.

«Sepp, Sepp, Sepp», pensó Kurt Conrad lleno de ira. Y como se dio cuenta de que con Claudia no tenía el menor éxito, la dejó en paz. Subió a la plataforma de roca. Stefan y Katrin acababan de volver de la dehesa con la mala noticia de que el viento había derribado la cerca y todas las cabras se habían escapado. Ahora no tenían ni leche para beber. Oliver suspiró. Era un golpe duro. Katrin vio que estaba desesperado e intentó consolarlo.

–Haré una exquisita ensalada de ingredientes crudos –le prometió.

–¡Tengo hambre! –gritó de repente Lina–. Verdadera hambre de algo caliente, no del forraje para conejos de Katrin –saliéndose de sus casillas, se abalanzó furiosa sobre Oliver–: ¡Tú tienes la culpa de todo! ¿Por qué no tuviste cuidado con las cerillas? ¡Eres el responsable de todo! La casa se cae, el fuego se apaga, las cabras se escapan, pasamos hambre y frío... Para que lo sepas: ¡no pienso seguir haciendo lo que me digas!

Bajó llorando por la plataforma y desapareció en el bosque. Los niños se quedaron consternados mirando a Oliver, que cogió en silencio la escoba y siguió barriendo.

«La cosa marcha –constató Kurt Conrad con satisfacción–. Tengo curiosidad por saber quién será el siguiente».

Por desgracia hay que decir que los siguientes fueron Diana y Thomas. En su búsqueda de frutos no habían cosechado nada. El viento y la lluvia habían tirado al suelo y reventado la fruta de los árboles. Los troncos estaban resbaladizos, y Diana juró con los peores tacos aprendidos en el circo. Thomas también se hallaba de mal humor; a Diana se le había escurrido de la mano una especie de compota de fruta y le había dado al pobre Thomas en la cabeza. Cuando llegaron con su miserable cosecha hasta Oliver, este no se mostró precisamente encantado.

–¿Eso es todo? –preguntó–. ¿Con esa birria tienen que saciarse once niños?

–¡Cómo! –saltó Diana–. ¡Encima con reproches! Si no te gusta, sube tú a los árboles.

Y enfadada, le dio la espalda a Oliver y se marchó.

–¡Exacto! –dijo Thomas teatralmente, y corrió tras ella–. ¡Y que luego le reviente la fruta en la cabeza!

La revolución estaba en plena marcha.

«Lina, Paul, Diana y Thomas están de mi lado –calculó Kurt Conrad–. A la siguiente oportunidad, me lanzo».

Al atardecer, la desesperación generalizada alcanzó su punto culminante. Seguía lloviendo; los niños tosían, estornudaban, tenían hambre, frío y la ropa empapada. La perspectiva de una segunda noche de tormenta a la intemperie era aniquiladora. Cuando anocheció, se juntaron todos al lado de la villa. Los exploradores regresaron al viejo campamento porque en la oscuridad del bosque todo era aún peor que allí, donde al menos estaban juntos. Todos se sentaron en la plataforma de roca agotados, demasiado cansados como para lamentarse de su desgracia. Tenían un único deseo: poder encender una fogata para calentarse y preparar algo caliente.

De repente ocurrió algo increíble. Una chispa de fuego, no mayor que una luciérnaga, dio un respingo en el aire. Los niños miraron sin habla aquel prodigioso fenómeno. Tardaron un rato en comprender lo que había sucedido: ¡delante de la villa estaba Kurt Conrad fumando un cigarrillo! Oliver fue el primero que rompió el silencio, después de haber permanecido callado durante unos segundos, como todos los demás. No le sorprendía demasiado que Kurt Conrad fumara un cigarrillo –¿qué chico de trece años no lo prueba de vez en cuando?–, sino que ese tío estuviera en posesión de un encendedor y lo hubiera mantenido oculto durante meses, y que hubiera dejado pasar hambre y frío a diez niños empapados una noche entera y un día entero. Eso le enojó tanto que de un salto se acercó a Kurt y le quitó el cigarrillo de la boca de un manotazo.

–¡Miserable! –gruñó–. ¡Jamás había visto semejante infamia!

Kurt Conrad se quedó muy sorprendido; se lo había imaginado de otra manera. Había contado con que los niños le dieran las gracias llenos de júbilo por rescatarlos de la terrible situación, y aprovechar luego su entusiasmo para poner en ridículo a Oliver y convertirse así en jefe de Insu-Pu. Ahora, sin embargo, percibió que los ánimos estaban contra él. En lugar de agradecimiento y admiración, no vio más que hostilidad e indignación en las caras de alrededor.

–¡Dame el encendedor! –gruñó Oliver.

–No –respondió Kurt Conrad con otro gruñido–. Es mío.

–¿Ah, sí? –gritó Oliver–. Eso lo vamos a ver en seguida...

Y antes de que el otro pudiera ponerse a cubierto, Oliver ya lo había agarrado por los hombros y lo había obligado a ponerse de rodillas. Pero Kurt Conrad se levantó y se quedó a la espera del siguiente ataque de Oliver. Entonces los dos se enzarzaron en una dura pelea. Oliver, que era mucho más fuerte que Kurt Conrad, se desfogó de la ira acumulada. Pero el otro era más ágil y más habilidoso y además sabía *jiu-jitsu*. Una y otra vez dejaba que Oliver se le acercara y cogiera impulso para el golpe; entonces de repente se agachaba, le tiraba rápidamente del pie y Oliver caía al suelo con todo su peso mientras Kurt Conrad permanecía impasible. Los niños, por respeto, guardaron una distancia prudencial. Casi se les olvidaba respirar del susto y de lo peligrosa que parecía la pelea. Sepp cogió a Stefan aparte.

–Tenemos que intervenir –susurró–. Oliver no va a aguantar mucho más.

Y resueltamente, se interpuso entre los dos combatientes.

–¡Se acabó! –dijo–. Ya es suficiente. El resultado de la pelea es empate a uno. Los miembros del Estado Infantil deben decidir quién ha de ser su jefe: Oliver Lohmann o Kurt Conrad.

–Sí –jadeó Oliver–. Votad.

–¡Tonterías! –dijo Kurt Conrad, que había notado que a Oliver le fallaban las fuerzas.

Se abalanzó de nuevo sobre su rival, pero Sepp le puso la zancadilla y el otro se cayó cuan largo era.

–Yo voto por Oliver –afirmó Sepp.

–Yo también –dijo Stefan.

–¿Y tú? –preguntó Sepp dirigiéndose a Lina.

–Yo voto por Kurt Conrad.

El pequeño Wolfgang dijo en voz alta:

–Yo estoy a favor de Oliver.

–¿Paul? –preguntó Sepp.

–Kurt Conrad.

–¿Claudia?

–Oliver.

–¿Y tú, Diana?

La dama serpiente dudó un momento. Luego agachó la cabeza y dijo en voz baja:

–Kurt Conrad.

Sepp le lanzó una mirada castigadora.

–¡Vaya! –dijo también en voz baja–. ¿Y tú, Thomas? –prosiguió.

–Thomas vota igual que yo –se apresuró a decir Diana.

Stefan se indignó al ver que la dama serpiente quería atraer a su hermano pequeño a la parte enemiga.

–Thomas sabe muy bien a quién elegir.

Pero Thomas no tenía ni la más remota idea. Tímidamente, miró a Stefan y luego a Diana, y finalmente opinó:

–Me da igual. Pero si Diana quiere, voto por Kurt Conrad.

–Eso significa –dijo Kurt Conrad– cuatro votos para mí y cuatro para Oliver.

–Falta un voto –indicó Sepp, buscando a su alrededor.

–El mío –contestó Katrin.

Dio un paso al frente y se acercó mucho a Kurt Conrad. Tenía una cara radiante de alegría. Por fin había llegado el momento que con tanta ansia había esperado.

–¿Y bien, Kurt Conrad? –preguntó–. ¿A quién crees que debo votar? –le proporcionaba un inmenso placer hacerle esperar, tal y como en otra ocasión él había hecho esperar al pájaro y a cierta chica. Y luego, tras un largo y tenso silencio, dijo despacio y recalcando las palabras–: ¡Voto por Oliver!

–Cinco contra cuatro –anunció Sepp con la voz quebrada de alegría–. Oliver Lohmann ha sido reelegido. Todo sigue como estaba.

–No –dijo Oliver–. No sigue como estaba.

–¿Por qué no? –preguntó Sepp perplejo–. ¿Vas a renunciar?

–Seguiré siendo vuestro jefe solo con una condición –declaró Oliver con firmeza–. Que dejéis fuera a Kurt Conrad.

Se hizo el silencio.

–¿Y adónde va a ir? –preguntó Wolfgang.

–Eso no me preocupa –respondió Oliver con dureza–; hay sitio suficiente en Insu-Pu, pero aquí ya no lo quiero tener. Si él no se va, me voy yo.

–No es necesario –Kurt Conrad estrechó los labios más de lo habitual; su boca era una raya oscura en la cara blanca–. Desapareceré. Pero antes...

De repente metió la mano en el bolsillo, sacó algo con la velocidad del rayo y se dispuso a lanzarlo con todas sus fuerzas en medio de la noche. Pero Sepp lo agarró a tiempo del brazo y se apoderó del preciado encendedor.

–¡Lo que te faltaba! –dijo.

Los niños estaban indignados. Diana, Lina y Paul se avergonzaban ya de haber votado a un tío así. Oliver hacía bien en echarlo.

Kurt Conrad, sin mirar a nadie, se dispuso a marcharse sin despedirse.

–Espera –le dijo Oliver–, puedes llevarte tu cama y tu silla...

–¡Me voy como estoy!

Kurt Conrad levantó altivamente la cabeza y se internó rápidamente en el bosque.

–¡Kurt Conrad! –gritó Diana a su espalda–, espera por lo menos a que hagamos una fogata y puedas llevarte una rama...

Pero el chico no contestó nada. La oscuridad de la noche se lo había tragado.

Había cesado la lluvia y no tardaron mucho en encender el fuego. Tomaron té, secaron la ropa y se echaron a dormir cerca de las llamas. Por la mañana lucía el sol. Los animales se atrevieron a salir de nuevo, los pájaros cantaban y trinaban, y el bosque estaba limpísimo. Las ramas se llenaron de tiernas hojitas verdes y las orquídeas florecieron como nunca hasta ese momento. En Insu-Pu había brotado una especie de primavera. Los niños recuperaron las ganas de trabajar. Levantaron de nuevo la villa con mucho empeño, capturaron otras cabras y a los pocos días su vida estaba tan regularizada como antes. Nadie mencionaba el nombre de Kurt Conrad, pero todos pensaban continuamente en el desterrado. ¿Qué estaría haciendo en ese momento?, se preguntaban numerosas veces al día. ¿Tendría suficiente para comer? ¿Estaría sano? ¿Se sentiría solo?

Una semana exacta después de que Kurt Conrad hubiera abandonado el Estado Infantil, Katrin dio por casualidad con su pista. Estaba cogiendo setas siguiendo el curso del Ar-Pes-Be-Ba hasta cerca de su desembocadura. Allí terminaba el bosque, el terreno era rocoso y, saltando por escarpadas peñas, el arroyo descendía espumeante hasta el mar. Era la primera vez que Katrin llegaba hasta esa parte de Insu-Pu. Casi temerosa, se quedó contemplando los blancos remolinos de la catarata y escuchando su fragor.

De repente, esa sensación de miedo se le agudizó de manera extraña. Katrin agachó la cabeza y se puso a escuchar. Como no percibía más que el bramido uniforme del agua, tuvo claro que su temor no tenía nada que ver con el arroyo, sino con algo que estaba escondido arriba, en las rocas. Husmeando como un animal, empezó a subir con cuidado por las piedras. De pronto se detuvo y miró hacia el interior de una cueva oscura.

Con las piernas temblorosas, descendió de nuevo y se dirigió a la villa corriendo como una loca.

–Oliver –dijo sin respiración–, lo he encontrado. Está tumbado sin moverse dentro de una cueva que hay en las rocas.

Oliver dejó caer la corteza de coco con leche de cabra y ni siquiera le dio tiempo a mirar cómo reventaba en el suelo.

–¿Dónde? –preguntó con la cara de color ceniza.

Luego hizo sonar un silbato que solo utilizaba en casos extraordinarios y, a continuación, todos recorrieron el mismo camino por el que acababa de llegar Katrin. Sepp, Stefan y Oliver subieron a la cueva. Stefan se arrodilló y pegó el oído al pecho de Kurt Conrad.

–Gracias a Dios –dijo–, pero el corazón le late muy débil e irregularmente.

Lo sacaron con sumo cuidado. Oliver cargó a hombros con el ligero cuerpo de Kurt y descendió por las peligrosas peñas como un experto escalador. Abajo improvisaron una camilla a base de ramas partidas y colocaron a Kurt Conrad sobre un lecho de hojas blandas. Tenía un aspecto horroroso: la piel macilenta se le pegaba a los pómulos, y tenía los ojos cerrados y hundidos en sus oscuras cuencas. Estaba consumido, los brazos y las piernas le colgaban flojos. En el muslo tenía una enorme herida purulenta. Los niños lo llevaron con cuidado por el bosque y lo colocaron junto a la fogata. El doctor Stefan le echó inmediatamente unas gotas de coñac medicinal entre los labios blancos y le limpió la herida, le puso pomada y se la vendó.

–Si le atendemos con sumo cuidado, lo salvaremos.

Los niños hacían lo que podían. Diana se subió a los árboles más difíciles con el fin de traer los mejores frutos para el enfermo. Katrin reveló a Oliver sus escondites de los animales para que Kurt Conrad pudiera tomar sopa de gallina y carne tierna. Sepp se pasaba horas sentado junto al Ar-Pes-Be-Ba pescando truchas, y Lina guisaba mejor que nunca. Parecía que todo el Estado Infantil constaba de repente solo de enfermeros con un único interés: que Kurt Conrad recuperara la salud.

Al tercer día, por fin, volvió a hablar. Stefan, que le estaba velando, llamó inmediatamente a los otros, que se pusieron felices alrededor de la cama.

–Oliver –dijo Kurt Conrad en voz baja, porque todavía estaba muy débil–, ¿sigues enfadado conmigo?

Sonrió tímida y desvalidamente, como nunca lo habían visto sonreír los niños. Oliver le cogió la mano y le dio un apretón.

–A ver si te recuperas pronto y podemos volver a boxear –dijo cariñosamente.

Luego, el doctor Stefan echó a todos de la cama para que el enfermo no se cansara más.

Kurt Conrad se recuperó en seguida. Pero no se puede decir que volviera a ser el mismo de antes. Daba la impresión de que al antiguo Kurt Conrad, al desagradable, sarcástico y cruel, lo había dejado en la cueva de las rocas, pues ya no le quedaba ni siquiera una pizca de su anterior arrogancia.

La primera vez que se sentó con los demás alrededor de la fogata, dijo:

–Quiero daros las gracias a todos. Sin vosotros me habría muerto. Me equivoqué al pensar que un chico fuerte como yo podía arreglárselas solo. Pero no es cierto. Nadie es tan fuerte como para poder estar solo. Ahora por fin sé cuánto nos necesitamos el uno al otro.

–¡Ajá! –observó Sepp–. ¡Ha aprendido algo!

–Sí –asintió Kurt Conrad esbozando su bonita sonrisa nueva.

«*Mi nieto me crispa los nervios...*»

¿QUIÉN se acuerda todavía de Michael Petry, de Belmont? Aparecía en el segundo capítulo de esta historia, y quien lo haya olvidado, que hojee el libro para recordar que Michael era el que había puesto en marcha todo el asunto del transporte de los niños desde Umbría hasta Terrania. Cuando se es el nieto del presidente, se consiguen cosas con las que, normalmente, un chico de doce años no puede ni soñar.

De este tal Michael es del que vamos a hablar ahora porque... ¡No! Cada cosa a su tiempo; ya os iréis enterando paso a paso. Como os podéis imaginar, la historia acaba bien, pero no sabéis cómo, y para entenderlo tenéis que desplazaros mentalmente desde la isla hasta la ciudad portuaria de Capitale, y retroceder unos meses. Imaginaos la mañana de después de la catástrofe del barco: Michael está en el muelle del puerto de Capitale esperando todo nervioso la llegada de los cuatro barcos con los niños.

Michael había tenido suerte. Por ser el nieto del presidente le habían dejado ponerse a la cabeza del muelle, sin tener que apretujarse junto con los demás detrás del cordón de seguridad. Pero sus nervios eran comprensibles: los barcos tenían que haber llegado hacía una hora y todavía no se divisaba nada.

–No habrá pasado nada, ¿verdad? –preguntó Michael preocupado a un reportero gordito llamado Tolness que estaba a su lado fumando tranquilamente en pipa.

Al señor Tolness le había encargado su periódico que escribiera un artículo emotivo sobre la llegada de los niños de Umbría a la hospitalaria Terrania. Por aburrimiento, se había puesto a charlar con Michael, y ahora estaba entusiasmado por la buena captura que había hecho: no solo podía sacarle fotos al mismísimo nieto del presidente, sino también al promotor de la idea del transporte infantil. Porque sin hacerse mucho de rogar, Michael le contó orgulloso y con toda clase de detalles la historia completa: lo de la papelera del señor Gran con la carta de Stefan dentro, lo de su reunión con el abuelo y con el señor Marée... En definitiva, el gordo del periodista se vio en posesión de la más linda *historieta* que había escrito su pluma desde hacía tiempo. Agradecido, le dio unas palmaditas en el hombro a Michael y, para tranquilizar al impaciente muchacho, dijo:

–Claro que no pasa nada, joven. ¿Qué va a pasar? Si me lo permites, te diré que no te pongas nervioso, joven...

Michael interrumpió su bienintencionada verborrea:

–¿Cree usted que de verdad llevará puesta una bufanda verde? –preguntó.

–¿Quién? –inquirió el desconcertado señor Tolness–. Una bufanda verde, ¿para qué?

–Stefan Morin –dijo Michael–, para que pueda reconocerlo en seguida. Se lo pedí en mi carta, pero no todos los chicos tienen una bufanda verde, y me pregunto si se la habrá podido comprar, teniendo en cuenta que Umbría está en guerra... –suspiró. Los nervios le soltaban cada vez más la lengua–. Señor Tolness, no se imagina las ganas que tengo de conocer a Stefan Morin. No puedo aguantarme aquí quieto esperando... Es mi mejor amigo, ¿sabe?

–¡Pero si no lo conoces! –objetó el reportero.

–¡Qué importa! Un chico al que se le ocurren esas ideas es mi mejor amigo.

El señor Tolness sonrió.

–«Y dijo el hombre de avanzada edad: yo también tuve trece años a tu edad...» –observó melancólico.

Michael no entendió ni una palabra y siguió parloteando:

–Es curioso, señor Tolness, yo siempre he deseado tener un hermano. Y nunca he sabido si prefería uno mayor o uno más pequeño. Y ahora de repente tengo a los dos a la vez: Stefan y Thomas... Esperemos –añadió con un repentino arrebato de miedo.

Miró por enésima vez las vacías aguas del puerto para ver si aparecían los barcos por fin. Había empezado a chispear una lluvia fría que caía sin cesar sobre los que esperaban. No es que les calara hasta los huesos –menos aún a Michael, que llevaba una chaqueta de piel y botas deportivas con la suela de goma–, pero la molesta sensación de humedad se le metió por el cuello, le recorrió la espalda y acabó por desmoralizarlo. Con una mirada turbia clavó la vista en la superficie gris del agua, ligeramente temblorosa por el azote de la lluvia. De pronto le pareció absurdo seguir allí esperando a algo que nunca vendría... ¡Y eso que Michael nunca era así! Era conocido por su inquebrantable buen humor y, sin embargo, ahora tenía malos presentimientos.

–Si hiciera sol –observó con convicción pero sin la menor lógica al señor Tolness–, ya habrían llegado.

El periodista siguió dándole palmaditas en el hombro.

–Joven –dijo dando una profunda calada a la pipa, que amenazaba con apagarse por la lluvia–, joven, soy miembro de una asociación contra el derrotismo, y te aseguro que no existe ninguna razón para estar preocupado, como lo estás tú innecesariamente. Al fin y al cabo, no es nada extraño que, después de los acontecimientos de la noche pasada, los barcos lleguen con una hora o más de retraso. Con eso había que contar.

«¿Qué acontecimientos?», pensó consternado Michael, notando que sus temores inciertos iban adquiriendo certidumbre.

–En las noticias –continuó el señor Tolness– han dicho expresamente que todos los niños se han salvado. ¿Por qué vas a pensar que tus dos amigos Morin iban precisamente en el *Tierra de Fuego*? Lo más probable es que estuvieran en uno de los otros tres barcos y que pasaran todo el incidente durmiendo apaciblemente.

–Señor Tolness –gritó Michael–, señor Tolness, ¿de qué me está hablando?

El reportero miró asombrado la cara de Michael.

–¿Es que no lo sabes? –se palpó el bolsillo del abrigo–. ¿No has leído los periódicos de la mañana? Creía que tus miedos guardaban relación con esto.

Sacó el periódico y señaló la primera página. Michael le arrebató el periódico de la mano y vio un titular de letras gruesas:

HUNDIDO UN BARCO
DE TRANSPORTE INFANTIL
Todos los pasajeros han sido rescatados

Como acabamos de saber, uno de los cuatro barcos de transporte infantil, el *Tierra de Fuego,* ha chocado contra una mina y se ha hundido en treinta minutos. Gracias a la pericia del capitán y de la tripulación, todos los pasajeros han sido rescatados. El trasbordo a los otros tres barcos se ha efectuado en un orden y a una velocidad ejemplares. Se espera que los barcos lleguen a media mañana, aunque hay que contar con cierto retraso.

Michael no había terminado de leerlo cuando surgió una súbita tensión e inquietud entre los que esperaban, y la palmadita del señor Tolness derivó en un jovial golpe en el hombro de Michael.

–¡Al fin! –gritó–. ¡Ahí vienen!

En efecto, al fondo se divisaba un barco y se oía débilmente la sirena. Michael no se había recuperado suficientemente del susto como para alegrarse tan pronto por la llegada de los barcos. Entonces sucedió otra cosa nueva. De uno de los edificios del puerto llegó un hombre a toda velocidad –al parecer, otro reportero– agitando nervioso un papel en el aire. Inmediatamente fue rodeado por los periodistas, incluido el señor Tolness.

–¡Hay novedad! –le gritó a Michael–. ¡Vuelvo en seguida!

«Quizá se haya acabado la guerra», pensó Michael, pero luego se dijo que él se habría enterado de esa noticia antes que todos los reporteros de Terrania. Miró atentamente hacia los periodistas. En ese momento regresó el señor Tolness y sonrió al chico de una manera tan antinatural, que Michael se dio cuenta en seguida de que algo marchaba mal.

–¿Qué ha pasado? –preguntó cogiéndole al reportero por la manga.

–Verás... –contestó el señor Tolness sacando el pañuelo.

Luego empezó a sonarse la nariz con mucha parsimonia, tapándose primero un agujero y después el otro, se secó con cuidado el labio superior e hizo amago de volver a empezar desde el principio.

Michael le quitó violentamente la mano de la cara.

–¡Dígamelo de una vez, señor Tolness! –dijo con la voz quebrada, porque de repente se le había secado la garganta–. ¿Qué ha pasado?

El reportero guardó el pañuelo y lanzó una mirada insegura a los angustiados ojos de Michael. Luego contempló el puerto barrido por la lluvia y a los barcos que se acercaban.

–Verás –murmuró de nuevo–, por desgracia sí ha pasado algo. Faltan once.

–No –replicó Michael sacudiendo al reportero por la muñeca–. ¿Once qué? ¿Mayores o niños?

–Niños.

Pálido como la nieve, Michael soltó al periodista.

–Es horrible –susurró.

La mano derecha del señor Tolness había vuelto a dar palmaditas en el hombro de Michael.

–Es terrible –afirmó, suspirando audiblemente–, once inocentes niños... Las madres todavía no se han secado las lágrimas con las que despidieron a sus queridos hijos para protegerlos del acechante peligro de los ataques relámpago y de los bombardeos, y ahora...

Michael se sacudió repentinamente la mano del hombro.

–Ya basta –dijo con la voz ronca.

Y pensó indignado: «Este ya está escribiendo su repugnante *historieta* para el periódico. En el fondo le da igual que se hayan perdido once niños o no. A lo mejor hasta se alegra porque ahora tiene más cosas que escribir». Michael contuvo un sollozo que le oprimía y miró hacia el *Julio Verne*, que era el primero en arribar. La bandera colgaba a media asta. En señal de luto. Michael tragó saliva.

–Pues sí, pues sí –repitió el señor Tolness suspirando, porque un auténtico periodista, una vez que arranca, no se deja callar por un chico de doce años–, qué tragedia.

Por costumbre, iba a apoyar otra vez la mano en la hombrera de piel, pero Michael se agachó y la esquivó.

–Joven, tienes que saber una cosa –continuó el reportero–. En esta guerra mueren muchas personas, millones, ¿entiendes? De ahí que once niños no tengan tanto peso. Pero, por favor –añadió cuando Michael le volvió su cara de espanto–, no me consideres un desalmado. Lo siento de verdad por esos niños. Y por sus padres. Ya verás en el periódico qué palabras más emocionantes encuentro. Los sucesos tristes son mi especialidad. Los ojos de mis lectores no permanecerán secos.

En ese momento, Michael odiaba al reportero con toda su alma. «No le pienso seguir escuchando», decidió. Pero en ese mismo instante, el señor Tolness dijo algo que le atravesó como un rayo e incrementó su dolor por los niños extraviados.

–Porque cuando digo que once niños ahogados –observó el señor Tolness– no son nada en comparación con los millones de víctimas de esta guerra, lo digo por ti, joven. Para que no se te ocurra hacerte reproches por ser el responsable de toda esta historia.

Michael frunció el ceño; todavía no entendía bien adónde quería ir a parar el reportero.

–Pues sí; alguno dirá que tienes la culpa de que esos once niños hayan muerto –dijo el señor Tolness como quien no quiere la cosa–. Por otra parte, sin embargo...

Pero Michael ya no oía su parloteo. Otra vez le pareció que le fulminaba un rayo, y él, hasta entonces un chico afligido, se sintió de repente como el causante de la desgracia. ¡Él tenía la culpa! ¿Quién si no? ¿Quién había sacado la carta de Stefan de la papelera, adonde ya la había tirado previamente el señor Gran? ¿Quién había sido tan atrevido como para obtener una promesa del presidente y del embajador de Umbría, promesa que ahora mostraba sus terribles consecuencias? Él, Michael Petry, tenía a once niños sobre su conciencia. Bajo sus pies, el asfalto empezó a balancearse lentamente. Se sentía mal, tenía ganas de vomitar. El señor Tolness seguía hablando inútilmente a su lado; decía que «por otra parte, sin embargo, Michael debía tener claro que con ese transporte había salvado la vida de cientos de niños». También fue inútil que el reportero se arrepintiera de sus tonterías al ver la asustada cara de color verde pálido de Michael y sus ojos sobresaltados.

Los tres barcos arribaron a puerto. Abajo, en el muelle, tocaba una orquesta. Algunos de los que esperaban habían reconocido a bordo a sus sobrinos, sobrinas y nietos y agitaban los pañuelos y los llamaban por su nombre.

Michael permanecía indiferente. Se había olvidado de buscar una bufanda verde.

–¿Qué es lo que ha pasado? –preguntó por fin, extrañado de poder hablar de nuevo.

El señor Tolness se encogió de hombros:

–Todavía no se sabe con exactitud. Al parecer, un bote de salvamento se desató y desapareció sin que nadie se diera cuenta. La noche pasada hubo bastante borrasca.

Michael agitó incrédulo su palpitante cabeza.

–¿Cómo es posible que nadie se diera cuenta?

De repente le asaltó el deseo ardiente de saberlo todo con precisión. Tenía que hablar con el capitán. Tenía que saber al detalle cómo había ocurrido la desgracia.

En ese momento, los agentes de la policía sanitaria subieron a bordo para comprobar que los niños de Umbría no traían enfermedades al nuevo país. Michael le dijo adiós al reportero y echó a correr. La siguiente media hora fue un barullo de gente, de preguntas y respuestas y de repetir siempre la misma frase:

–Mi abuelo es el presidente; por favor, déjeme pasar...

La gente se quedaba un poco extrañada. El deber de la policía portuaria era no dejar que ninguna persona no autorizada bajara del barco, pero también que ninguna subiera. Y ese chico, por más que afirmara ser el nieto del presidente, era sin la menor duda una persona no autorizada. Pero como se mostraba tan desesperadamente decidido y sus ruegos eran más bien amenazas, los policías temieron que armara un escándalo si no lo dejaban pasar y, por tanto, le dieron paso libre. Cuando ya estaba en el barco, Michael preguntó por el capitán del *Tierra de Fuego* y lo encontró en el puente, ante la cabina de mando. Después de que el anciano le contara todo lo que sabía, Michael le preguntó por los nombres de los niños desaparecidos. Fue enviado donde la señorita Liliane, que estaba con su grupo 14 ayudando a todos a colgarse las mochilas y tenía los ojos enrojecidos por el llanto. Que Stefan y Thomas figuraban entre los niños desaparecidos no supuso una sorpresa para Michael, sino una confirmación de lo que intuía y temía desde un principio. ¿Acaso no era, por así decirlo, justo que hubieran fallecido sus dos amigos? ¿Habría podido él, el culpable, llegar alegremente a Belmont con los chicos Morin, mientras los otros, los inocentes, regresaban a casa tristes y sin sus hijos? Le pareció que era el mínimo castigo que se merecía. Cuando Michael bajó por la escalera del barco y regresó al muelle, ya estaba buscándolo su padre. Había enviado al puerto ya desde por la mañana a su impaciente hijo, y ahora se disponía a recogerlos en el coche, a él y a los dos niños de Umbría. Para la tarde tenían cuatro pasajes de avión hasta Belmont. Un poco inquieto por no encontrar a su hijo en el lugar acordado del muelle, el señor Petry había preguntado a varias personas si no habían visto a un chico de doce años con una chaqueta de piel y una bufanda verde, hasta que un gordo reportero le dio información detallada sobre el paradero de Michael y, al mismo tiempo, le contó que el chico se había tomado muy a pecho la noticia de los once niños perdidos.

Por esa razón, el padre de Michael estaba en cierto modo preparado para encontrarse con la cara pálida y petrificada de su hijo cuando se reunieron al pie de la escalera del barco.

–Michael, cariño –murmuró el señor Petry conmovido, sujetando por el brazo al chico–, siento muchísimo... lo ocurrido. Estamos en guerra, y millones de personas desaparecen...

–Déjalo, papá.

Michael miró para otro lado con gesto de cansancio. ¿Qué tenían que ver esos millones con los once niños, con Stefan y Thomas?

–Ya te dejo en paz –dijo el señor Petry–. ¿Quieres ir al hotel tú solo y esperarme a que vaya con los dos chicos? Tienes mala cara.

–Los dos chicos no van a venir. Figuran entre los desaparecidos.

–¡Oh! –exclamó el señor Petry empalideciendo también él–. Eso no lo sabía.

Apretó el brazo de Michael. La cosa era peor de lo que imaginaba. Michael había estado esperando ansiosamente la llegada de los dos chicos. Había desocupado su propia habitación grande para dejársela a los hermanos y se había instalado en una alcoba pequeña. A petición de Michael, habían cortado el césped de la pista de tenis y habían comprado dos bicicletas nuevas. Ahora toda la alegría y los preparativos habían sido en balde. Sintiéndose desvalido, el señor Petry se dirigió con su hijo a la salida del puerto. Le habría gustado decirle algo bonito, algo que lo consolara, pero no encontraba las palabras apropiadas. Entonces –tontamente– se le ocurrió lo más disparatado.

–¿Qué te parece si en lugar de esos dos chicos, tuviéramos otros dos hijos, o al menos uno? –preguntó deteniéndose.

Se arrepintió de la frase antes de terminar de pronunciarla, ya que Michael emitió un peligroso gruñido y su cara mostraba un claro rechazo a la propuesta.

Cuando llegaron al hotel, Michael tenía fiebre. El señor Petry le tocó la frente y se sintió muy preocupado. Si ya los niños sanos se le daban mal, no digamos los enfermos. Inmediatamente quiso llamar al médico por teléfono, pero Michael le quitó el auricular de la mano.

–No es necesario, papá; no tengo nada que pueda curar un médico. Esta tarde cogemos el avión, según lo acordado –se acercó a la ventana y se quedó mirando un rato largo la fina llovizna gris–. Si me quieres hacer un favor –continuó sin darse la vuelta–, entonces llama a casa y cuéntaselo a mamá, a Susi, a todos, para que no empiecen a preguntar en el aeropuerto que dónde y porqué. Eso no lo soportaría. Y dile que quiten la guirnalda y vuelvan a poner mi habitación como estaba, y que nadie me hable del asunto...

En el avión le subió la fiebre. Le ardía la cabeza, mientras su conciencia había entrado en un agradable estado de letargo. En el fondo deseaba que ese vuelo, junto con la fiebre, no terminara jamás. Se sentía agradecido de que las oleadas de calor alteraran su visión de la realidad; ante los ojos veía dar vueltas a unas espirales rojas y de color cardenillo, y luego unos embudos negros que giraban incesantemente sobre su propio eje como queriendo succionarlo hacia el remolino. Pero tras estas coloridas imágenes acechaba la conciencia de culpa, y la fiebre seguía subiendo hasta que Michael empezó a delirar: *el avión se quedó de repente suspendido en el aire. Todos se asustaron y juntaron las cabezas para cuchichear entre sí. Michael no se extrañó nada cuando el piloto recorrió el pasillo central con un perro policía y dijo: «¡Búscalo, Hektor!». Michael notó en la mano la nariz húmeda del perro, mientras el piloto exclamaba: «¡Yo no vuelo con asesinos!», y señalaba sugerentemente la ventana. Michael salió por la ventana... saltó... y gritó...*

Se sobresaltó y vomitó en la bolsa que le ofreció a tiempo su padre. Luego lo obligaron a beber algo terriblemente fuerte y se encontró mejor. Cuando por fin se tumbó en la cama en su casa de Belmont, durmió mucho, aunque inquieto, y al final se despertó *sano*. Al menos se le había quitado la fiebre. En cuanto a su estado de ánimo, en la casa de los Petry todos opinaban que ya se le pasaría. Y por deseo de Michael, nadie sacaba la conversación.

Pero no se le pasaba. Recibió un montón de regalos, un acuario y dos libros que deseaba tener desde hacía tiempo, pero no se le pasaba. Los regalos ni los miró, los libros los hojeó sin ganas, y el acuario se lo regaló inmediatamente al chófer.

Así estuvo Michael una semana. Se le puso una cara pálida y afilada; se levantaba de la mesa sin haber probado bocado; evitaba a las personas, no hablaba con nadie y se negaba a ir al colegio. Finalmente, a Susi se le ocurrió la idea de dirigirse al presidente.

–Abuelo –dijo–, es importantísimo que hables con Michael. A ti es al que más quiere.

El presidente citó a su nieto esa tarde en la heladería Groenlandia. Al principio no dijo nada, sino que preparó una partida de ajedrez. Luego se jugaron a los dados a quién le tocaban las blancas y a quién las negras, y al cuarto de hora, mientras el presidente se dejaba comer la reina por Michael, hizo un comentario como de pasada:

–Es muy duro, pequeño. Pero así es la vida: uno tiene buenas intenciones y luego las cosas salen mal.

Michael guardó silencio con la vista clavada en el tablero de ajedrez. Luego movió el caballo de una manera tan rara, que el presidente se dio cuenta de que el chico lo estaba escuchando.

–Mira, por ejemplo, la guerra... millones de personas...

–Abuelo –lo interrumpió Michael con la voz temblorosa–, si tú también vas a empezar a hablarme de que once niños no son nada al lado de los millones de personas...

Se le quebró la voz y los ojos se le llenaron de lágrimas.

–Nada de eso –negó el presidente–, jamás diría semejante disparate. Un niño ahogado no es, por supuesto, menos horrible que cien soldados muertos; y un soldado caído es igual de terrible que cien niños ahogados.

Para Michael, aquello era demasiado complicado.

–Pero uno es menos que cien –murmuró confuso.

–Si se trata de manzanas, sí –dijo el presidente–. Pero ¿y cuando se trata de vidas humanas? –de repente, cogió las frías manos del chico entre las suyas, cálidas y envejecidas. Las piezas del ajedrez se cayeron, pero ni el abuelo ni el nieto lo notaron–. Solo tenemos una vida –continuó el presidente–, y por eso a la hora de morirse no hay grande ni pequeño, no hay mucho ni poco. Si mañana me muero, saldrá la noticia en primera plana del periódico y le darán mucha importancia porque soy el presidente. Ese mismo día se muere Fulano de tal, y nadie se preocupa por él, y sin embargo su muerte es igual de grave que la mía. Y entre millones de soldados, cada uno pierde su única vida, del mismo modo que cada uno de los once niños pierde la suya –el presidente lanzó una mirada a su nieto y sacó el pañuelo–. Yo te entiendo tan bien, Michael, porque paso las noches en vela: igual que tú piensas en tus once, yo pienso en mis millones. ¿Hasta cuándo podré mantener a Terrania alejada de la guerra?

A Michael le sentaba bien lo que decía el abuelo. Le gustaba mucho más que sus famosos discursos por la radio sobre la democracia, con los que su nieto solía aburrirse. Sintiéndose consolado, Michael montó de nuevo el tablero para iniciar otra partida; ganó y el chófer del abuelo lo llevó a casa. Y por la noche volvió a soñar, esta vez de otra manera... mejor: *bajo una llovizna gris, estaba de pie con el reportero Tolness en el muelle mirando desconsoladamente el puerto vacío. Pero el agua no era agua, sino una sábana blanca infinitamente larga que de repente se levantaba y parecía la pantalla de un cine. Súbitamente oscurecía, y desde el fondo de la pantalla, con la velocidad del viento, aparecía una frase escrita primero con letras pequeñas, luego más grandes y finalmente gigantescas, y ante los ojos de los espectadores estallaba en mil pedazos. La frase decía: «SE HAN PERDIDO ONCE NIÑOS: ¿DÓNDE ESTÁN?». Eso se repetía innumerables veces, cada vez más aprisa: la frase se acercaba, estallaba, desaparecía y volvía a aparecer a una velocidad insoportable. De repente alguien dijo: «¡Basta!». Era el presidente, que saludaba hacia todos los lados desde lo alto de la pantalla agitando las manos y riéndose. Luego habló por un micrófono: «Señores, todas las vidas tienen el mismo valor. Eso es la democracia». A continuación, desaparecían el abuelo y la pantalla, y Michael, como al principio del sueño, se encontraba otra vez bajo la lluvia, al lado del señor Tolness. Pero esta vez no estaban de pie, sino sobre un trozo de asfalto que se había despegado del suelo y que los llevaba velozmente a lo largo del puerto... hacia el mar.*

–¿Adónde vamos? –preguntó Michael.

–A buscar a los once niños, por encargo del periódico –contestó el señor Tolness.

–Preferiría bajarme –rogó Michael, pues la idea de sacar del océano a los once niños sin vida le angustiaba.

–De eso nada –dijo el reportero enfadado–. Tú tienes la culpa, así que te vienes conmigo.

Llegaron al mar abierto. Por doquier, asomaban objetos oscuros por el agua. Cada vez que se acercaban, veían tablas del barco hundido.

De repente se rasgó el velo de la lluvia y apareció el sol cálido y dorado, y junto con los rayos solares pudieron contemplar a dos niños corriendo por encima del mar, uno mayor que otro. Detrás venían más niños, pero Michael no los distinguía bien y tampoco veía cuántos eran.

–¡Hola, Michael! –gritaron los dos chicos.

–¡Hola, Stefan y Thomas!

–Bueno, hombre –dijo el señor Tolness–. Ya están todos. Esta va a ser la mejor historieta que haya publicado jamás mi periódico.

Y después de desenroscar la pluma estilográfica, de repente se echó a llorar porque no tenía tinta y no podía escribir su historieta.

–Un momento –lo interrumpió Thomas–. Eso lo arreglamos en un periquete.

Se metió dos dedos en la boca y soltó un silbido estridente. Un calamar enorme salió del agua, proyectó un chorro de tinta a sus pies –donde se formó un charco– y volvió a sumergirse. A Michael le extrañó bastante que Thomas diera órdenes, tan tranquilo, a los peces del mar. Se le ocurrió una idea horripilante y preguntó asustado:

–Oye, Stefan, ¿estáis vivos o...?

–Naturalmente –dijo Stefan–, ¡vivitos y coleando! Claro que estamos vivos, pero tú nos tienes que buscar.

–Con mucho gusto –prometió Michael–, pero ¿dónde?

–Eso no te lo puedo decir, porque no lo sabemos ni nosotros mismos. Pregúntaselo a tu abuelo. Adiós.

Dicho lo cual, echó a correr agarrando a Thomas de la mano, como si el mar no fuera de agua, sino de cristal azul.

Michael se despertó sumamente excitado. En ningún momento dudó de que ese sueño no fuera verdad. De repente le pareció lo más natural del mundo que Stefan y Thomas no se hubieran ahogado. Le dieron ganas de levantarse y vestirse, pero como todavía no había amanecido, se quedó tumbado pensando en los pormenores de todo lo que tenía que hacer.

A las siete, al presidente le daban un masaje en la pierna reumática. Cinco minutos antes, Michael se coló en su habitación, se sentó en la cama y dijo:

–Buenos días, abuelo; perdona que venga tan temprano, pero tengo que hablar contigo.

El presidente se alegró de ver a su nieto de un humor tan radiante.

–Buenos días, pequeño. ¿Tiene que ser ahora? Me espera una dura jornada. ¿Qué tal esta tarde en la Groenlandia a las seis?

–No; tiene que ser ahora. Porque los niños están vivos.

El presidente abrió los ojos de par en par.

–¿Por qué lo sabes? –preguntó con voz insegura.

–Porque me lo han dicho ellos mismos esta noche –respondió Michael sin pestañear.

–¡Michael! –exclamó el presidente levantándose de la cama.

Pero su nieto le contó el sueño y, a continuación, añadió que había decidido que el abuelo tenía que poner varios aviones a su disposición. Los aviones debían volar hasta donde se hundió el *Tierra de Fuego* y, desde allí, buscar por el océano en todas direcciones. Michael estaba convencido de que encontrarían a los desaparecidos en cuestión de horas y los traerían sanos y salvos a Capitale.

El presidente le respondió con mucha paciencia. Inútilmente intentó explicar a su nieto que un sueño no tiene nada que ver con la realidad; que con la tormenta que había la noche de la catástrofe probablemente los niños se hubieran hundido junto con el bote salvavidas, y que aunque el bote hubiera aguantado, no habrían sobrevivido al frío y a la extenuación.

Michael esperó cortésmente a que el presidente terminara de hablar. Luego empezó de nuevo, como si no hubiera oído nada. Habló mientras le daban masajes en la pierna al abuelo, durante el desayuno y durante el trayecto al palacio presidencial. Siguió hablando incluso en el despacho del presidente y amenazó con volver a mediodía para continuar hablando.

Cuando el señor Gran le llevó al presidente los telegramas de la mañana, se quedó sorprendido de lo pálido y agotado que parecía el anciano.

–¿No ha dormido usted bien, señor presidente? –le preguntó preocupado.

–Sí, señor Gran –contestó el abuelo cansado–, incluso muy bien, gracias. Pero mi nieto, que como sabrá es un buen chico, ¡me crispa los nervios!

Michael oye voces

LAS siguientes semanas no fueron fáciles para el presidente. Cada vez que sacaba un minuto entre reuniones, dictado de cartas y recepciones oficiales, Michael se colaba en su habitación y, terco como una mula, le decía:

–Proporcióname los aviones, abuelo. Como no me los des, no sé lo que voy a hacer. Escribiré una carta al jefe de la Aviación, falsificando tu firma, o si no...

Se atragantó y tosió.

–¡No vas a hacer nada de eso, tonto! –estalló el presidente con una vena hinchada en la frente y dando tal puñetazo en la mesa, que los lápices y las gomas saltaron asustados–. ¡Ya está bien! Vete a tu casa y no me vuelvas a hablar del asunto, ¿entendido?

Michael se puso pálido, agachó la cabeza y salió de la habitación. Nunca le había gritado de ese modo el presidente. Recorrió el gabinete de terciopelo rojo como un perro de aguas apaleado, pero antes de llegar a la escalera, el señor Gran fue a buscarlo para decirle que el presidente lo llamaba. Michael se detuvo junto a la puerta y miró al suelo.

–Lo que quería decirte es que si te apetece pasar el fin de semana conmigo en el *Flecha de Plata*. Te invito.

Michael puso su mano flácida sobre la mano derecha que le tendía cariñosamente el presidente.

–¿Vendrá también Susi? –preguntó con indiferencia.

–¡Dios nos libre! –el presidente puso cara de espanto para animar a su abatido nieto–. Solo hombres. Tú, yo, el doctor van Steen y la tripulación.

Michael sonrió por pura cortesía, se despidió y se marchó despacio a casa. Al llegar a su cuarto, se tumbó en la cama y se tapó la cabeza con el edredón. Quería estar a solas con su vergüenza y su amarga derrota. Pero entonces entró Susi por la puerta y lo molestó:

–Mamá ha salido –dijo–. Me ha pedido que te comunique que ya te considera lo suficientemente sano como para que mañana vayas al colegio. –Le lanzó una sonrisa maliciosa–. ¿Lo ha entendido, don Interesante, o tengo que escribírselo?

Michael la castigó con un silencio despectivo. De debajo de la almohada sacó el termómetro y se lo pasó a su burlona hermana sin decir una palabra. Susi buscó la rayita del mercurio.

–Treinta y siete con seis –leyó, y se ablandó un poco–. ¿Te lo acabas de medir? –dijo mirándolo con recelo.

Michael asintió con la cabeza. Mentía. Esa mañana había calentado con cuidado el termómetro en la lamparita de la mesilla hasta que alcanzó los 37,6 grados. La idea de volver a sentarse en el pupitre del colegio mirando la pizarra como un chico normal le resultaba insoportable. Michael se preguntó cómo podría seguir viviendo. Sus padres no le entendían y ahora, desde que había pasado esa historia, evitaban encontrarse con el chiflado de su hijo. ¿No sería lo mejor marcharse de casa y viajar a Capitale para empezar allí una nueva vida? Ganaría su dinero: por la mañana limpiaría zapatos, por la tarde repartiría periódicos y por la noche fregaría platos. ¡Cuántos grandes hombres habían empezado igual y luego, para extrañeza de la avergonzada familia, habían llegado a unas alturas de vértigo!

La cosa solo tenía una pega: el abuelo, que se ofendería muchísimo cuando leyera la carta de despedida de Michael.

Querido abuelo:

Me he marchado a recorrer mundo. Si te preocupas, lo siento mucho. Pero ¿por qué no me has proporcionado los aviones?

Quizá volvamos a vernos.

Tu desdichado nieto Michael

Michael mordió la almohada llorando. Alejarse del abuelo, del *gran padre*, como a veces lo llamaba en broma, era lo que más difícil le resultaba. Cuando el dolor se lo permitía, Michael se alegraba de la travesía a bordo del *Flecha de Plata*. Sería su despedida del abuelo; y luego, cuando regresara del viaje, pondría inmediatamente en práctica su plan de fuga.

El *Flecha de Plata* era uno de los yates más bonitos que jamás habían cruzado el océano; tenía un color blanco deslumbrante y franjas cromadas a lo largo de todo el estilizado vientre del barco. Los camarotes eran pequeños, pero cómodos y aireados. Había un comedor que se utilizaba también como salón de música y que lindaba con el cuarto de trabajo, y al otro lado estaba la habitación para fumar del presidente. Pero el sitio más bonito del yate era el jardín de invierno, cuajado de plantas verdes, cactus florecidos y hojas en forma de mariposa de plantas exóticas que pendían de unas ramas muy largas. En el centro, medio oculto por el verde follaje, había un acuario enorme en el que nadaban preciosos peces dorados y peces japoneses de adorno que presentaban toda la gama de colores del arco iris. Avanzaban en círculo, con los ojos como platos y la boca abierta, y a veces se detenían en el agua como si tuvieran que pararse a pensar algo, y luego se marchaban dando coletazos y arremolinando a sus asustados congéneres. Todo el recinto, con sus plantas y sus peces, tenía algo de enigmático, misterioso y legendario, y el presidente, al que le encantaba sentarse allí, lo llamaba «el jardín mágico».

Salieron el sábado por la mañana, y Michael, nada más zarpar, se metió con el señor Orel en la cabina del piloto. Entonces vio con extrañeza que la brújula marcaba el este-nordeste, como si el *Flecha de Plata* quisiera ir derecho a Umbría. Además, cruzaban el océano a toda velocidad, cosa que normalmente no le estaba permitido a la tripulación del yate porque el presidente rehuía las prisas cuando estaba descansando en el *Flecha de Plata*. Una vez alejados de tierra, se detuvieron en medio del mar azul.

Michael estaba extrañado.

–¿Adónde vamos en realidad, señor Orel? –le preguntó al piloto.

–No lo sé –dijo el señor Orel–. Por orden del señor presidente, he puesto rumbo rápido al este-nordeste.

Michael tuvo de repente un presentimiento. «¿Acaso no...?» Rápidamente fue en busca del abuelo, que estaba en el comedor escuchando una sonata que tocaba su viejo amigo, el doctor Van Steen. Michael no se atrevió a molestar, y se aburrió mortalmente hasta que terminó.

–Abuelo –preguntó nada más acabar de sonar la última nota–, ¿por qué el señor Orel va hacia el este-nordeste?

El presidente sonrió con picardía.

–Te has dado cuenta, ¿eh? Pues ya ves; lo que varios aviones no pueden hacer porque están al servicio del Ejército, lo puede hacer el *Flecha de Plata* en un viaje de fin de semana. ¿Y por qué puede? Porque es propiedad particular de un abuelo demasiado consentidor que no quiere llevarle la contraria al cabezota de su nieto.

Los ojos de Michael se agrandaron.

–¿Significa eso que vamos a buscar a los niños? –preguntó.

El doctor Van Steen intervino:

–Ya ves qué abuelo tienes –dijo guiñándole el ojo a Michael, no sin cierto reproche, por encima de la gruesa montura de las gafas–. A ninguno nos entusiasma la idea de alejarnos tanto por el océano y tener que correr un riesgo solo porque cierto chico de doce años...

–¿Por qué riesgo? –le cortó Michael la palabra al doctor.

–Pues porque si el *Tierra de Fuego* chocó contra una mina, al *Flecha de Plata* también puede pasarle algo –explicó el médico.

El abuelo le dijo por señas que lo dejara. Bastante tenía ya con la obsesión de Michael por su responsabilidad y, por nada en el mundo, quería cargarle la conciencia con otro peso.

–Déjalo, Karl –le dijo al doctor Van Steen, y luego se volvió hacia Michael–: He dado la orden de que el *Flecha de Plata* busque el bote de rescate desaparecido. Eso significa que inspeccionaremos el mar que rodea el lugar de la catástrofe. Mañana a estas horas sabrás definitivamente lo que ha ocurrido. Más no puedo hacer por ti, Michael. Pero te advierto, mi niño, que no te hagas ilusiones.

Michael se colgó del cuello del presidente.

–¡Abuelo! ¡Eres el mejor!

El anciano logró zafarse del peligro de muerte por asfixia.

–De eso nada –dijo–. No soy el mejor. Solo uno que ya está harto de hablar continuamente con su nieto de barcos hundidos. Quiero tener al fin otro tema de conversación contigo... ¡Eso es todo! Mañana a estas horas...

Al día siguiente, a esas horas, Michael estaba acurrucado en el jardín mágico con la mirada ausente dirigida al acuario. Se sentía física y anímicamente derrengado. Desde el mediodía del día anterior notaba como si tuviera fiebre. Nada más hablar con el presidente, había ido corriendo a cubierta, había tenido largas conversaciones con el señor Orel, el piloto, y había pasado a su lado horas y horas mirando el mar infinito que los rodeaba; había contemplado la puesta del sol y las estrellas, y al hacerse de noche había tenido miedo de bajar a su camarote por temor a perderse el momento en que pudiera avisar al presidente, llevarlo a cubierta y decirle: «¡Ahí están, abuelo! ¿Ves el bote allí lejos? ¡Mira cómo nos saludan!».

De hecho, varias veces le había parecido ver en el horizonte algo similar a un bote con niños. Cuando sus esforzados ojos se negaban a ver invariablemente la superficie brillante del agua y los cerraba unos segundos, creía vislumbrar tras los párpados bajados un bote; y en cuanto volvía a abrir los ojos, la imagen se desvanecía por completo. Hacia las nueve de la noche, el presidente se dio su paseo a la luz de la luna por la cubierta. Se detuvo junto a su inmóvil nieto y le preguntó:

–¿No vas a ir a acostarte, Michael?

El chico negó con la cabeza, en silencio.

–Como quieras. No le veo mucho sentido a que quieras buscar en la oscuridad algo que ni siquiera se encuentra a la luz del día.

–No está oscuro, abuelo. Hay luna. Y si el doctor Van Steen es tan amable y no toca esta noche el piano, podría oír los gritos de auxilio.

El presidente suspiró un poco y bajó. Mandó subir dos edredones gruesos para Michael y le ordenó a un camarero del buque que envolviera bien en ellos a su nieto. Poco antes de medianoche, el camarero apareció en el jardín mágico, donde el abuelo seguía charlando con el doctor Van Steen, y le preguntó si le daba permiso para servirle a Michael un café cargado, tal y como se lo había pedido el chico.

–Bueno, está bien –aceptó el presidente–. Llévele el café.

El doctor Van Steen puso reparos.

–Vas demasiado lejos. Todo tiene un límite. El niño está muerto de sueño y debería dormir en lugar de desvelarse con el café. Qué insensatez.

–Déjale unas horas, Karl –le calmó el abuelo–; para entonces se habrá quitado esa tontería de la cabeza y se irá a descansar... él y todos nosotros.

Así pues, Michael pasó toda la noche en cubierta, vio palidecer la luna y las estrellas y salir el sol; por fin cayó en un sueño profundo del que se despertó de repente hacia mediodía. Lo había sobresaltado algún cambio en el barco, pero no sabía qué. Le dolía la cabeza. Con la mirada turbia, clavó los ojos en las aguas verdes, sobre las que se había levantado una brisa ligera que mecía las olas espumeantes, y de repente cayó en la cuenta de lo que pasaba: ¡el *Flecha de Plata* había cesado la búsqueda! Ya no surcaba el océano con el rugido de los motores poniendo rumbo al este-nordeste, sino que se balanceaba suavemente de regreso hacia el sudoeste.

Michael consiguió bajar sigilosamente, sin que nadie lo viera, a su camarote. Sin hacer ruido, cerró la puerta tras él. En la mesa había una bandeja con su comida favorita: de una sartén mantenida caliente con un infiernillo de alcohol salía el olor a pollo asado.

–¡Como si pudiera comer ahora! –dijo en voz alta.

En la almohada encontró un letrero en el que solo ponía:

Sé un hombre.
El abuelo

Michael se sentó a la mesa y lloró un rato largo empapando el papel del letrero y el pollo asado. De la parte de arriba del yate le llegó el tintineo de los platos; los camareros que servían la comida pasaban apresurados junto al camarote de Michael. Al cabo de un rato, se hizo el silencio en el *Flecha de Plata*. Los señores se habían retirado a echar la siesta. Michael apagó la llama del infiernillo. Una vez saciado de comer el pollo y de llorar, subió al jardín mágico; allí se sentó delante del acuario y se quedó mirando absorto a un pez de rayas azules y doradas que nadaba en el agua cristalina. «¡Sé un hombre!», le había ordenado el abuelo. «Se dice fácil», pensó. ¿Cómo se hacía eso de ser un hombre? Desde luego, no llorando como una niña. Para ser un hombre no tenía que haberse comido el pollo, pese al hambre. Los hombres sabían dominarse; los hombres no se quedaban absortos en un acuario, sino que hacían algo. Michael se levantó suspirando y se acercó a la mesita de la radio. Se sentía agotado. ¿Les estaba permitido a los hombres dormir? Distraídamente, encendió la radio y dio vueltas a los botones. Música de baile, anuncios... tonterías. Siguió girando los botones mientras con la otra mano hojeaba una revista de nuevos modelos automovilísticos. Pero ni leía la revista ni escuchaba lo que decían en la radio.

–¡Hola, hola! –salió del aparato la voz de un chico.

«Probablemente sea una emisora infantil –pensó Michael–. ¡Lo que me faltaba!», y siguió girando el botón.

–Once niños del *Tierra de Fuego*... –dijeron por la radio con un sonido cada vez más apagado.

Michael nota que se le paraliza el corazón y, a continuación, le da un vuelco. Con cuidado, gira el botón otra vez hacia atrás y se inclina expectante sobre el aparato. Con las manos en los botones, cierra incluso los ojos para oír mejor.

–... isla pequeña... –dice la voz del chico a lo lejos–. Por favor, venid a recogernos...

–Stefan –le susurra Michael a la radio–, ¿eres tú? Dilo otra vez, Stefan, por favor...

Es el mismo momento en que Sepp piensa en Insu-Pu: «Lo intentaré de nuevo».

–¡Hola, hola! –oye de repente Michael con toda claridad–. Los once niños del *Tierra de Fuego* no estamos muertos, sino en una pequeña isla del océano. Por favor, venid a recogernos.

Michael se pellizca el brazo. Se hace daño. Le sale una mancha roja que mañana será verde y morada. No le basta. Se muerde la mano. Le sale sangre. ¡No está soñando! Luego ha oído de verdad lo que ha oído.

La voz del chico dice por tercera vez:

–¡Hola, hola! Los once niños...

Michael sale disparado al pasillo.

–¡Abuelo! –grita–. ¡Ya los tengo! ¡Ven inmediatamente!

Vocifera, grita y berrea como un perro enloquecido que ha encontrado alborozado a su dueño. Al estrecho pasillo del barco salen caras aterradas de gente que estaba durmiendo la siesta, camareros perplejos que intentan tranquilizar a Michael. Aparece el doctor Van Steen y lanza miradas de indignación a través de los gruesos cristales de sus gafas. Finalmente, sale de la puerta de su camarote el abuelo con un batín azul de seda.

–¿Qué pasa aquí? –pregunta severamente, lanzando a su nieto una mirada glacial–. Ya es suficiente, Michael. Más que suficiente. Haz el favor de...

–Abuelo –Michael se cuelga sin aliento del brazo del presidente y tira de él hacia el jardín mágico–.

Abuelo... los niños... los he oído... por la radio... ¡No están muertos!

El presidente se deja arrastrar de mala gana. Lo sigue el doctor Van Steen, que observa a Michael con los ojos medio cerrados. Detrás del doctor Van Steen se agolpan cuchicheando los camareros y, al final del todo, va el jefe de cocina con un gorro blanco en la cabeza.

–Ahí –dice Michael señalando la radio–. Callaos todos para poder oírlos.

Medio minuto antes, a Sepp le había empezado a hacer un ruido áspero el micrófono y había desistido de repetir el mensaje.

Silencio sepulcral...

–¡No oigo nada! –exclama el presidente, en medio del silencio y la perplejidad de los que lo rodean.

–Abuelo –dice Michael levantando la mano sangrante–. Mira, abuelo, ¡los he oído!, ¿ves cómo me sangra la mano? Están en una isla y quieren que los vayamos a buscar y...

Empieza a balbucir y se atasca, mientras pasea la mirada de uno a otro: ¡no lo creen! Su abuelo lo mira con cara rara, sin entenderlo.

–¿De qué estás hablando? –le pregunta fríamente.

–Abuelo –solloza Michael meneando la mano sangrante–, me he mordido, mira; ni yo mismo me lo creía... ¡pero los he oído!

De repente pega un grito salvaje y se tira al suelo. Su voz rasga el silencio del *Flecha de Plata*. El presidente se queda pálido, sin saber qué hacer.

–Karl –susurra buscando al médico.

Nadie ha notado que el doctor Van Steen ha desaparecido de repente. Ahora aparece de nuevo en el jardín mágico con una inyección en la mano y se inclina sobre el rabioso Michael.

–¿Qué está haciendo, doctor? No, no quiero que me ponga una inyección...

Durante un ratito sigue braceando hasta que por fin se queda dormido. El doctor Van Steen lo lleva a su propio camarote y le tiende en la cama. El abuelo entra tras él y cierra la puerta por dentro.

Michael entra en un internado y vuelve a salir

En Belmont hubo consejo familiar. Decidieron que Michael necesitaba otro entorno: un cambio de aires, según el doctor Van Steen. En su opinión, para alguien obsesionado con algo, no había nada mejor que empezar de nuevo en un ambiente diferente. ¿Qué tal un internado? Naturalmente, no uno cualquiera, sino el afamado Bosque Salvaje, donde estaban los chicos más distinguidos de todas las edades, los mejores profesores e instructores, el parque más grande, el campo de deporte más bonito y la piscina más suntuosa; en suma, el mejor internado de toda Terrania.

Michael se encogió de hombros cuando le comunicaron la decisión familiar. Que hicieran lo que quisieran; le daba exactamente igual lo que pudiera pasarle, y si no se encontraba a gusto, se escaparía y ya está.

Se tardaba un día en llegar al Bosque Salvaje, pues estaba alejado de la carretera principal, en una comarca muy solitaria rodeada de verdes colinas. El señor Petry entregó a su hijo personalmente al director del internado.

–Levanta el ánimo, chico, y no nos dejes mal –dijo como despedida, golpeando varonilmente el hombro de Michael.

Michael no dijo nada. Ni siquiera: «Saluda al abuelo».

Al momento, el director le rodeó el mismo hombro con su brazo y condujo a Michael a *su* habitación. No era *suya*, sino que la compartía con otros tres chicos.

Ya la primera noche, después de que el instructor apagara la luz, empezaron a encenderse las linternas. De las habitaciones de al lado llegaron chicos que se sentaron en la cama de Michael y en las de los otros tres.

–¡Desembucha! –le pidieron a Michael–. Empieza a contar.

Michael no sabía lo que querían de él.

–Cuenta por qué estás aquí.

–¡Cómo! –dijo Michael–. Eso es asunto mío, ¿no os parece?

Los otros no le hicieron caso.

–¿Qué has hecho para estar aquí? ¿O es que tus padres se han divorciado?

–¡No! –contestó Michael intentando taparse la cabeza con el edredón–. ¡Dejadme en paz; quiero dormir!

Le quitaron el edredón de encima.

–¿Cómo que no? A uno no lo mandan aquí por las buenas. Has tenido que hacer algo.

–No he hecho nada –aseguró Michael.

–Venga, hombre, algo habrás hecho... –le dijeron soltando risitas maliciosas.

Michael pensó: «¡Pues sí que empezamos bien! Ya solo falta que me peguen...».

Pero no le pegaron. Lo dejaron en paz, tal y como les había pedido; pero a cambio no le dirigieron la palabra e hicieron como si no existiera. Lo cual era una pena porque entre los chicos había algunos muy majos, y si Michael no se hubiera enemistado con todos desde la primera noche, habría podido entablar amistad con la mayoría de ellos. En definitiva: el que quería, podía encontrarse a gusto en el internado campestre. Pero Michael no quería. Se mostraba cerrado y malhumorado, se mantenía aparte... y echaba de menos su casa.

Se puso un plazo de un mes. Si por entonces no se había acostumbrado, se escaparía a escondidas. Lo haría una noche de niebla, saltando el muro del jardín. Porque el portón estaba siempre cerrado, incluso de día, y el portero era un hombre estricto y consciente de su deber.

Como es natural, al cabo de cuatro semanas, Michael se sentía tan desdichado en el internado como el primer día. Así que decidió darse a la fuga; esperó a que llegara una noche lo bastante oscura como para no ser atrapado y lo bastante clara como para intuir siquiera dónde pisaba al trepar, a qué altura tenía que saltar del muro y en qué dirección debía correr después de saltarlo. Todo lo demás lo improvisaría sobre la marcha. Abandonado a su suerte, se negó a pensar en los detalles por miedo a que se le ocurrieran mil pegas e inconvenientes y se le derritiera el ánimo, como el almendrado de la heladería Groenlandia.

En la siguiente noche de media luna, se mantuvo despierto y esperó a que las manecillas de su reloj marcaran las doce. «¡La hora de los fantasmas! ¡Qué romántico!», pensó. Y salió de la habitación sin hacer ruido. Inspeccionó el pasillo. Cada cierta distancia había en la pared pequeños pilotos de noche que sumergían la silenciosa casa en una penumbra azulada. Michael recorrió el pasillo a toda velocidad y bajó por la escalera a oscuras. De pronto se apoderó de él una maravillosa excitación. Le había desaparecido la indiferencia de los últimos tiempos; sus sentidos, hasta entonces embotados, se le habían aguzado y por fin volvía a ser él mismo: un chico de doce años a punto de emprender una aventura colosal.

Todas las puertas de abajo que daban al jardín estaban cerradas. Michael no se lo pensó mucho y se metió en la cocina, que asimismo estaba a ras de suelo. También allí estaba todo cerrado. «No importa, ya saldré de aquí de alguna manera», se dijo.

Junto a la puerta de la cocina, algo fulguraba en la pared. La media luna se reflejaba en una tablilla de la que colgaban todas las llaves de la casa de unos ganchos enumerados. Michael cogió varias de las grandes y volvió hacia la puerta principal de la casa. La cuarta llave entraba. Con mucho sigilo, salió al jardín a través de una rendija de la puerta. Inspiró el fresco aire de la noche sintiéndose triunfante. El principio de su huida le había salido bien. Le habría encantado gritar «¡hurra!», pero de repente se dio cuenta de que todo había sido demasiado fácil. Uno no podía escaparse cogiendo sencillamente la llave de la pared y abriendo las puertas; ¡había que ganarse la libertad corriendo un riesgo! Así que regresó a la casa, cerró con cuidado la puerta y colgó la llave de la tabla. Tras hacer varios intentos con otras llaves, entró en la cocina. Desde allí era difícil salir al jardín porque la ventana estaba un poco alta. Hizo varios intentos frustrados de trepar y, mediante un movimiento torpe, tiró al suelo una tapa de aluminio. Esta rodó con gran estrépito alrededor de la mesa de la cocina, sobre el suelo de piedra, y siguió un rato largo dando vueltas y metiendo ruido hasta que por fin se paró. Michael tuvo que recuperarse del susto. Parecía que nadie había oído nada. Poniendo mucho cuidado, intentó otra vez encaramarse a la ventana. Por fin lo logró y salió por segunda vez al jardín.

Esta vez tenía la gratificante sensación de haber luchado honrosamente por salir del edificio cerrado. Corrió a lo largo de la casa al amparo del muro y se detuvo a escuchar. Como no se oía nada, cruzó como una comadreja el césped del jardín, iluminado por la luna. Oculto bajo unos árboles muy grandes, había descubierto hacía poco un viejo pabellón apoyado en el muro del jardín. Las paredes eran de ramas sueltas y troncos de árboles, por lo que no resultaba difícil trepar por ellos. Esperaba saltar el muro desde el tejado de ese pabellón. Como la techumbre tenía la forma de un cono truncado, Michael tuvo que hacer lo posible por no resbalarse. Sus pasos sonaban a hueco en el cartón alquitranado del tejado. Pero incluso desde allí, el muro del jardín seguía estando demasiado alto. «Espero que arriba no haya cristales o pinchos de hierro», pensó. Luego se escupió en las manos, saltó al muro y empezó a trepar. No se le dio mal del todo: sus dedos descalzos –se había dejado abajo los zapatos– palpaban todos los salientes del muro y las grietas que había entre las piedras de sillería. Fue trepando poco a poco.

–Hola, honorable mono trepador –dijo de repente alguien a sus pies–. ¿Sales o entras?

–Salgo –jadeó Michael, sorprendido de haber sido capaz de dar una respuesta pese al susto.

La voz se rió:

–Qué pregunta más tonta, ¿verdad? ¿Quién diablos iba a trepar por la noche por un muro tan alto para entrar en un internado?

Michael no respondió nada. Pegado al muro, se quedó suspendido en el aire y empezó a tiritar por los nervios y el frío de la noche.

–Pues entonces haz el favor de bajar. Si no vienes, tendré que ir a por ti.

Michael reconoció por fin la voz. Era la de Sam Gregor, el profesor de Gimnasia e Historia, un hombre simpático. ¿Por qué tenía que estar paseando a medianoche precisamente ese? ¿Por qué no el profesor de Matemáticas, un carcamal corto de vista? O la profesora de Música, que, aun siendo joven y alegre, era tan gordita que nunca treparía por el muro de un jardín. Pues no: precisamente Sam Gregor, el profesor de Gimnasia, que sin duda sabía trepar mejor que tres Michaeles juntos.

No obstante, hizo como que no lo oía. «Hasta que no me coja por el pescuezo –pensó–, no me doy por vencido». Ahora se arrepentía de su ambiciosa huida de antes. Sin el rodeo de la cocina, que le había costado un valioso cuarto de hora, podría haber saltado el muro hacía tiempo.

–Bueno –le recordó la voz–, ¿quién viene, tú o yo?

–Yo no –dijo Michael furioso.

Intentó seguir trepando desesperadamente. Pero le temblaban los pies y le fallaban los dedos. Oyó cómo el otro subía tras él; al momento, notó que le agarraba de una pierna:

–¡Vamos para abajo!

Sam Gregor le hizo cosquillas en la planta del pie. Michael se puso a patalear en la oscuridad, pero no le sirvió de nada; tuvo que darse por vencido y, medio resbalando, medio cayendo, fue a dar a los brazos del profesor, que no paraba de reírse desde el tejado del pabellón. Con un encendedor iluminó la cara de Michael.

–¡Ajá! ¡Michael Petry! Me lo figuraba.

–¿Por qué? –preguntó Michael.

–Bah, cosas mías. Casi me da pena haberte interrumpido en tu huida.

–Si le da pena, déjeme seguir trepando –dijo en seguida Michael.

–No puede ser. La fama del internado podría verse perjudicada. Y lo creas o no, sería una lástima. Así que ven.

Empezó a descender, y a Michael no le quedó más remedio que hacer lo mismo. Abajo se volvió a poner los zapatos.

–¿Y ahora qué? –preguntó.

–Ahora vamos a mi habitación –indicó Sam Gregor– a charlar juntos sobre el asunto.

Se dirigieron al ala lateral del internado, en la que vivían los profesores.

–Adelante –dijo Sam Gregor dejando que Michael pasara primero.

La habitación estaba iluminada por la luz amarilla de una lámpara de pie que daba un ambiente muy acogedor. El profesor empujó al chico hacia el sofá. Michael se hundió entre varios cojines que olían a tabaco.

–Ahora escúchame bien –señaló el profesor–, porque voy a hablarte tan en serio como si tuvieras quince años, no doce.

Michael emergió de los cojines y se sentó erguido.

–Estoy al tanto de lo tuyo, y si por mí fuera no habrías tenido que trepar el muro esta noche, sino que habrías salido hace ya una semana, a plena luz del día, por la puerta principal.

Sam Gregor se desplomó en una butaca y puso las piernas encima de la mesa del sofá.

–Michael Petry –dijo con seriedad–, reconozco que has tenido una experiencia tremenda, y no me extraña que estés zumbado.

–¡Yo no estoy zumbado! –protestó Michael–. ¿Y por qué sabe lo que me ha pasado?

–Me he permitido interesarme por tu caso, Michael Petry, y lo creas o no, me caes bien. Muy bien incluso. Pero es una locura pensar que la gente te crea el disparate de la radio.

–¡No es ningún disparate! –exclamó Michael encolerizado–. He oído a los niños y sé que están vivos. Nadie puede disuadirme de eso, ni el doctor Van Steen ni usted ni el abuelo tampoco.

Avergonzado por su estallido, se tapó la cara con las manos y se hizo un silencio en la habitación. Sam Gregor se encendió un cigarrillo.

–Tu abuelo... –dijo el profesor– ... me da la impresión de que es al que más quieres.

Michael asintió con la cabeza.

–Entonces, ¿por qué le haces eso? ¿No te das cuenta de lo que supone eso, Michael Petry? ¿Pretendes que el presidente deje todo lo demás, sus reuniones, sus asuntos de gobierno, para enviar aviones en busca de los niños? Si yo tuviera un abuelo tan maravilloso como el tuyo, ¿sabes lo que haría? Me rompería la cabeza día y noche para ver cómo podría hacerle más fácil su complicada vida. Tú, en cambio, se la haces más difícil y no le das más que preocupaciones –Sam Gregor se levantó y se puso a recorrer la habitación arriba y abajo, con las manos en los bolsillos del pantalón–. Te quieres marchar a casa, ¿verdad?

Michael asintió con la cabeza.

–Bien. Te prometo hablar con el director y llamar a tus padres para que vengan a recogerte. Pero solo si me prometes una cosa: que vas a dejar reposar el asunto y no vas a molestar más a los que te rodean, especialmente a tu abuelo –se inclinó sobre Michael–. Las cosas no siempre salen como se las imagina un chico de doce años. Llega un momento en que todos tenemos que hacer el primer sacrificio. En fin, Michael, ¿me lo prometes?

Titubeante, Michael estrechó con la mano derecha la que le tendía Sam Gregor. Nadie se enteró de lo que habló el profesor Sam Gregor con el director del centro durante las siguientes horas, que Michael pasó durmiendo en el sofá del profesor.

El hecho es que a la mañana siguiente hablaron por teléfono con el señor Petry para que fuera a buscar a su hijo Michael (que parecía haber entrado en razón y ya no tenía ideas fijas), y ese mismo día llegaron a Belmont.

Un alférez cuenta sus experiencias... y Michael por poco se cae de un árbol

MICHAEL cumplió su promesa y guardó silencio. Pero no pudo evitar volverse más adusto y reservado. Evitaba el contacto con las personas. Su propia familia solo lo veía durante las comidas. En silencio se tragaba la sopa a cucharadas y solo respondía cuando le preguntaban, y nada más terminar la compota desaparecía. Cuando el presidente lo invitaba al Groenlandia, lo rechazaba cortésmente argumentando que no quería que el abuelo perdiera su valioso tiempo con partidas de ajedrez. Ya no se dejaba ver en el campo de fútbol. Una vez concluidos felizmente el colegio y la comida, pasaba la tarde en su escondrijo, arriba del todo. En medio del jardín había una vieja haya; hacía años, un rayo había caído en su tronco y lo había dividido en dos gruesas ramas. Michael había hecho un pequeño asiento en la horquilla. Allí pasaba muchas horas sentado, haciendo los deberes y leyendo un libro tras otro, incluso alguno imposible de entender con doce años.

La señora Petry le dijo a su marido:

–Ya no reconozco a mi propio hijo. Ha cambiado tanto...

–Ya se le pasará –aseguró el señor Petry–. Yo también me volví muy serio a los trece años.

En cambio Susi, la respondona damisela, se encogió de hombros y dijo impasible:

–A Michael le falta un tornillo.

El presidente era el único que de verdad sufría; cada vez que se acordaba de su nieto, le entraba una profunda congoja.

–Señor Gran –le dijo a su secretario–, yo jamás habría consentido que al chico lo metieran en ese internado. El doctor Van Steen lo dijo con la mejor intención, pero era una tontería.

El señor Gran meneó la cabeza.

–Hace semanas que no veo a Michael, señor presidente. Y eso que tengo docenas de sellos preciosos esperándolo en mi cajón.

–Ya no los colecciona –explicó el presidente con tristeza–. Tampoco escupe ya a la gente en la cabeza cuando pasan por la noche por debajo del balcón. Pero lo peor, señor Gran, lo peor de todo sucedió ayer: trajo a casa unas notas llenas de matrículas y sobresalientes, con un bonito comentario sobre su aplicación. Es el mejor de la clase... ¿Se lo imagina? ¡Michael, un alumno modelo!

Susi celebraba su decimoquinto cumpleaños. La señora Petry organizó en su honor una gran fiesta en el jardín, y Susi se regodeaba anticipadamente solo de pensar que iba a ser la protagonista del tumultuoso guateque. Habían invitado a muchos hombres jóvenes, entre los que figuraban oficiales de la Aviación y de la Marina; iba a haber baile y, al final del todo, cuando encendieran los faroles, una pequeña representación teatral al aire libre.

Terrania seguía sin estar en guerra, pero nadie sabía cuánto tiempo aguantaría. Cada vez había más gente que exigía intervenir a favor de Umbría, y la Armada estaba dispuesta. La orden podía producirse de un día para otro, y esa perspectiva aumentaba el deseo de pasárselo esa noche lo mejor posible.

Michael estaba sentado en lo alto de su árbol mirando con desgana las mesas puestas y las cabezas de la gente. Se aburría. Las conversaciones que llegaban hasta él le parecían un puro disparate.

–Señorita –bromeó un alférez justo debajo del árbol–, el corazón de un viejo guerrero latería más aprisa si usted le pelara esta manzana.

El *viejo guerrero* no tendría más de veinticinco años. Susi, la *señorita,* hizo una graciosa reverencia y, con gestos muy amanerados, empezó a pelar una manzana que, en opinión de Michael, podrían haberse comido perfectamente con piel.

–¿Qué se ha hecho ahí? –preguntó Susi señalando una larga cicatriz que recorría el dorso de la mano del alférez y desaparecía bajo la manga.

–¡Ah, esto! –dijo él riéndose–. Tuve una suerte enorme. De no haber sido así, ahora no estaría aquí, sino en el fondo del mar, con las ondinas, que seguro que no son ni la mitad de encantadoras que...

–¡Cuente, cuente! –exclamaron las otras chicas con los ojos chispeantes de curiosidad.

Y acercaron sus cabezas al alférez para poder oírle mejor. También Michael, desde su horquilla, se deslizó un poco hacia un lado y se inclinó sobre las ramas para no perderse nada de la historia.

–Pues la cosa fue así... –empezó el joven oficial–. Una mañana salimos una escuadrilla, cada uno en su avioneta. En total, once hombres. Objetivo: un vuelo de patrulla. Así que despegamos, yo el último de la escuadrilla. No se ve nada por los alrededores. El típico vuelo de paseo. Volamos un rato por encima del mar y, en esto, nos llega la orden de regresar y damos la vuelta. De repente noto que algo le pasa a mi motor. Llamo por la radio al capitán de mi escuadrilla para darle el parte, pero en ese momento veo alzarse una llamarada y, antes de poder decir ni pío, veo que la avioneta está ardiendo. A duras penas me da tiempo a lanzar el bote neumático y saltar detrás. Aterrizamos suavemente, el bote con un pequeño paracaídas y yo con uno grande. El mar está liso como una balsa. Nado hacia mi bote y sigo a mi escuadrilla a remo. Entre tanto, esta me ha echado de menos y ha regresado para recoger a su oveja descarriada. Me saludan, dejo de hacer deporte acuático y me pescan. Aparte de esta herida en la mano, no sufrí ningún otro daño.

El alférez se metió en la boca la manzana troceada. Sus oyentes guardaron silencio y lo miraron con gran admiración.

–¿Y qué pasó con su avioneta? –preguntó Susi.

–Ni idea. Como ya he dicho, se quemó. Si no recuerdo mal, fue dando tumbos hacia una pequeña isla: las hay a docenas repartidas por el océano. Probablemente se quedara allí colgada de los árboles hasta arder del todo.

Si el rayo hubiera caído por segunda vez en el haya de Michael, no lo habría fulminado tanto como esta última frase del alférez. Durante un rato se mareó; creía que se caía del árbol. Luego se recuperó –se sintió mejor que nunca– y le dieron ganas de gritar y patalear de alegría, de saltar en medio de la mesa del té y decirles a todos a la cara: «¿Lo veis, tontainas? ¡Imbéciles testarudos! ¿Lo habéis oído? Ahora ya sabéis por qué los niños de la isla pudieron mandar un mensaje por radio».

«Una avioneta accidentada... –pensó–; ¡claro, esa es la única explicación posible del enigma! ¡Mira que soy burro!», se insultó Michael a sí mismo en silencio. «¿Cómo no se me habrá ocurrido antes?».

¿Qué podía hacer ahora? ¡Ir a todo correr donde el presidente y contarle la novedad!

Michael ya estaba bajando del árbol cuando se acordó de la promesa que le había hecho a Sam Gregor. Le había prometido no molestar NUNCA MÁS al abuelo con esa historia.

Lentamente, regresó a su asiento de la horquilla del árbol. Antes de hacer cualquier cosa, tenía que pensárselo a fondo.

Entre tanto, la gente de abajo se había levantado. Una orquesta tocaba música de baile. Las parejas giraban entre los árboles formando una bonita y colorida estampa. En el descanso, los jóvenes se sentaron en las escaleras que daban a la terraza para tomar granizados de fruta. Michael los espió desde arriba. Y como si se hubiera sentido atraído por su mirada, el alférez se levantó de repente y regresó a la mesa abandonada. Parecía tener debilidad por las manzanas, pues escogió dos grandes y coloradas del frutero, y mientras daba bocados a una se guardó la otra como provisión en el bolsillo del uniforme.

–¡Eh, usted! –gritó Michael desde arriba, pues ya se le había ocurrido lo que podía hacer.

El alférez alzó la vista asustado. El trozo de manzana casi se le atragantó, como a Blancanieves. El ver la cara del alférez, que parecía un colegial pillado con las manos en la masa, infundió ánimo a Michael.

–Siga comiendo tranquilamente; solo soy yo –le rogó mientras se deslizaba rápidamente por el tronco del árbol–. Perdone, señor alférez –dijo cortésmente, inclinándose incluso un poco–; tengo que hablar inmediatamente con usted. ¿Puede venir ahora mismo a mi habitación?

–¿Es importante? –preguntó el joven soldado.

Lanzó una mirada de pesar hacia la terraza, donde se había reanudado la música de baile y las parejas danzaban de nuevo alegremente mostrando todo su colorido.

–Muy importante. Usted mismo lo comprobará al instante.

Dando un rodeo por el garaje y la escalera de la cocina, metió en casa al joven alférez –que, por cierto, se había presentado como Bert Wisten– sin que nadie los viera.

–Tome asiento –le indicó educadamente cuando llegaron a su habitación.

–¿Y bien? ¿Qué pasa?

Michael respiró profundamente.

–Señor alférez, hace un rato le he oído contar lo que les pasó a usted y a su avioneta. ¿Cuándo fue eso, por favor?

–Hace exactamente medio año.

–Ajá. Me lo imaginaba –y cuando el joven soldado lo miró extrañado, continuó–: Es que a mí, señor alférez, también me pasó una cosa hace exactamente medio año...

Y Michael le contó toda la historia.

Cuando el alférez terminó de escucharla, asintió varias veces con la cabeza, se frotó las manos y dijo entusiasmado:

–¡Es inaudito! –luego empezó a hojear en su agenda–. Escucha –le dijo a Michael, que no paraba de pasear por el cuarto ni se acababa de creer que hubiera conseguido convencer al alférez tan fácilmente–, escucha. Si insistes en que no le digamos nada al presidente y en que lo hagamos los dos solos –Michael asintió–, entonces tenemos que darnos prisa porque mi permiso acaba pasado mañana.

A Michael le pareció que andaban justos de tiempo, pero que si lo aprovechaban bien sería suficiente para emprender la búsqueda.

–Señor alférez –preguntó–, ¿puedo confiar en que vuelva a encontrar el lugar desde el que saltó?

Bert Wisten lo tranquilizó diciéndole que miraría en casa su diario de pilotaje, en el que estaban registrados todos los vuelos con su rumbo exacto, y que inmediatamente sabría con precisión en qué lugar del océano se precipitó su avioneta.

–Entonces ya solo nos falta lo principal –dijo–, una bonita avioneta rápida.

–¿Por qué? –Michael lo miró consternado–. ¿No podemos coger la suya?

–¿La mía? –se rió el alférez–. No estás bien de la cabeza. ¿Crees que soy propietario de una avioneta?

–No –respondió Michael–, pero la que pilota en la escuadrilla...

–¡Pertenece al Estado y a la patria de Terrania!

–Lo sé –contestó Michael impacientándose–. Pero podría pedirla prestada para un día. La gasolina la pago yo de mi bolsillo.

–Ni hablar –dijo el oficial–, porque al día siguiente me expulsarían del Ejército, si es que no me fusilan directamente por alta traición. ¿Crees que cualquier alférez puede utilizar cuando le apetezca su avioneta de servicio para fines personales de diversión?

Michael comprendió lo que quería decir.

–Entonces, ¿qué hacemos?

–Podemos pedir prestada una avioneta particular –propuso el alférez–, que puede ser utilizada en cualquier momento por alguien que tenga el carné de piloto. Vamos tranquilamente al hangar y la sacamos de su letargo invernal.

Michael se paró a reflexionar.

–El director Spratt tiene una –dijo–, pero es un tacaño, y antes que dejárnosla la haría añicos.

–Pues entonces sigue pensando –le contestó Bert Wisten–. Tu abuelo conocerá a muchos ricachones de esos que tienen seis coches y, como mínimo, un avión.

Michael hizo memoria en vano.

–No se me ocurre nadie más –dijo tras una larga pausa.

–Entonces tendremos que coger la suya –concluyó el alférez–. Mañana temprano pondrá en el periódico: «La avioneta del director Spratt se ha extraviado de forma inexplicable».

Michael soltó una risita.

–La tiene en un hangar de chapa ondulada, detrás del campo de golf. ¿Y cómo vamos a llegar allí?

–No te preocupes –el alférez Wisten se dio aires de importancia–. En mi juventud me interesé por la cerrajería y aún conservo de esa época una caja de herramientas que puede ser la envidia de cualquier ladrón.

–Bien. ¿Cuándo entonces?

–Esta noche hacia las dos –Bert Wisten reflexionó un rato–. No tengo mucha experiencia en robos, pero ¿crees que si todo sale bien podríamos despegar hacia las cuatro de la madrugada?

–Seguro que sí –opinó Michael, pese a que él aún sabía menos que el alférez–. Así, mañana al mediodía estaremos ya de regreso. A lo mejor el director Spratt no se da cuenta de que ha desaparecido la avioneta.

–Lo dudo. Ningún director del mundo ronca tanto como para no despertarse cuando su avión pase zumbando al lado de la ventana de su dormitorio.

–En primer lugar –dijo Michael–, el campo de golf no está delante del dormitorio del director y, en segundo lugar, el director Spratt está cazando osos en el norte.

–¡Fantástico! –se alegró el alférez Wisten–. La ocasión ideal para un ladrón. ¿Está muy vigilada la casa? Quiero decir si tiene mucho servicio.

–No –dijo Michael–, solo un par de personas y el viejo mayordomo; pero eso sí, dos dogos gigantescos: *Pat* y *Patachon*.

–¿Se llaman así por lo raros que son? –indagó el otro.

–Raros no, ¡pero muerden! De todas maneras, a mí me conocen y pienso llevarles dos escalopes de vaca.

–¡Trato hecho! –el alférez se abrochó el uniforme e hizo amago de despedirse–. Ya me voy.

–¿Adónde? –preguntó Michael–. ¿A seguir bailando?

–No, hijo, ya no me da tiempo. Esta noche tiene que estar todo arreglado: dos trajes de piloto para ti y para mí, los mapas, la gasolina... Y luego me echaré a dormir un par de horas. Se pilota mejor cuando uno ha dado antes una cabezada.

–Señor alférez –le suplicó Michael–. Lléveme con usted desde ahora mismo. No tengo ni idea de lo que hacer aquí hasta las dos de la noche.

Bert Wisten le golpeó el hombro riéndose.

–Hasta las dos no te necesito para nada; sin embargo... –de repente se calló y luego siguió hablando exaltadamente–. Tengo otro encargo para ti, para que emplees el dinero de la paga. Tenemos que pintarle a nuestra avioneta las estrellas de Terrania debajo de las alas, para que nos tomen por terranios y no nos disparen como si fuéramos el enemigo. ¿Puedes conseguir pintura y brocha?

Michael asintió con la cabeza y se despidieron.

–A las dos en punto enfrente de la villa del director Spratt.

Durante la cena llamaron a Michael por teléfono.

–Hola, ¿eres Michael?

–Hola, alférez Wisten. ¿Qué pasa? –preguntó Michael en voz baja para que no lo oyeran.

La llamada le había inquietado mucho. ¿Habría cambiado de idea el alférez?

–Solo quería decirte que todo ha salido bien. Ya tengo los trajes de piloto, he estudiado la ruta de vuelo y he comprado gasolina.

–¡Estupendo! Yo también he conseguido una brocha y pintura –susurró Michael al auricular.

–Bien. Y, oye Michael, un amigo con coche nos llevará hasta la casa de Spratt. Así llamaremos menos la atención que yendo tú con tu bote de pintura y yo con mi tanque de gasolina. Te recogeremos un poco antes de las dos delante de tu casa. Espéranos abajo. ¿Entendido?

–Sí.

–Bueno, que te vaya bien –dijo el alférez, y colgó.

Dos vuelan en busca de los niños

POCO antes de la una y media, Michael se coló por la puerta trasera y saltó a la calle metiéndose entre dos estacas sueltas de la valla del jardín. Ya no aguantaba más tiempo en su habitación. En la calle silenciosa y con el viento frío de la noche se le aplacaron los nervios. Esperar en la cama sin hacer nada le había puesto nervioso, pero ahora se sentía en plena aventura. Y todos los temores a que la cosa saliera mal los había dejado atrás, en la casa silenciosa. Se acordó de su intento de fuga del internado. Qué simpático el señor Gregor. Cuando Michael encontrara a los niños y los llevara a Terrania, le invitaría a festejar el rescate de los niños.

Llegó un coche pequeño.

–¿Michael? –dijo el alférez asomando la cabeza y saludando con la mano–. ¡Bravo, eres un chico con el que se puede contar! Algún día entrarás en la Aviación. –abrió la puerta y Michael se metió como pudo en el diminuto coche–. El de delante es mi amigo Peter –explicó Bert Wisten.

Peter le tendió una mano a Michael y se la estrechó con fuerza varonil.

–En marcha –dijo Peter, y el coche arrancó mientras Michael cerraba la puerta.

–Ahora pruébate esto –ordenó el alférez Wisten pasando a Michael un mono de piloto. Él llevaba ya puesto el uniforme de aviador e incluso el gorro, si bien con las orejeras abiertas y las gafas oscuras de protección colocadas en la frente–. Si nos pillan y tenemos que huir, será un buen disfraz para los dos.

–Tonterías –se oyó delante la voz grave de Peter–. Está prohibido dejarse pillar.

Iban a toda velocidad mientras Michael hacía esfuerzos por ponerse el uniforme de aviador. Le estaba demasiado grande y el coche era demasiado pequeño.

–Dime por dónde tengo que ir –dijo Peter mirando hacia atrás–; así lo encontraremos antes.

La villa estaba tan a oscuras como todas las casas de la calle; daba la impresión de estar deshabitada. Se apearon del coche y se acercaron sigilosamente a la valla, una densa red de alambre de hierro. Bert abrió la caja de herramientas.

–¡Atención, *Pat* y *Patachon*! –avisó Michael.

A lo lejos se oyó el ruido sordo del trote de los perros que se acercaban. Luego, jadeos y gruñidos amenazantes.

–*Pat* –llamó Michael silbando en voz baja–. *Patachon*... ¿Dónde están mis queridos perritos?

–¡Perritos! –maldijo Peter–. ¡Sed buenos!

Se alejó unos pasos junto con Bert cuando los dos perros guardianes llegaron ladrando con voz ronca y gruñendo. De repente se quedaron desconcertados olisqueando la verja. Luego se acercaron a las manos de Michael y se dejaron acariciar.

–Efectivamente, lo reconocen –susurró Bert aliviado–. Creo que puedo empezar tranquilamente a abrir un agujero mientras Michael les da el escalope de vaca.

Peter se quedó detrás de Michael mirándolo.

–La gallina clueca con sus polluelos –observó.

No se reconocía con claridad si admiraba la maña que se daba Michael en meter la carne por la densa reja (el chico enrollaba las tajadas en forma de cigarrillos y las metía por los agujeros directamente a los hocicos de los perros, que exhalaban un aliento caliente), o si se burlaba de los tiernos comentarios con los que Michael acompañaba la alimentación:

–Vaya, ¿les gusta la comidita a mis animalitos? Ay, ay, ay... El pequeño *Pat* tiene que dejarle algo al bueno de *Patachon*...

–El agujero ya es lo bastante grande –anunció Bert Wisten.

–Dejad que pase yo primero –propuso Michael trepando por la abertura de la verja–. Mis lindos y buenos perritos, Michael tiene más carne rica en el bolsillo, pero antes tenéis que dejar entrar a mis amigos –rascó el cuello de *Patachon* y dejó que *Pat* le lamiera la mano, mientras les hacía señas a los dos jóvenes para que entraran–. Este es el alférez Wisten –le presentó a los perros–, y este es Peter. Muy buenos los dos.

Pat y *Patachon* se lo pensaron un momento. Después de haber soltado fuerte gruñidos, se pusieron a olfatear a los dos jóvenes, gruñeron otro rato más y, por último, regresaron a Michael meneando la cola.

Bert y Peter se acercaron al hangar. Bert tocó la chapa ondulada, que sonaba a hueco, y dijo:

–La dificultad no estriba solo en acceder al pájaro. También tenemos que sacarlo de ahí, y para eso necesitamos que la puerta del hangar este abierta de par en par; con un agujero no nos basta –dijo examinando la cerradura.

–No obstante, en principio me decanto por el agujero –observó Peter–. Lo primero que tenemos que comprobar es si el pájaro nos sirve. A lo mejor te tomas toda la molestia en balde... y luego resulta que es un cacharro roñoso del siglo pasado.

–De eso nada –se inmiscuyó Michael–. La avioneta del director Spratt es el último modelo; lo sé con total certeza.

El alférez Wisten empezó a hacer un agujero con un taladro en la chapa ondulada. Peter, con las manos en los bolsillos del pantalón, lo miraba con aire burlón.

–Tendría gracia –dijo– que no hubiera ningún avión ahí dentro y que no encontráramos más que una regadera abollada junto a los palos de golf desechados del señor director.

–Pues a mí no me haría ninguna gracia –contestó Michael enojado.

–Ten cuidado, Peter –le advirtió Bert–; si enfadas demasiado a Michael, te echa los perritos falderos al cuello, ¿verdad, *Pat* y *Patachon*?

Los dogos oyeron sus nombres y lo interpretaron como una invitación al juego y a la broma. Servilmente aduladores, dispuestos a saltar y con la boca abierta, se acercaron a Bert.

–Lo siento –dijo Bert Wisten–, pero con dos chuchos como guardianes no puedo entrar a robar –se secó el sudor de la frente–. ¡Maldita chapa ondulada, qué dura está! Hazme el favor, Michael, de llevar un ratito a pasear a los señores *Pat* y *Patachon.* Es la mejor ayuda que nos puedes prestar en este momento.

Michael se alejó de mala gana con los dogos. Cuando al cabo de un rato volvió a aparecer en el campo de golf, no daba crédito a sus ojos. Delante del hangar abierto de par en par vio la avioneta, que desprendía un brillo mate a la luz de las linternas. El alférez Wisten daba vueltas alrededor del aparato profiriendo exclamaciones de entusiasmo, y lo que decía no era menos cursi que lo que había dicho Michael a *Pat* y *Patachon.*

–Eres una muñeca –comentó acariciando el plano sustentador–; eres la criatura más guapa y más bonita que haya visto jamás. Conque vueles la mitad de bien de lo preciosa que eres, ya me doy por satisfecho.

Mudo de admiración, se detuvo con las manos cruzadas junto al propulsor.

Peter carraspeó:

–Cuando decidas interrumpir por un segundo tu declaración de amor, me gustaría despedirme. Todo parece estar en orden.

–Sí –dijo Bert–, dentro de un cuarto de hora estaré listo para despegar. Date prisa, Peter; de lo contrario, llegaremos antes que tú.

–Nos falta pintar las estrellas en las alas –recordó Michael.

–¡Es verdad! Pues empieza ya.

Michael sacó el bote de pintura del coche. *Pat* lo acompañó con la brocha atravesada en la boca.

–Bueno –contestó Peter, dando la vuelta para marcharse.

Michael le dijo tímidamente:

–Muchas gracias por todo, Peter.

–De nada... De todas maneras, volveremos a vernos dentro de un rato.

A continuación, el coche salió zumbando.

Cuando Peter dijo que estaba listo, Michael todavía seguía pintando. Cerraron la puerta del hangar y Bert arrancó el propulsor.

–¡Métete deprisa! –le ordenó a Michael–. Ya han encendido la luz en la casa.

Efectivamente, en la lejana villa una luz amarilla resplandecía en mitad de la noche.

Pat y *Patachon* se pusieron a aullar desgarradoramente y a saltar sobre Michael porque no querían que se montara en la avioneta.

–Pero si voy a volver –los consoló el chico–. No lloréis, mis perritos, no lloréis.

Bert Wisten ya se encontraba en el asiento del piloto dispuesto a despegar y a punto de estallar de impaciencia:

–¡Ya basta! Como no dejes a los chuchos, echo a volar sin ti.

Michael se liberó de las patas de los perros y se encaramó al asiento, junto a Bert. La avioneta rodó por el campo de golf dando trompicones y se elevó en el aire con el ruido cantarín del motor. *Pat* y *Patachon* se pusieron a ladrar furiosa y enloquecidamente. ¿Era por el dolor de la despedida o porque en el fondo de su alma canina intuían que habían sido engañados?

–Abróchate el cinturón –ordenó Bert–, aunque de momento no vayamos muy lejos.

–Lo sé; solo hasta casa de Peter. Por cierto, ¿qué vamos a hacer allí?

–¡Llenar el depósito! ¿O crees que con el dedal de gasolina podemos atrevernos a cruzar el océano? Y ahora haz el favor de dejar de hablar –continuó Bert al ver que Michael quería responder–. Se ruega a los pasajeros no hablen con el maquinista.

Bert inclinó la cabeza hacia delante, como si estuviera escuchando el motor. Sus ojos miraban atentamente a los aparatos de medición. Michael lo observaba de reojo. Esos rasgos tensos no tenían nada en común con la cara de colegial pillado con las manos en la masa del día anterior.

–Ya hemos llegado –anunció Bert.

Hizo un elegante rizo y depositó la avioneta suavemente sobre el suelo. Alguien llegó corriendo. Era Peter. Bert salió y, entre los dos, llenaron los depósitos en silencio. Peter había preparado todo un regimiento de bidones de gasolina. Seguramente, habría tardado horas en llevarlos hasta el campo.

–Ya está –dijo Bert–. ¿Tienes los paracaídas, Peter?

Michael tuvo que bajar para dejarse atar el paracaídas. Al pensar que a lo mejor tenía que saltar, sintió una extraña desazón.

–Las instrucciones de uso te las daré más tarde –indicó Bert–. Espero no tener que utilizar los chismes estos, pero la precaución es la madre de la *caja de porcelana* y la abuela de los pilotos.

–Ya podéis ir despegando –los apremió Peter–. ¿No queríais llegar al mar con la salida del sol?

–Sí, eso queremos.

El alférez Wisten se abrochó el gorro de piloto y se puso las gafas ante los ojos. Luego intentó meter a Michael en la avioneta. Pero el chico le tiró del brazo.

–Quiero pedirle otra cosa más.

–¿Qué es lo que quieres ahora? –preguntó Bert enfadado, soltándose otra vez las orejeras para oírle mejor.

–No he podido remediar acordarme otra vez de mi abuelo –confesó Michael–. Siempre dice: «No hay nada más mezquino en el mundo que hacer algún desaguisado e implicar a otra persona».

Peter y Bert se miraron. No tenían ni idea de lo que quería decir Michael.

–Me refiero al mayordomo del director Spratt –explicó Michael–. Él no puede saber para qué necesitamos la avioneta ni que volveremos hoy por la tarde. Sobre él recaerá la sospecha de haber ayudado a los ladrones llamando a su lado a los perros o haciendo cualquier otra cosa. Perderá su empleo. A lo mejor hasta lo encierran...

–¿Hasta esta tarde? ¡Menudo sentido de la responsabilidad más acusado que tienes, hijo! –dijo Peter sarcásticamente.

–Mi abuelo dice: «El sentido de la responsabilidad es más importante que el amor».

Peter carraspeó:

–Al parecer, tu abuelo te dice un montón de frases aleccionadoras.

–¡Pues sí!

–¿Y qué sugieres que hagamos con el mayordomo? –se interesó el alférez Wisten.

–He pensado –dijo Michael– que somos una especie de ladrones caballerosos, ¿no?

–En efecto –convino Peter con una sonrisita–. Una mala acción con un fin noble.

–Eso es –Michael asintió satisfecho, pues él no podría haberlo expresado mejor ni más concisamente–. Los ladrones caballerosos dejan siempre un letrero con letra de imprenta o llaman por teléfono después...

–Tu sugerencia me convence –dijo Bert Wisten–. ¿Quieres calmar al mayordomo, Peter, y decirle que esta tarde le devolveremos la avioneta y que no se ponga nervioso ni haga nada?... ¿Vienes ya, Michael?

Michael se sentó en el asiento del copiloto.

–Abróchate el gorro y ponte las gafas –le ordenó Peter–. Arriba hace frío.

–¡Cuidado! –gritó Bert Wisten–. ¡Apártate, Peter!

Y la avioneta se alzó rápidamente en la oscuridad del cielo y, mientras la noche iba empalideciendo, siguió surcando los aires con un zumbido.

Michael estaba de buen humor. Ninguno decía ni una palabra. En una ocasión pasaron por un bache de aire y bajaron como si se hundieran varios pisos en un ascensor. Pero en seguida volvieron a coger altura.

El sol tenía que pelearse contra toda la gama de grises de la niebla matutina. Mucho antes de que saliera, los dos se habían alejado ya de la costa; las nubes de color rosa y dorado los ocultaban de testigos indeseados. Bert le pasó a Michael un termo con café caliente y un trozo de chocolate que le supieron a gloria.

¿Cuánto tiempo llevaban ya volando? Las nubes de la mañana se desvanecieron y el cielo infinito se desplegó sobre el océano desierto. Con tanto cielo y un mar azul tan inmenso, se perdía la noción del tiempo. ¿Habrían pasado varias horas? ¿Se había quedado adormilado?... Michael se sobresaltó cuando Bert le dio un codazo.

–Debemos de estar ya cerca –le dijo–. En algún momento aparecerán las islas.

Descendieron un poco, y Michael, completamente despejado y prestando toda la atención, clavó la vista en el mar.

–¡Allí! –exclamó–. Ahí al fondo, lo oscuro. ¿Es una isla o un barco?

Todavía volaban demasiado alto como para distinguir el punto diminuto en la lejanía.

–Una isla, pero no la nuestra –aclaró Bert–. La nuestra tiene que estar más al sur.

Volvieron a descender y sobrevolaron lentamente un pequeño islote que no parecía ser más que un peñasco desierto. Pero según el alférez Wisten, ese islote formaba parte del grupo de islas dispersas de las que había hablado la tarde anterior durante la fiesta. En una de esas islas tuvo que haber sido donde se estrelló entonces su avioneta.

Llega un zapato por el aire

PARA los niños de la isla, ese día empezaba como todos los demás. Se habían levantado temprano y habían tomado cacao con rebanadas de harina de corteza fritas en grasa de coco. Luego se habían ido a trabajar: Katrin, Oliver y Paul, con las cabras. Lina fue a fregar los cacharros del desayuno al Ar-Pes-Be-Ba y luego recogió la villa. Sacudió los edredones rellenos de plumas de pájaro y la estera de fibra de coco y, por último, barrió el suelo con una escoba grande de ramas secas que le había hecho Sepp. Más tarde, Stefan y Katrin escarbarían raíces de patata en el bosque para tomarlas al mediodía con queso de cabra. Para la cena, Kurt Conrad, que se había ido solo a pescar al mar, prometió traer pescado.

Sepp y Claudia, la In-Pa-No, estaban juntos en la fábrica de hacer trenzas. Llevaban dos semanas ocupados en confeccionar para cada niño del Estado un par de zapatos nuevos. Los viejos los tenían hechos trizas. Al principio, Sepp había intentado remendar las suelas agujereadas, pero a los pocos días ya se habían desgastado. Entonces Sepp, *El Mago*, el técnico y el hombre más habilidoso del Estado, se paró a reflexionar durante una hora. Luego cogió el cuchillo de tallar, y por la noche de ese memorable día, junto a la fogata del campamento, el modelo de sandalia de Insu-Pu pasó de mano en mano. Esta constaba de una suela de madera de tres partes: los dedos, la parte central y el talón. Las distintas partes estaban unidas por una doble capa de piel de conejo, de tal manera que al andar, a diferencia de las zapatillas sencillas de madera, pudieran seguir el movimiento del pie. La parte superior de esas suelas las hizo Claudia con una mezcla de piel de liebre y trenzas de corteza, y les garantizó que eran irrompibles. A base de mucha práctica, Claudia había adquirido tal destreza en la confección de trenzas que, a veces, Sepp tenía que dejar el cuchillo de tallar y mirarla mudo de admiración.

–¡La cantidad de cosas que aprende una hija de barón sin doncella! –decía.

Diana y Thomas, la otra In-Pa-No, habían desaparecido como tantas veces en el bosque. Nadie sabía lo que hacían allí. No es que rehuyeran el trabajo; cuando Oliver les encargaba una tarea determinada, la cumplían sin pestañear aunque el trabajo no les divirtiera. Una vez, por ejemplo, Oliver les había mandado que en todo el día no hicieran más que coger tierra arcillosa del arroyo y enmasillar todas las grietas de la villa. Era un trabajo repugnante. Hasta los niños que de por sí eran aplicados, como Katrin y Sepp, se habrían aburrido al cabo de unas horas de tanto ir y venir del riachuelo a la villa y de rellenar las grietas. Para niños como Diana y Thomas, aquello era un auténtico infierno. No obstante, acarrearon la tierra arcillosa, sudaron y se mancharon sin rechistar. Sin embargo, se vengaron a su manera inventándose una canción enervante que berreaban sin cesar durante el trabajo. Cuando Diana echaba el pegote de tierra arcillosa en las grietas de la parte exterior de la villa, cantaba:

–Érase una vez un cerdo...

Y Thomas respondía desde el interior de la casa:

–... cochino, marrano, puerco...

Esto último lo cantaba Thomas a voz en grito y siempre con la misma nota. Esta estúpida cancioncilla venía a decir lo siguiente:

DIANA: *Érase una vez un cerdo*
THOMAS: *cochino, marrano, puerco.*
DIANA: *Su trabajo era muy lento.*
THOMAS: *No tengas tanto cuento,*
DIANA: *la niña lo riñó.*
THOMAS: *Y el cerdo tan contento*
DIANA: *a la niña se zampó.*

Y así seguía. Todos los días se inventaban la continuación haciendo rimar los versos con «guarro» y «apestoso». Daba pavor oírlos. Pero como Oliver, por ser *boy-scout*, les había aconsejado cantar durante el trabajo, nadie se atrevía a decirles nada. De todas maneras, todos respiraron aliviados cuando terminaron de arreglar la villa y dejaron de cantar esas idioteces.

Ese día, por tanto, durante la mañana en cuestión, Thomas y Diana habían desaparecido en el bosque como tantas otras veces. En un sitio escondido habían montado una zona para hacer acrobacias. Entre los árboles, a media altura, habían tensado una cuerda trenzada a lo largo de la cual Thomas, con más arrojo que destreza, estaba haciendo equilibrios.

–¡No mires al suelo! –gritó Diana, la entrenadora, poniéndose en jarras en un gesto de desaprobación–. ¡Estira los brazos y no mires al suelo!

¡Plum! Thomas se cayó al suelo con la delicadeza de un saco de patatas.

–¡Nunca aprenderás, patoso mío! –suspiró Diana–. El mismo *Bobo* es mil veces más ágil que tú. Ven, *Bobo* –dijo alzando la vista.

Bobo, el monito, que por cierto había dejado de ser un bebé para convertirse en un mono pequeño y fuerte, bajó obedientemente del árbol. Había cosas que a *Bobo* le gustaban más que recorrer con cuidado la cuerda, dar volteretas y todas las muestras de habilidad inventadas por Diana para el disciplinado animalito, pero *Bobo* idolatraba a su rubia maestra con toda la pasión de un tierno corazón de mono y por ella era capaz de andar entre llamas. Aparte de eso, una vez hechas las acrobacias, *Bobo* recibía como premio su golosina favorita: coco untado en miel. La miel y las abejas silvestres que la fabricaban eran unos de los últimos descubrimientos de Katrin.

Thomas se sentó desanimado en el suelo y contempló las graciosas piruetas que hacía *Bobo* en la cuerda.

–Diana –preguntó–, ¿crees que valgo para el circo?

–No –dijo despiadadamente la dama serpiente–. Pero no te entristezcas; siempre podrás ponerte en la caja o vender entradas y echar a la gente que entre sin ellas.

–Pero yo no quiero estar en la caja –se lamentó Thomas– ni echar a los niños que hayan entrado de gorra. Yo quiero ser funambulista y convertirme en un artista como tú.

Se estiró en el musgo con la cabeza apoyada en los brazos cruzados y miró hacia las copas verdes de los árboles.

–Tengo mis planes –dijo con aire de misterio y ensoñación.

Inmediatamente se le acercó Diana.

–¿Sí?

–Hace poco –prosiguió Thomas–, mientras Oliver, Kurt Conrad y tú estabais cazando cabras, vine aquí a entrenarme solo. De repente pasaron Sepp y Claudia y me preguntaron qué hacía y si podían mirarme. Yo pensé que quizá fuera bueno que me viera alguien que no supiera tanto como tú ni me pusiera tantas pegas.

–¿Y bien? –preguntó Diana.

–¡Se partían de risa! –confesó Thomas–. Al principio, Claudia quiso contenerse porque es muy educada y no quiere ofender a nadie. Pero Sepp estalló inmediatamente. Todavía no me había subido a la cuerda, y ya se reía tanto que tuvo que quitarse las gafas y limpiarlas porque estaban llenas de lágrimas y no veía nada.

–¿Y bien? –preguntó de nuevo Diana.

–Pues que cuando Sepp y Claudia, después de las carcajadas, recuperaron el habla –continuó Thomas–, dijeron que era lo más gracioso que habían visto en su vida. Y entonces se me ocurrió que con eso podría hacer un número de circo: «Thomas, el payaso de los aires».

Al instante, Diana se mostró entusiasmada.

–¡Fantástico! –exclamó–. Todo lo que ahora te sale por descuido, como tambalearte, tropezar y caerte, lo harías entonces intencionadamente –de pura alegría, golpeó a Thomas en la rodilla–. ¡Estaría genial! Pero «Thomas» no es un nombre de circo.

–No. Es de un santo.

–Tenemos que buscar un nombre artístico para ti –proclamó Diana–. ¿Qué te parece Borislaw? O un nombre italiano, que siempre suena bien –se paró un rato largo a pensar; luego se le ocurrió uno–: Schlemilius Strampelino, el Malapata de los aires.

También a Thomas le pareció un nombre maravilloso.

Del otro extremo de la isla llegaba el delicado sonido de un violín. Como todas las mañanas, Wolfgang había empezado a tocar los ejercicios de escalas. También él disponía de un lugar determinado en Insu-Pu, a saber: un pequeño claro en el bosque bajo unos altos árboles, al borde del peñasco de la orilla, desde donde se divisaba todo el mar; en los días de viento, el rompiente subía hasta donde estaba él tocando el violín. Desde que Sepp le había pegado el violín, Wolfgang pasaba muchas horas allí arriba ensayando estudios, escalas y conciertos para violín con una perseverancia incomprensible para los niños.

Fue el fino oído de Wolfgang el primero que esa mañana percibió el zumbido de un avión. Acababa de dejar el violín y estaba girando las clavijas. De repente cerró los ojos y se puso a escuchar. ¡Sí, era el ruido de una avioneta! Al instante guardó el violín en la funda y echó a correr a toda velocidad por el bosque hacia la no muy lejana Fa-Tren-Cor, donde encontraría a Sepp y a Claudia y les comunicaría la novedad.

A los dos minutos, Kurt Conrad, que iba remando mientras pescaba cerca de la playa, oyó el lejano zumbido del motor de una avioneta. Levantó la cabeza y aguzó la vista recorriendo el horizonte. Todavía no se veía nada. La bóveda celeste azul resplandecía vacía sobre el mar. Pero Kurt forzó sus ojos de cazador y entonces, muy al fondo, vio un punto oscuro que parecía estar suspendido e inmóvil en mitad del cielo. El punto se fue agrandando, el zumbido se acercó, y Kurt Conrad sacó a todo correr la red de pescar del agua y, dando rápidas paletadas, acercó el bote a la orilla.

«¡Tengo que subir deprisa! –pensó con el corazón palpitante de nerviosismo–. Tengo que ir al campamento y decir a los demás que hay una avioneta a la vista...».

Amarró el bote, atravesó la playa corriendo y subió la pared de la orilla a la velocidad de una gamuza macho.

Mientras tanto, Wolfgang había llegado a la Fa-Tren-Cor.

–Vaya –dijo Sepp–, ¿qué te ha pasado?

Wolfgang se quedó jadeando ante Sepp y Claudia.

–Una avioneta... la he oído con claridad...

Escucharon un rato. Luego, Claudia asintió con la cabeza y pegó un salto.

–Yo también. ¡Yo también la oigo! –gritó.

–¡Subamos la bandera! –gritó Sepp, pues para entonces el ruido de la avioneta ya se oía por toda Insu-Pu. Fueron corriendo al campamento y allí se encontraron ya a Oliver y a Paul izando la bandera. Los dos habían bajado a marchas forzadas desde el pastizal de las cabras. Lina salió zumbando de la villa y llegó al mismo tiempo que Diana y Thomas.

–¡Una avioneta! –gritaron–. ¡Viene directamente hacia nosotros!

Por el otro lado aparecieron Katrin y Stefan.

–¿Lo habéis oído? –dijeron sin aliento.

Kurt Conrad fue el último en aparecer porque había recorrido el camino más largo. Ya estaban los once en la plataforma de roca mirando hacia arriba llenos de esperanza. Sobre sus cabezas ondeaba la bandera hecha con una camisa.

–No os hagáis demasiadas ilusiones –les advirtió Lina–. A lo mejor pasa de largo sin vernos. O nos dispara...

Stefan negó con la cabeza.

–No –dijo–, esta vez tengo el firme presentimiento...

–¡Yo también! –exclamó Diana–. Yo también tengo un presentimiento –se subió a *Bobo*, que había corrido tras ella, al hombro–. Oliver –suplicó–, por favor, déjame subir a la Pal-Bo. Es el doble de alta que nuestra bandera. No aguanto más aquí abajo; tengo que verlos llegar.

Sin esperar a la respuesta de Oliver, echó a correr.

–¡Alto! –gritó Sepp–. Ya que vas a trepar, llévate al menos algo para hacer señas.

Lina sacó de la villa la primera prenda que encontró. Era un pantalón de pijama azul de la cama de Paul.

–Contad hasta cien –dijo Diana, y salió escopetada.

Katrin empezó a contar. Los niños miraron esperanzados hacia la Pal-Bo, el árbol más alto de Insu-Pu. Cuando iban por noventa y uno, asomó por el árbol la cabeza de Diana; cuando iban por ciento cinco, ya estaba arriba, y cuando iban por ciento ocho, el pantalón de pijama azul de Paul ondeaba en su mano extendida.

–¿Qué te parece esta isla? –preguntó el alférez Wisten señalando con la barbilla hacia Insu-Pu–. Podría ser la que buscamos.

–Sí –respondió Michael emocionado.

Tenía las manos y los pies helados. Le resultaba extraño a la vez que maravilloso que, después de haber esperado angustiosamente casi ocho meses, ahora estuviera a tan solo unos minutos de su objetivo. Pero en ese preciso momento, le asaltó una duda: «¿Y si no encontramos a los niños? ¿Y si esta no es la isla, ni tampoco la siguiente ni la siguiente? ¿Y si Bert Wisten se encoge de hombros y gira la avioneta, como aquella vez viró el señor Orel el *Flecha de Plata*?».

–¡Mira! –dijo Bert a su lado–. Ahí, encima de los árboles, ondea algo.

Michael pegó la cara a la ventana.

–¿No podemos bajar un poco?

El piloto tiró de la palanca de profundidad.

–¡Sí! –gritó Michael–. ¡Ahí ondea algo!

–Parece un... un pantalón –dijo Bert–. Un pantalón de pijama azul. Y si la vista no me engaña, de una talla infantil.

Y soltó una sonora carcajada. No podía parar de gritar y reírse con la boca abierta de par en par bajo las gafas negras.

–¡Más abajo, entre los árboles, hay otra cosa que ondea! –avisó Michael–. ¡Una camisa!

–¿También de talla infantil? –se interesó Bert.

–¡Naturalmente!

Les hacía tanta gracia, que hablaban a voz en grito. Pero en realidad no era tan raro; al fin y al cabo, no se podía esperar que los niños náufragos hubieran llegado a la isla con una bandera de Terrania. Las explosiones de risa de los dos se debían menos a la camisa y al pantalón que al desahogo de la tensión nerviosa acumulada. ¡Habían encontrado Insu-Pu, la isla de los niños perdidos! No había sido ninguna insensatez sustraer la avioneta, volar sobre el océano y jugarse la vida.

–¿Y ahora qué? –preguntó Michael–. ¿Bajamos?

–¿Qué? ¿Aterrizar? –dijo Bert–. ¡Descartado! ¿Dónde?

–Pero...

Michael enmudeció. Sinceramente, nunca se había imaginado ese vuelo hasta el final. Siempre había soñado solo con este momento.

–Lo único que podemos hacer –explicó el alférez– es descender un poco para que sepan con seguridad que los hemos visto.

La avioneta bajó y dio unas cuantas vueltas justo por encima de las copas de los árboles. Entonces fue cuando Michael vio el campamento con la villa y, al lado, a los niños saludando.

–¡Ahí están! –gritó asomándose.

Sacó el brazo y se puso a vociferar sin importarle que el ruido de los motores ahogara su voz.

–Sí, ahí están –asintió el alférez–. ¡Bienhallados, robinsones!

–¡Gracias a Dios! –suspiró Michael–. ¡Los hemos encontrado! ¡Gracias a Dios!

–Tenemos que volver –dijo el alférez–. Hemos gastado casi la mitad de la gasolina, y el mayordomo del director Spratt llevará ya una hora mirando por la ventana con los gemelos.

A Michael le entró un deseo irresistible de reunirse con los once niños. No solo quería verlos desde arriba, sino hablar con ellos y tocarlos.

–¿Se puede saltar desde aquí? –preguntó.

–¿Por qué? –preguntó Bert–. ¿Estás loco?

–Si no puede aterrizar, saltaré –dijo Michael–. Quiero estar con los niños.

–Tonterías –dijo Bert alzando enfadado el aparato–. No se salta a no ser que sea necesario.

–¡Pero yo necesito saltar! –aseguró Michael–. Además, no tengo miedo. He saltado muchas veces desde el tercer trampolín.

–Amigo, una avioneta no es ningún trampolín y esta isla no es una piscina. Si saltas encima de los árboles, seguro que te desnucas.

Michael no acababa de conformarse.

–Pero por lo menos tienen que saber que volveremos a recogerlos –imploró–. ¿No se les puede lanzar un mensaje?

Con la punta de un lápiz, garabateó una nota en una página de la agenda de Bert:

Querido Stefan:

Te he oído por la radio y mañana o, como muy tarde, pasado mañana vendremos a buscaros.

Michael Petry

Bert leyó la nota.

–Por lo menos podrías decirle que te alegras –opinó.

Entonces Michael siguió escribiendo:

Me alegro muchísimo. ¡Al fin!

Arrancó la página y la dobló. «Para Stefan Morin», escribió encima.

Quiso arrojar el papel simplemente por la ventana, pero Bert se echó a reír:

–Así no llegará abajo nunca. Tenemos que atarlo a algo pesado. Rebuscaron en los bolsillos y no encontraron nada.

–Mi gorro de aviador –dijo Michael desabrochándoselo.

–Abróchatelo otra vez –vociferó el alférez–. Volar sin gorro... ¡Tú estás chiflado!

–¡Ya lo tengo! –exclamó Michael quitándose el zapato izquierdo, y metió el papelillo entre los cordones.

–Vas a pasar frío –le advirtió Bert–, pero al menos por los pies no te puedes coger una otitis media. ¡Venga, lánzalo!

Tiraron el zapato por la ventana. Fue dando varias vueltas por el aire hasta que cayó abajo, en medio de los árboles.

–¡Han lanzado algo! –gritó Katrin.

Todos lo habían visto y se dirigieron de inmediato a la parte del bosque en la que había caído el oscuro objeto. Diana se les adelantó. Abriéndose paso a través de los helechos y la maleza, trepó por el tronco como una marta. Tras una breve búsqueda, encontró el zapato.

–¡Eh! –dijo en voz alta–. ¿Quién tira zapatos por el aire?

Desenrolló el papelillo. «Para Stefan Morin», ponía. No se debe abrir las cartas ajenas. A Diana le costó trabajo contenerse; se moría de curiosidad al doblar otra vez el rollito de papel. ¿Quién podía haberle escrito a Stefan? Inspeccionó el zapato. Eran unas gruesas botas deportivas de color marrón de un chico de unos doce o trece años. La piel era fuerte y brillante y tenía la suela de goma. «Algo mejor que nuestras sandalias de trenzas de corteza», constató Diana con envidia. Con el zapato debajo del brazo, salió de la espesura y fue a parar directamente a los brazos de los otros diez niños. Oliver acercó en seguida la mano al zapato.

–Para Stefan Morin –dijo Diana sujetando el zapato.

–¿Para mí? –preguntó Stefan desconcertado.

Diana le pasó la bota.

–*¡Fiu!* –silbó Sepp mirando con asombro el bonito zapato–. ¡Vaya un zapato más distinguido! Apuesto a que el chico que lo ha tirado no necesita precisamente pedir limosna.

–No –se rió Stefan, que para entonces había desplegado el papel–. Realmente no lo necesita porque su abuelo es el presidente de Terrania.

Luego leyó en voz alta la carta de Michael mientras los niños escuchaban en silencio.

–«Mañana o, como muy tarde, pasado mañana» –repitió Lina con aire de ensoñación–. ¿Os lo imagináis?

–Nos vamos de Insu-Pu –concluyó Claudia.

–¡Por fin iremos a Terrania! –se alegró Wolfgang.

Stefan leyó la carta por tercera vez.

–Hay una frase que no entiendo –dijo finalmente–. «Te he oído por la radio». ¿Cómo es que me ha oído por la radio?

Miró a los otros con gesto interrogante.

Sepp dijo con una sonrisita:

–A ti no, pero a mí sí.

Los niños, extrañados, se quedaron mirándolo sin habla.

–¿Os acordáis de la mañana en que se estrelló aquí la avioneta? –preguntó Sepp.

Y cuando los otros asintieron, les contó cómo había subido él solo, había manipulado el micrófono y, por último, había enviado un mensaje. También les dijo que después de girar los botones, al cabo de medio minuto, la radio se estropeó. Y les contó la rabia y la vergüenza que le dio contárselo a los niños porque él, el famoso técnico Sepp, no quería ser objeto de risa.

–¿Quién iba a imaginar que esas tres ridículas llamadas de auxilio iban a ser escuchadas por alguien en el mundo?

–¿Y ahora qué tenemos que hacer? –preguntó Paul–. ¿Dónde está la avioneta?

–Se ha marchado –dijo Diana– para traernos un barco.

De repente se sentó en la tierra y se repantingó en el musgo.

–Ya no voy a hacer nada más –anunció–. No pienso mover un dedo hasta que vengan a recogernos mañana o pasado.

–¿Y quién se va a encargar de recolectar la comida del mediodía? –preguntó Lina severamente–. ¿O es que crees que *Bobo* sabe escarbar raíces de patata?

–¡Qué más da! –dijo Diana–. Vamos a descansar. ¿Por qué no abrimos las últimas latas de conserva?

Todos miraron a Oliver. Se habían acostumbrado tanto a delegar en él la última decisión, que incluso ahora se quedaron esperando a que tomara una resolución. Oliver miró sonriendo a la frívola Diana e hizo una solemne reverencia.

–Declaro disuelto el Estado Infantil. Hasta que lleguen, que cada uno haga lo que le dé la gana, trabajar u holgazanear. Yo, por mi parte, dimito del gobierno y me voy a dedicar también a hacer el vago.

Se tendió en el musgo al lado de Diana y apoyó la cabeza en los brazos.

–¡Yo también! –gritó inmediatamente Thomas, pese a que para él holgazanear no era nada extraordinario.

De repente, todos se sentaron en el musgo. Solo Lina permaneció de pie como una estatua.

–No seas aguafiestas –dijo Oliver– y ven con nosotros.

Entonces Lina también se sentó.

Se quedaron un rato en silencio. Todo había sucedido tan de repente, que les costaba hacerse a la idea de que ese era su último día en Insu-Pu.

–¿Qué va a ser de las cabras? –preguntó Katrin rompiendo el silencio–. No tenemos que olvidarnos de soltarlas.

–¿Y la villa? –dijo Claudia–. ¿No podemos llevarnos nuestra bonita villa?

–Y nuestras sillas y las camas –observó Paul–. Con el trabajo que nos ha costado, ¿tenemos que dejarlas aquí?

Les daban ganas de llevarse toda Insu-Pu empaquetada. Decidieron llevarse como recuerdo por lo menos la vajilla de cocos y los edredones de plumas de pájaro.

Y luego se pusieron a imaginar cómo sería eso de vestir otra vez ropa de verdad, comer con vajilla de cristal y porcelana, con cuchillos y tenedores de verdad...

–No me puedo imaginar que tengamos que volver al colegio –comentó Paul.

–Yo ya tengo ganas –opinó Katrin.

–Y yo tengo ganas de volver a montar en el patinete –intervino Thomas.

–Y yo de ir al cine.

–Y yo de ducharme con agua caliente en un cuarto de baño de verdad.

–Y yo de asistir a un concierto.

Se quitaban unos a otros la palabra nombrando todas las delicias en las que tan frecuentemente habían pensado y que ahora estaban a punto de recuperar.

Stefan se puso de rodillas y miró a los demás con los ojos como platos.

–¿Y qué creéis que dirán nuestros padres? –les preguntó–. De repente suena en casa el teléfono y dicen: «¡Señora Morin, sus dos hijos viven!».

De pronto se tiró al musgo, ocultó la cara entre los brazos y se puso a sollozar.

–Stefan –dijo Katrin con los labios temblorosos–, pero Stefan... –Y también a ella le corrieron las lágrimas por las mejillas–. Mi padre será el primero en enterarse –lloró–, y entonces dejará de repartir cartas y se irá a casa en el primer autobús. «Mamá –dirá–, nuestra Katrin...».

La emoción le impidió seguir y se puso a sollozar desgarradoramente. Paul dijo con calma:

–Mi padre no dirá nada; ya lo conozco. Pero, en cambio, mi madre se echará a reír y dirá: «Chico, por lo menos podrías habernos mandado una postal. ¿Dónde te has metido en todo este tiempo?».

–¿Y qué le contestarás? –preguntó Oliver.

Tumbado y con los ojos cerrados, estaba pensando en su padre. Lo veía sentado con sus libros; cuando le dijeran que su hijo Oliver seguía con vida, se llevaría la mano al corazón. No le convenía excitarse porque padecía una dolencia.

Sepp, que no había participado de la emoción generalizada, respondió a la pregunta de Oliver:

–Paul dirá a su madre que no pudo escribir una postal porque el correo con Insu-Pu no funcionará hasta el año que viene.

«Sí, señor presidente»

IGUAL de callado que había ido el alférez Wisten en el vuelo de ida, iba ahora de parlanchín en el de vuelta.

–¡Mejor no nos podría haber salido! –gritó en medio del ruido atronador de la avioneta.

Mejor dicho, cantó a voz en grito, porque era el último renglón de una canción de aviadores que disfrutaba de especial popularidad entre la escuadrilla de Bert.

Michael cogió entre las manos su pie izquierdo, envuelto en un calcetín de lana, para calentarlo a base de fricciones. Estaba muerto de sueño; de repente se dio cuenta de que la noche anterior no había dormido nada. El motor vibraba con un sonido monocorde. Bert Wisten, después de terminar las veinte estrofas, se puso a cantar otra canción de aviadores. Esta solo tenía nueve estrofas, pero inmediatamente le siguió otra de dieciséis. Para entonces, Michael ya iba dormido con la boca medio abierta y esbozando una sonrisa, como si estuviera escuchando.

Entre tanto, Peter, el amigo de Bert, ya había cumplido el deseo de Michael de informar al mayordomo. Se personó en la villa de Spratt para tranquilizar al anciano. La verdad es que fue una osadía, porque el servicio de la casa podría haberlo reducido y haberlo entregado a la policía como el ladrón de la avioneta. Pero

Peter confió en la buena impresión que solía causar a los señores mayores. Y cuando el oficial, de aspecto serio, le dio al anciano su palabra de honor de que ese mismo día regresaría intacta la avioneta robada, el mayordomo, tembloroso por los nervios, se apaciguó.

–¿Quiere usted decir que ni siquiera hace falta que moleste al señor director? –preguntó el hombre de pelo blanco.

–¡Exactamente! –dijo Peter–. El director ya tiene bastante con la caza de osos. Si usted le asusta con una noticia así, no acertará a dar en el blanco. Hasta la vista, señor mayordomo; nos veremos esta tarde.

Peter no solo causaba buena impresión a los señores mayores, sino también a las chicas jóvenes. Como ya lo sabía, compró un gran ramo de rosas, fue derecho a casa de los Petry y preguntó por Susi.

A Michael no se le había ocurrido que por la mañana lo echarían de menos, lo buscarían y harían toda clase de indagaciones. Pero Peter sí había pensado en ello y había planeado pedir ayuda a Susi para engañar a los padres Petry.

Susi todavía estaba en la cama; era domingo y no tenía que ir al colegio. Cuando la criada le dio el ramo de flores con la tarjeta de visita, Susi remoloneó bajo la colcha rosa guateada.

–¡Estoy durmiendo! –dijo asomándose por el edredón–. Anoche estuve bailando hasta la una de la madrugada. ¡Déjeme en paz!

–Son rosas, señorita Susi –anunció la criada–. Y el oficial de la aviación parece un joven tan atento...

Susi salió disparada como un cohete de debajo del edredón y cogió la tarjeta de visita:

Muy estimada señorita:

Perdone que la moleste en su reparador sueño matutino, pero me gustaría hablar unos minutos con usted de un asunto importante.

Suyo afectísimo,

Peter Barl

–¡No conozco a ningún Peter Barl! –dijo enfadada–. ¿De qué asunto importante va a tener que hablar entonces conmigo?

Y se dispuso a desaparecer de nuevo bajo el edredón.

–Un joven tan guapo... –fantaseó la sirvienta.

Susi miró dubitativa hacia el ramo de rosas.

–Marie –aleccionó a la criada, que como mínimo le doblaba la edad–, uno no puede dejarse sacar de la cama por una persona cualquiera, ¡y menos un domingo a las ocho de la mañana!

Pero como no acababa de decidirse a echar al misterioso y guapo oficial, hizo una pequeña apuesta consigo misma: «Si son más de media docena, bajo». Contó para sus adentros y como había quince, sin contar los capullos, se puso las zapatillas y la bata y bajó las escaleras.

Peter recorría la biblioteca a paso de soldado.

–Buenos días, señorita Susanne –saludó haciendo una reverencia como si estuviera ante una princesa real, lo que halagó mucho a Susi.

–Buenos días –dijo ella condescendiente, y con un movimiento de mano como los que hacía su madre invitó a Peter a tomar asiento en un sillón de cuero–. ¿Qué le trae por aquí? –preguntó distinguidamente.

–Quisiera disculpar a mi compañero Bert Wisten, que ayer por la tarde recibió de pronto una llamada y tuvo que irse de la fiesta.

–¡Oh, sí, es cierto! –dijo Susi–. De repente desapareció. En la mesa nos había contado una anécdota muy interesante y poco después se marchó.

Peter carraspeó:

–Señorita Susi, ¿sabe usted por casualidad si su hermano Michael está en casa?

–¿Michael? –preguntó a su vez Susi extrañada–. ¿Por qué no? Probablemente siga dormido. Pero puedo echar un vistazo...

Iba a ponerse de pie, pero Peter la retuvo:

–No se moleste, señorita Susi; desde anoche ya no está aquí.

Susi abrió asustada los ojos:

–Desde anoche ya no... No lo entiendo. ¿Simplemente ha desaparecido?

–Exactamente –afirmó Peter–, ha desaparecido igual que mi compañero el alférez Wisten ayer por la tarde. Y por si lo quiere saber con exactitud, ¡han desaparecido juntos!

–Vaya –dijo Susi mirando desconcertada a Peter–. ¿Y qué hacemos? ¿Sabe adónde han ido?

–Más le vale preguntar cómo se han ido.

–Está bien: ¿cómo?

–En una avioneta.

–¿Y adónde?

–No lo sé con exactitud: en dirección al océano.

–¡Oh! –dijo Susi decepcionada–. Ahora caigo en la cuenta. ¿Ya está otra vez con el disparate de la isla de los niños?

–Qué inteligente es usted –la halagó Peter, e intentó hacer otra reverencia principesca.

Pero Susi se puso erguida como una profesora estricta en su sillón y dijo enérgicamente:

–Señor Barl, yo no lo conozco. Da usted la impresión de ser una persona muy sensata. Hasta ahora también he considerado una persona seria a su amigo el alférez Wisten. Pero que los dos se dejen tomar el pelo por un tonto como mi hermano Michael, eso me demuestra...

–Señorita Susi, ahora escúcheme bien.

Y entonces le contó que la interesante anécdota del aviador Bert probablemente guardara relación con la voz que oyó Michael por la radio y que esa noche pasada habían sustraído la avioneta del director Spratt. Exageró un poco en lo difícil y peligroso que había sido porque quería impresionar a Susi. Y lo consiguió: al final, la chica se mostró entusiasmada y orgullosa de que Peter la hubiera iniciado en sus secretos. En un santiamén se inventó la historia que les contaría a sus padres para explicar la ausencia de Michael: que se había ido de excursión con unos amigos del colegio; que a ella se lo había dicho el día anterior, pero que con el lío del cumpleaños ella, Susi, se había olvidado de contárselo a sus padres hasta que esa mañana, al ver que Michael faltaba en el desayuno, había caído en la cuenta.

–Sí, eso haré –dijo Susi satisfecha.

Peter le estrechó agradecido la mano para despedirse.

Cuando ya se acercaban a Belmont, el alférez despertó a Michael, que dormía profundamente.

–¡Ya casi hemos llegado! –le gritó al oído al tiempo que lo sacudía–. ¿Has pensado en lo que vas a hacer?

Michael tardó un rato en volver en sí.

–Tenemos que ir inmediatamente a ver al abuelo –respondió gritando a su vez.

–Esperemos que esté Peter y nos lleve allí en su coche.

–Y si no –contestó Michael en plan travieso–, birlamos un cochazo del garaje del director Spratt; al fin y al cabo, tenemos práctica.

–¡No cuentes conmigo! –vociferó Bert–. Hoy no tengo ganas de birlar nada. Ocho horas de vuelo, amigo, no es ninguna tontería. Iré a casa de tu abuelo, pero luego me meteré rápidamente en la cama.

–Ya estamos encima de Belmont –dijo Michael mirando con curiosidad hacia abajo.

Dos minutos más tarde, Bert anunció:

–Atención. Aterrizamos.

En la terraza ajardinada de la villa de Spratt se había congregado poco antes de las tres un buen número de personas: el servicio de la casa con el mayordomo de pelo blanco a la cabeza, Susi –que había conseguido arrastrar a su padre, a su madre y, sobre todo, al abuelo– y Peter Barl. Y *Pat* y *Patachon*. El presidente estaba sentado en una cómoda butaca de mimbre con una manta por encima de las rodillas.

El señor y la señora Petry estaban nerviosos. Al final, Susi les había contado la verdad durante la comida del mediodía.

–¡Qué chico más terco! –se lamentó la señora Petry–. Desde luego, en eso no ha salido a mí.

–La tenacidad hace a los grandes hombres, señora –observó Peter y, volviéndose respetuosamente hacia el abuelo, añadió–: Estoy convencido de que el señor presidente también era un niño testarudo.

–¡Muy testarudo! –confirmó el abuelo. Pero luego meneó la cabeza y dijo–: Pese a todo, el chico cuenta con todos mis respetos. Pero no me puedo imaginar que de todo ese viaje salga algo.

–¿Y si sale? –dijo Susi–. ¿Y si los han encontrado, abuelo? ¿Qué dirás entonces?

–Entonces diré –contestó el presidente sonriendo–: «Perdona, mi querido nieto; he sido injusto contigo».

–¡Bravo! –exclamó de repente Peter mirando al cielo. Miró al reloj. Eran las tres y pico–. A eso le llamo yo puntualidad.

Todos miraron hacia arriba. El oído entrenado de piloto de Peter había oído la avioneta antes que los demás. Pero ahora ya todos veían el punto oscuro en lo alto del todo.

–Esperemos que sean ellos –comentó el mayordomo–. Gracias a Dios, parece que a la avioneta no le ha pasado nada.

–La avioneta me es indiferente –dijo la madre de Michael–, con tal de que Michael vuelva sano y salvo.

Peter se volvió cortésmente hacia el abuelo:

–Perdone, señor presidente, que eche a correr. Quizá pueda serles útil en el aterrizaje.

–¡Vaya usted! –dijo el abuelo indicando con la mano que se marchara.

Peter recorrió a grandes saltos la terraza, bajó al jardín y se dirigió al campo de golf. *Pat* y *Patachon* lo persiguieron ladrando.

–¡Yo también! –gritó Susi, y fue tras él.

Había olvidado que en realidad quería ser una dama. Con su melena rizada al aire y la falda revoloteando, corrió tras Peter y los perros. Peter miró a su alrededor, se rió y aminoró el paso hasta que ella lo alcanzó. Entonces la cogió de la mano y siguieron corriendo juntos.

–¡Ahí está Susi! –dijo Michael saludando por la ventana.

–¡Y Peter! –exclamó Bert.

Recorrió el campo de golf planeando y luego posó la avioneta sobre el suelo lleno de baches. La avioneta daba botes y trompicones como un chivo respingón. Michael se dio con la cabeza en la ventana.

–Perdona –dijo Bert–, es que estoy demasiado cansado como para aterrizar perfectamente.

Peter corrió junto a la avioneta, que ya rodaba lentamente, y cuando se paró abrió la puerta.

Susi metió tras él su cabeza desmelenada.

–¡Qué! –dijo–. ¿Los habéis encontrado?

–¡Sí, sí, sí! –gritó Michael.

–¿De verdad? –preguntó Peter mirando de Michael a Bert, y a la inversa–. ¿Los habéis encontrado?

–¡Naturalmente! –contestó Bert Wisten, y bajó de su asiento rodando y jadeando.

Tampoco Michael logró apearse con elegancia: simplemente se dejó caer hacia la puerta y fue a parar a los brazos abiertos de Susi. Su pie izquierdo era como un trozo de hielo insensible, y cuando intentó dar un paso se cayó y se quedo sentado en el campo de golf con cara de alelado. *Pat* y *Patachon* lo interpretaron como un juego y, entusiasmados, le dieron empujoncitos con el hocico.

–¿Qué te pasa? –preguntó Susi, y se arrodilló preocupada junto a él–. ¿Dónde está tu zapato, por Dios?

–Ha volado como una paloma mensajera –dijo Bert.

–Mi zapato está en la isla de los niños –explicó Michael con un tono de voz solemne.

–Michael –Peter lo levantó del suelo–, el presidente te espera en la terraza de la casa.

–¿Qué? –dijo Michael alegrándose–. ¿Ha venido el abuelo?

Susi asintió con la cabeza.

–Y papá y mamá también.

Michael empezó a cojear por el campo de golf.

–Dese prisa, Bert –dijo nervioso.

Peter guiñó un ojo a Susi:

–Este es uno de los grandes momentos de su vida –le susurró en voz baja–. ¡Espera un poco, Michael! –gritó–. Vamos a organizarlo más ceremoniosamente.

Michael se detuvo extrañado y, de pronto, vio que lo levantaban y le colocaban sobre los hombros de Peter y Bert. Parecía como si sacaran a hombros del ring a un maestro del boxeo que ha resultado ganador.

–Lástima que no tengamos música –comentó Susi.

Y ya que ese día había dejado de comportarse como una dama, se puso las dos manos delante de la boca en forma de trompeta y, con un estridente *tatara-ta-ta,* se puso a desfilar delante de los tres levantando las piernas como un chavalín.

El presidente se había quitado la manta y estaba de pie en el peldaño más alto de la terraza, mirando con expectación la alameda del jardín. ¡Ahí llegaban! Bert y Peter se arrodillaron delante del presidente para que Michael pudiera bajar mejor. El abuelo abrazó al nieto sin decir una palabra y así se quedaron un rato.

Los dos oficiales, tímidos y emocionados, se quedaron de rodillas, mientras Susi trompeteaba con todas sus fuerzas para compensar la emoción general con un poco de jaleo.

–Bueno –dijo el abuelo levantando la cara de Michael hacia sí–. Tu abuelo es un imbécil y tú un hombrote.

Abrazó muy fuerte al chico y le besó rápidamente las dos mejillas. Luego lo envió hacia sus padres.

–¿No piensan levantarse, caballeros? –les preguntó a Bert y a Peter.

Los dos se pusieron de pie. Bert se tambaleó un poco; estaba tan agotado que a duras penas le sostenían las piernas. El mayordomo se acercó haciendo muchas reverencias:

–Le ruego mil perdones; solo quería permitirme preguntar si la avioneta sigue intacta.

–Completamente –tranquilizó Bert Wisten al anciano–. Puede examinarla con rayos X. Por cierto, es un aparato extraordinario.

El mayordomo se inclinó halagado, como si hubiera sido personalmente elogiado.

–Me alegra que le haya gustado.

El presidente carraspeó y se dirigió a Bert.

–Alférez Wisten –empezó en un tono seco, casi militar. Bert juntó los talones y se puso firme, atento a la comunicación de servicio–. Alférez Wisten, ¿puede confirmar que esta mañana han descubierto la isla con los once niños extraviados?

–Sí, señor presidente.

–¿Ha visto a los niños con sus propios ojos?

–Sí, señor presidente.

–¿Queda descartado un error?

–Descartado, señor presidente.

–¿Conoce con exactitud la situación geográfica de la isla?

–Sí, señor presidente; está situada...

–No es necesario –dijo el abuelo levantando la mano–. De todos modos, no entiendo nada de esas cosas. Alférez Wisten, una vez que haya dormido, ¿está dispuesto a volver a la isla mañana temprano, junto con su compañero el capitán Peter Barl, y recoger a los niños? Tiene a su disposición un avión de pasajeros.

–Desde luego que estaría dispuesto –contestó Bert–; pero, en primer lugar, acabo el permiso mañana por la mañana...

–¿Y en segundo lugar? –preguntó el presidente esbozando una sonrisa.

–En segundo lugar, en la isla no se pueden hacer aterrizajes de aviones porque es rocosa, tiene bosque y la playa es muy estrecha.

–¿Le parece entonces mejor que los niños sean recogidos en barco?

–Me parece la única posibilidad, señor presidente.

–Bien –dijo el presidente, y se volvió hacia su nieto, que otra vez estaba a su lado y había seguido la conversación con los ojos brillantes–. ¿Qué te parece, Michael, si enviáramos el *Flecha de Plata*?

–¡Sería fantástico!

Ya se veía sentado en el jardín mágico con los once niños, intercambiándose sus aventuras.

El presidente se volvió hacia los dos oficiales:

–Alférez Wisten y capitán Barl, ¿les apetecería hacer una pequeña travesía en mi yate?

–Con mucho gusto –aseguró Bert Wisten, y los ojos de su rostro relajado lanzaron un destello luminoso–, pero mi permiso, señor presidente...

–El permiso déjelo en mis manos. Me pondré en contacto con su comandante –el presidente sacó una libreta y anotó el nombre y la dirección del comandante–. De todos modos, tengo que hablar con él... –continuó con una sonrisa de satisfacción–. No crea, alférez Wisten –dijo mirando a Bert a los ojos con una risa muy elocuente– que a mi nieto no le va a hacer aún más ilusión cuando se entere de que, en lugar de con un simple alférez, ha volado con un teniente.

–¡Oh, señor presidente! –balbució Bert desconcertado.

Realmente no había pensado que esa excursión, en lugar de una reprimenda, le iba a suponer un ascenso.

–Basta por hoy –dijo el presidente–. Váyase a dormir, señor teniente. Y muchas gracias por su ayuda.

Bobo también quiere marcharse

El *Flecha de Plata* surcó a toda velocidad el océano azul oscuro. El señor Orel puso el barco a toda máquina; sin embargo –así se lo aseguró a Michael–, no llegarían a la isla hasta el día siguiente por la tarde porque, naturalmente, un barco tarda mucho más que un avión.

–¿A quién te quieres llevar, aparte de Peter, Bert y Susi? –le había preguntado el abuelo.

–¡A ti, abuelo! –había dicho Michael abrazando el cuello del presidente.

Que ahora pudiera volver a tratar a su *gran padre* igual que antes, como su mejor amigo, era un precioso regalo adicional que le había deparado el descubrimiento de la isla de los niños. Pero, por desgracia, el presidente tenía unas reuniones demasiado urgentes como para poder abandonar Belmont. Michael se esforzó en pensar a quién más podía invitar.

–Abuelo –dijo de repente–, ¿sabes a quién? Al señor Tolness, al reportero. En realidad le debo a él que hayamos recuperado a los niños. Sin el señor Tolness no habría tenido complejo de culpabilidad ni mala conciencia; sin el señor Tolness no se me habría ocurrido buscar la isla –miró perplejo al presidente–. ¿Te parece bien o mal? –preguntó con timidez e inseguridad, porque desconfiaba profundamente de palabras tan altisonantes como «culpabilidad» y «conciencia».

–Ni bien ni mal –dijo el abuelo–; me parece lo correcto.

–Entonces vamos a llevarlo –convino Michael–. Ya verás qué *historieta* más preciosa escribe. Con muchas lágrimas. Según me contó, las lágrimas son su especialidad.

En ese momento entró Susi diciendo que a Michael lo llamaban por teléfono: era una conferencia.

–¿Una conferencia?

Michael salió disparato a coger el teléfono.

–¿Sabéis quién era? –dijo radiante, cuando volvió a los cinco minutos–. La señorita Liliane, la guía del grupo de Stefan y Thomas en el *Tierra de Fuego.* Ha leído en el periódico vespertino que hemos encontrado a los niños y está como loca de contenta. Naturalmente, la he invitado en seguida a que venga en el *Flecha de Plata.*

Por fin estaban todos sentados en el jardín mágico: Michael y Susi, Peter y Bert, el señor Tolness y la señorita Liliane. Cada dos por tres, Michael miraba el reloj y suspiraba:

–Todavía faltan cinco horas...

–Todavía faltan cuatro horas y tres cuartos...

La señorita Liliane, con las manos cruzadas sobre el regazo, le pidió:

–Cuéntame otra vez cómo estaban todos los niños juntos saludando. Me parece tan maravilloso...

En Insu-Pu imperaba el mal humor. Después de que los ánimos hubieran volado tan alto a la espera de los rescatadores, que podían aparecer en cualquier momento, ahora que había pasado el mediodía del segundo día sin que ocurriera nada, esos ánimos se vinieron estrepitosamente abajo. Los niños se sentían profundamente decepcionados, pero no hablaban de ello. Menos mal que todavía no habían soltado a todas las cabras porque, aparte de leche y algo de fruta, de repente parecía que Insu-Pu no les proporcionaba nada comestible. Oliver y Kurt Conrad, los dos cazadores, se encogían de hombros.

–Hace tiempo que he guardado el arco y las flechas –se disculpó Kurt.

–Ayer destruí las trampas –dijo Oliver.

E incluso la siempre dispuesta Katrin se negó a recolectar hierbas para la ensalada.

–¿Para qué? Si de todas maneras no tenemos hambre –opinó en tono sombrío.

–Vaya, parece que queréis moriros de hambre en el último momento –los amonestó Lina.

Pero ella tenía tan pocas ganas de cocinar como los demás de cazar y recolectar. De pronto a los niños ya no les divertía continuar con su afanosa vida en Insu-Pu. Querían marcharse. Todo el rato mandaban a Diana a la Pal-Bo para que mirara a ver si se acercaba un barco por el mar. Finalmente, todos se sentaron en corro delante de la villa encima de su equipaje. Paul tenía en la mano el zapato izquierdo de Michael y jugaba con los cordones:

–Si no tuviéramos esto, podría pensarse que habíamos soñado.

–También tenemos la carta dirigida a Stefan –señaló Thomas.

Stefan sacó por centésima vez la nota, que se había vuelto casi ilegible por haber pasado tantas veces por once pares de manos sucias.

–«Mañana o, como muy tarde, pasado mañana...» –dijo Stefan mordiéndose los labios.

De repente se oyó un grito de júbilo procedente de la Pal-Bo.

–¡Un barco! –gritó Diana–. ¡Un barquito blanco!

Los niños se levantaron de un salto, como si les hubiera dado un calambre la corriente eléctrica.

–¡Son ellos!

Katrin se rió:

Y cuando un buen día, tu-tu-tutu,
arribe un barco a Insu-Pu...

Recorrieron el bosque cantando y bajaron a la playa con sus ligeros hatillos sobre los hombros. Katrin se llevaba un cactus, Stefan un loro y Claudia una diminuta tortuga roja. *Bobo* iba sentado sobre el hombro de Diana, encantado de esa caminata por el bosque.

El *Flecha de Plata* se acercaba rápidamente. Ya se podía reconocer la bandera de Terrania y las oscuras siluetas que correteaban por la cubierta.

La gente del *Flecha de Plata* miraba por los catalejos hacia la orilla. A Susi le entró la risa:

–¡Parecen salvajes!

Y efectivamente, al cabo de un rato, cuando ya se habían acercado suficientemente a la isla como para poder reconocer a los niños sin prismáticos, les dio la impresión de que los esperaba en la playa una tribu de indígenas. Los niños ya no conservaban ni los pantalones ni las chaquetas ni las faldas. De pies a cabeza iban vestidos con ropa de su propia invención. El pelo hirsuto les cubría los jubones de piel de cabra y liebre. Tenían la cara, los brazos y las piernas completamente tostados.

Michael se llevó un susto al ver saludar a *sus* niños, que parecían una horda de pequeños caníbales. Con el corazón palpitante, iba sentado junto a Susi en el bote que los marineros acercaban a remo hasta la orilla. El *Flecha de Plata* había echado el ancla más afuera.

–¿Quién es Stefan? –preguntó Susi dirigiéndose a la señorita Liliane, que debería saberlo.

–Ni idea –contestó la señorita Liliane mirando con ojos de asustada a los irreconocibles niños.

–¡Ese! –gritó de repente Michael cautivado, y se echó a reír–. ¡El de la bufanda verde!

Stefan, recordando el acuerdo al que había llegado por escrito con Michael, se había hecho una bufanda a base de grandes hojas verdes y se la había colgado del cuello.

–¡Stefan! –gritó Michael saludando como un poseso–. ¡Stefan!

–Ese es Michael –dijo Stefan.

Y sin prestar atención a sus sandalias nuevas, se adentró en el mar a grandes zancadas en dirección al bote. Los demás lo siguieron. Así que cuando saluda ron a Michael, el agua les llegaba a unos hasta la cintura y a otros hasta el pecho. Entre gritos de alegría, tiraron del bote hasta la playa. Uno tras otro estrecharon la mano de Michael y Susi y abrazaron a la señorita Liliane, que en un minuto quedó empapada por los efusivos saludos de los once.

–Bueno –dijo Michael, que fue el primero en llegar a la playa–, ¿así que habéis estado aquí todo este tiempo?

Stefan señaló con la mano hacia lo alto de la pared de la orilla:

–Os presentaré: Michael Petry, nuestro rescatador... Insu-Pu, nuestra isla de los niños.

–¿Cómo? –preguntó el señor Tolness desenroscando su pluma–. ¿Insu-Pu? ¿Qué significa eso, por favor?

Y en seguida se pusieron a contar cosas. Cuando hablaron de la villa y de las camas con edredones de plumas de pájaro, dijo el señor Tolness:

–Pero hijos míos, ¡eso hay que verlo!

Los niños no tenían la intención de volver a subir para enseñarle Insu-Pu al reportero como si fuera un museo. Pero como Michael se lo pidió de todo corazón porque se moría de ganas de ver cómo habían vivido los niños, decidieron subir otra vez. Había mucho que enseñar: no solo la villa con los muebles y la cocina con la vajilla y las tinas, sino también la fábrica de hacer trenzas de corteza y el Ar-Pes-Be-Ba y la dehesa de las cabras y el casco de la avioneta, que aún seguía colgado de los árboles. Michael escuchó atentamente cuando Sepp le contó cómo había subido allí arriba para enviarle el mensaje.

–Cuando estemos en el *Flecha de Plata* –dijo Michael–, te enseñaré la radio por la que te oí.

–Tenemos que bajar –advirtió Oliver–. Se está haciendo de noche y para los que no conozcan Insu-Pu es difícil andar a oscuras.

El señor Tolness suspiró. Escribía compulsivamente.

–Esta va a ser la *historieta* más bonita de mi vida –susurró.

Cuando llegaron a la playa, faltaba Diana.

–¿Dónde estará? –dijo Lina enfadada–. Siempre le tiene que pasar algo.

Silbaron y vocearon a coro el nombre de Diana. El sol ya se estaba poniendo cuando por fin apareció la dama serpiente en lo alto del peñasco de la orilla y bajó a todo correr. Estaba pálida y con cara de haber llorado.

–*Bobo* se ha ido –explicó–. Se ha asustado con tanta gente extraña y se ha marchado. De repente ha trepado a un árbol y ha desaparecido.

–Qué se le va a hacer –dijo la señorita Liliane–. Tenemos que embarcar.

Los niños se echaron el hatillo al hombro y vadearon hasta el bote. La desaparición de *Bobo* les ensombreció la alegría de la despedida. Se habían acostumbrado a considerarlo el duodécimo niño y le tenían cariño. Pero cuando subieron la escalera del *Flecha de Plata* y Michael les enseñó el yate, se olvidaron de su congoja y se acomodaron llenos de entusiasmo en los camarotes.

–Todo el mundo a bordo –dijo Oliver–. Zarpamos.

Levaron el ancla. Los niños –Michael entre ellos– se asomaron a la barandilla y miraron hacia la isla con los ojos empañados. Cómo destacaba la silueta de

Insu-Pu contra la luz amarilla del cielo vespertino. El *Flecha de Plata* tembló al arrancar los motores. El agua empezó a borbotear en los costados del barco.

–En marcha –dijo Michael.

En ese momento, Diana profirió un grito y señaló con la mano hacia la orilla. Una pequeña figura oscura recorría desesperadamente el borde del agua; finalmente, se detuvo y miró hacia el barco.

–¡*Bobo*! –exclamó Diana llorando y riendo a la vez.

–¡Alto, alto! –indicaron los niños–. Tenemos que recoger a *Bobo*, que también quiere marcharse.

De nada sirvió que el señor Orel les pusiera mala cara. Los marineros tuvieron que bajar otra vez el bote y llevar a Diana remando hasta la playa. El mono se subió de un salto al hombro de Diana y le rodeó el cuello con su bracito.

–¡Hurra! –gritaron los niños desde el barco–. ¡Sube, *Bobo*!

Y dando gritos de júbilo, subieron a bordo a Diana y al monito.

El *Flecha de Plata* cogió en seguida mucha velocidad, dejando tras él una estela de espuma.

Insu-Pu se iba alejando cada vez más.

De repente, Wolfgang cogió la flauta y empezó a tocar la canción de Insu-Pu.

Abrazados unos a otros en la borda, los niños miraban hacia la imprecisa mancha oscura rodeada por la niebla gris del atardecer.

Y cantaron:

En la isla de Insu-Pu
todo el mundo se divierte.

Y así sucesivamente, hasta terminar toda la canción. Pero al llegar a la última estrofa, como si se hubieran puesto de acuerdo, alzaron los brazos en la oscuridad y se despidieron de la isla:

Y cuando un buen día, tu-tu-tutu,
arribe un barco a Insu-Pu,
la villa quedará abandonada
y contentos volveremos a casa.
Los monos verán boquiabiertos
cómo nos hacemos a la mar.
¡Larga será la despedida!
¡Adiós, adiós, Insu-Pu!

Para todos los interesados, un breve epílogo

Insu-Pu tiene un escenario real: la Segunda Guerra Mundial, en la que fueron asesinados, gaseados y expulsados millones de personas. Desde antes de que estallara y durante su sangriento desarrollo, se organizaron deportaciones infantiles al extranjero para salvar sobre todo a los niños judíos. Los padres intentaban desesperadamente enviar a sus hijos fuera, aun sabiendo que a lo mejor no volvían a verlos.

Mira Lobe, conocedora de estos transportes de niños, los relacionó con otro terrible suceso de la Segunda Guerra Mundial: desde septiembre de 1940 hasta mayo de 1941, Londres fue bombardeada durante 57 días por la aviación alemana; la población londinense pasaba días y noches en los refugios antiaéreos y en los túneles y las estaciones del metro. De ahí que en la primera versión de *Insu-Pu*, que se publicó en Israel tras el final de la Segunda Guerra Mundial, todos los niños tuvieran nombres ingleses; no vivían en Umbría, sino en Gran Bretaña, y no fueron invitados a Terrania, sino a América, y en consecuencia, Michael era el nieto del presidente de los Estados Unidos.

A los pocos años, cuando Mira Lobe preparaba la versión alemana de *Insu-Pu*, dejaron de gustarle las referencias directas a los hechos históricos. Al fin y al cabo, había inventado la historia de la isla de los niños perdidos porque estaba convencida de que los niños –por muy diferentes que sean e independientemente del país del que procedan y de la época y la guerra que les toque vivir– pueden construir una vida en común también en «una isla olvidada del mundo».

CLAUDIA LOBE

Índice

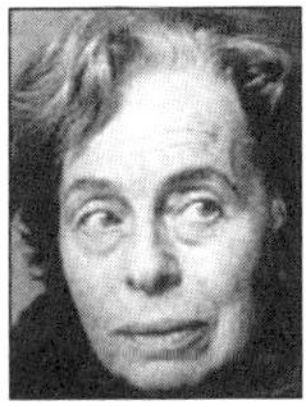

TE CUENTO QUE MIRA LOBE ...

... nació en 1913 en Görlitz, Alemania. Ya en las redacciones del colegio se veía que tenía talento para escribir. Quiso estudiar la carrera de Periodismo, pero se lo prohibieron por ser judía en la Alemania nazi. De ahí que la obligaran a aprender a tricotar en Escuela de Moda de Berlín. En 1936 huyó a Palestina. Allí se casó con el actor Friedrich Lobe, con quien tuvo dos hijos. A partir de 1950 vivió en Viena, donde murió el 6 de febrero de 1995.

Mira Lobe escribió más de cien títulos dedicados al público infantil y juvenil, muchos de ellos galardonados con premios y distinciones. Obtuvo el Premio Nacional Austriaco de Literatura Juvenil en 1958 y en 1965, y el Premio Ciudad de Viena en 1961, 1965, 1968 y 1970. Su obra ha sido traducida a prácticamente todas las lenguas europeas. SM ha publicado *Ingo y Drago*, *El rey Túnix*, *La nariz de Moritz*, *El zoo se va de viaje* y *El fantasma de palacio*.

¿QUIERES LEER MÁS?

STEPHAN, THOMAS Y LOS DEMÁS NIÑOS DE INSUPU NO SON LOS ÚNICOS QUE TIENEN QUE ABANDONAR SU HOGAR POR CULPA DE LA GUERRA. LOS PROTAGONISTAS DE **VIAJE CONTRA EL VIENTO** emprenderán una huida llena de peligros y dificultades que solo podrán superar con voluntad y grandes dosis de esperanza.

VIAJE CONTRA EL VIENTO
Peter Härtling
EL BARCO DE VAPOR, SERIE ROJA, N.º 135

NO HACEN FALTA NI UNA ISLA NI UN NAUFRAGIO PARA SENTIRSE PERDIDO Y SOLO. A VECES BASTA CON MUCHA GENTE Y UN POCO DE NIEVE PARA SENTIRSE ASÍ. QUE SE LO DIGAN A BOLÍVAR, EL PROTAGONISTA DE **POLLOS, PEPINOS Y PITUFOS**, que aunque va de excursión de esquí con todo un grupo de chicos de su edad, no tiene ningún amigo. Menos mal que las circunstancias cambiarán cuando…

POLLOS, PEPINOS Y PITUFOS
Paloma Bordons
EL BARCO DE VAPOR, SERIE ROJA, N.º 176

SI TE GUSTAN LAS HISTORIAS QUE, COMO ESTA, SE DESARROLLAN EN UNA ISLA MISTERIOSA, NO TE PIERDAS **CUÉNTAMELO DE NUEVO**, un relato protagonizado por Maura, una chica que pasa las vacaciones de verano en el Risco de las Alas. Para los marineros de Cristobal Colón, ese era el borde del mundo y más allá de la isla solo había monstruos. Sin embargo, más de cinco siglos después, la isla sigue guardando ciertos secretos...

CUÉNTAMELO DE NUEVO
Pedro Sorela
EL BARCO DE VAPOR, SERIE ROJA, N.º 149